VENDANGES MORTELLES À PORNIC

DU MÊME AUTEUR
CHEZ LE MÊME ÉDITEUR

Un été à Pont-Aven, 2014
Étrange printemps aux Glénan, 2015
Les Marais sanglants de Guérande, 2016
L'Inconnu de Port Bélon, 2017
Péril en mer d'Iroise, 2018
Les Disparus de Trégastel, 2019
Les Secrets de Brocéliande, 2020
Enquête troublante à Concarneau, 2021
Meurtre gourmet à Saint-Malo, 2022
Piège mortel à Belle-Île, 2023
Les Fantômes du Finistère, 2024

Beau livre

La Bretagne magique du commissaire Dupin, 2020

Jean-Luc Bannalec

VENDANGES MORTELLES À PORNIC

Une enquête du commissaire Dupin

Roman

Traduit de l'allemand par Pierre Malherbet

Les Presses de la Cité

Titre original : *Bretonische Ruhm*
Kommissar Dupins zwölfter Fall

92, avenue de France – 75013 Paris
ISBN 978-2-258-20836-0
Dépôt légal : avril 2025

À L.

C'hwezhet an avel e-lec'h ma karo
Pa ra glav e c'hleb atav.
Qu'importe où souffle le vent,
Lorsqu'il pleut, il mouille toujours.

Proverbe breton

LE PREMIER JOUR

— Pour commencer, mettons fin à une injustice. Cela n'a que trop duré.

Dupin était tout ouïe.

La jeune femme, l'air revêche, semblait prête à en découdre.

— Dénonçons cette contre-vérité comme quoi il n'y aurait pas de vins bretons !

Le commissaire aurait pu s'en douter.

La vigneronne, dont les cheveux blonds lisses tombaient aux épaules, avait pris un air sévère.

— Bien sûr qu'il y en a. Ils font même partie des meilleurs, des plus célèbres et des plus appréciés au monde.

Ce qui valait, cela va sans dire, pour tout ce qui était breton. Mais pour le vin, tout de même, n'était-ce pas exagéré ? Le commissaire avait bien croisé une colline plantée de vignes au sud de Saint-Malo ainsi que quelques vignobles dans le golfe du

Morbihan. De belles parcelles, certes, mais de là à penser à des vins de renommée internationale…

— C'est bien des vins de Loire que je parle. Naturellement.

C'est précisément là que se trouvaient Georges et Claire, sur les bords de Loire, non loin de son embouchure, à l'ouest de Nantes. Au fond d'une cave à la voûte élevée, dans le halo d'un immense chandelier d'un âge vénérable. Dupin n'affectionnait ni les grottes ni les tunnels, ni même les simples caves, et s'y sentait aussi angoissé que sur un navire.

— La plupart des gens ignorent que la Loire, le plus long fleuve de France, est bretonne, poursuivait la viticultrice. Elle ne se contente pas de se jeter en Bretagne après un peu plus de mille kilomètres, non, elle parcourt notre région sur une centaine de kilomètres.

Dupin devait admettre qu'il n'en savait rien. Il se fit également la réflexion que la Loire traversait donc d'autres régions sur neuf cents kilomètres. Le département de la Loire-Atlantique ne faisait plus administrativement partie de la Bretagne, à la suite d'une réforme remontant au milieu du XXe siècle. Pour la plupart des habitants, cela n'avait rien changé. De leur point de vue, Nantes, jadis capitale bretonne, et ses environs, y compris Guérande et ses célèbres marais salants, faisaient toujours partie de la Bretagne. Et peu importe ce qu'en pensait le reste du monde.

— La Loire est notre fleuve royal. C'est l'un des derniers grands fleuves d'Europe à avoir conservé sa nature sauvage. Sur quatre cents kilomètres, on y cultive la vigne, ce qui représente pas moins de soixante-dix mille hectares, et ce depuis l'occupation romaine, il y a plus de deux mille ans.

Elle reprit sa respiration.

— L'immense variété des paysages de la Loire se reflète dans la diversité de ses vins. Tous ont néanmoins quelques points communs : leur fraîcheur, leur goût fruité, et leur élégance unique. Le sancerre, par exemple, ou le pouilly-fumé, dans la partie haute du fleuve, sont issus de sauvignon blanc.

Dupin salivait.

— Il y a aussi les vins du Val de Loire, Saumur, Anjou ou Touraine, élaborés à partir de cépages autochtones comme le chenin blanc et le cabernet franc rouge. C'est là qu'ont été bâtis les célèbres châteaux de la Loire.

La viticultrice jeta un coup d'œil aux neuf convives qui participaient à la dégustation organisée au domaine La Fontaine aux Bretons, à la limite sud de Pornic.

Le jeudi précédent, Claire et le commissaire s'étaient mariés à la mairie de Concarneau. Après une fête bien arrosée le samedi soir à l'Amiral, ils étaient partis en voyage de noces dans l'après-midi du lendemain. Et, comme prévu, étaient arrivés au domaine juste à temps pour le dîner. Ils s'étaient installés sur la terrasse, au milieu d'un jardin luxuriant qui exhalait un mélange envoûtant de parfums subtils. Des notes de sauge, de thym, de romarin, d'estragon, de menthe et de marjolaine leur montaient aux narines. Ces herbes aromatiques, ils les avaient retrouvées dans les créations culinaires qu'on leur avait servies.

Aux alentours de vingt et une heures, le jour avait commencé à décliner dans de belles lueurs carmin qui avaient longtemps coloré le ciel. Une soirée estivale parfaite sur la Côte de Jade, à l'extrême sud de la Bretagne, sous une brise légère. Il faisait encore plus de vingt degrés.

Ce lundi, à leur réveil, peu après onze heures, il pleuvait à verse. Une pluie diluvienne qui n'avait cessé de s'intensifier jusqu'à leur descente sous terre.

La viticultrice en était aux derniers méandres de la Loire.

— De la région de Nantes jusqu'à l'embouchure, le muscadet règne en maître. Ce cépage blanc, aussi appelé melon de Bourgogne, ce qui rappelle ses origines, donne naissance à un vin unique. Bien frais, il accompagne à merveille les huîtres et les fruits de mer. On assiste même à son grand retour sur nos tables.

Avec Claire, ils avaient eu tout le loisir de le goûter la veille.

— Mais ici, au Pays de Retz, au sud de l'estuaire de la Loire, on trouve également d'autres cépages. Chez nous à La Fontaine, on travaille avec du grolleau gris, ancien et très rare. Nos vignes du bord de mer ont plus de trente ans. Au Clos du Rocher, le sol est calcaire et argileux. Si vous ne connaissez pas encore le vignoble, allez le voir après la dégustation. Le grolleau gris n'était autrefois utilisé que pour l'assemblage. Triste sort qu'ont connu bien des variétés de raisin…

Son regard se teinta de tristesse.

— Nous laissons le grain exprimer toutes ses qualités, son ampleur. Nous produisons un grolleau gris à cent pour cent. Je le répète souvent : un vin parfait pour chaque jour de l'été.

Il n'y avait plus de doute : Dupin devait le goûter. La viticultrice s'y connaissait pour convaincre son auditoire. Elle parvenait même à faire oublier au commissaire l'oppression qu'il avait ressentie en arrivant dans la cave.

— Le grolleau se marie aussi bien avec les huîtres et tous les fruits de mer qu'avec le poisson et les viandes blanches. L'important, c'est de le servir frais, entre huit et dix degrés – jamais plus. Un nez dominé par des notes de miel et de fruits mûrs, avec une prédominance de fruit de la Passion, un peu d'abricot et de poire. Et bien sûr, un parfum d'agrumes caractéristique. Mais je vous en dis déjà trop…

Dupin en avait l'eau à la bouche.

— Par ailleurs, nous produisons sur le domaine un délicieux chenin blanc ainsi que deux vins rouges. Tous nos vins profitent de notre emplacement atypique, le point de rencontre entre la terre et la mer. L'un des rouges est un cabernet franc. Un très vieux cépage qui a donné naissance au merlot. Très peu astringent, vous pouvez le boire jeune. Et bien froid.

L'été venu, Dupin appréciait les vins jeunes, servis frais.

— Notre autre rouge est un abouriou. Très fruité, des notes de groseille, de fraise et de framboise. Une robe foncée, due à un raisin presque noir. Un vin rond, plein de sève.

Dupin salivait de plus en plus. Tous ces verres qui lui passaient sous le nez, songeait-il avec une pointe de mélancolie.

Les joues de la vigneronne s'enflammaient.

— Très peu d'acidité. C'est exceptionnel !

Elle marqua une pause dramatique.

— Il y aurait tant de choses à dire, tant à connaître… Salvador Dalí aurait déclaré : « Qui sait le déguster ne boit plus jamais de vin, mais en goûte les secrets. » C'est exactement ça : apprécier le vin est un art qui requiert savoir et savoir-faire. C'est pourtant très simple, aussi simple que la transformation du sucre des raisins en alcool. Et pourtant… les arômes sont infinis !

Elle soupira.

— On dénombre plus de dix mille cépages dans le monde ! Deux mille cinq cents d'entre eux permettent officiellement la production de vin, dont environ deux cents en France, l'épicentre de la culture vinicole. Cependant, la majeure partie de la production, environ les deux tiers, se limite à une dizaine de cépages. C'est pour cette raison que nous privilégions des variétés anciennes et rares, aux immenses potentiels gustatifs. Laissez-vous aller à la diversité. Chaque cépage est singulier, unique.

Un ton théâtral.

— Et pourtant... les cépages ne sont qu'un des éléments pour élaborer un vin, développer son essence et son goût. Tout commence par le caractère du sol, et du lieu. Le même cépage cultivé à des endroits différents peut donner des arômes très variés. Contrairement à ce qu'on pense, les meilleurs vins ne naissent pas sur des sols particulièrement fertiles, mais plutôt là où les vignes peinent à pousser. Où on en exige le maximum. C'est ça qui donne du caractère ! Des situations exceptionnelles, comme ici, au bord de l'Atlantique. Mais le plus important, c'est le vigneron. Son savoir-faire, ses idées, sa vision. Sa capacité à mettre tout cela en œuvre.

Elle rayonnait.

— Bien entendu, l'expérience du vin dépend aussi des conditions dans lesquelles on le déguste.

Une mauvaise température, par exemple, suffit à anéantir la noblesse d'un cépage. Puis le goût du vin est quelque chose de personnel, ne laissez aucun expert vous intimider ! Certains préfèrent les blancs frais et acides, d'autres des vins plus doux. D'ailleurs, ne vous méprenez pas, l'acidité n'est pas une qualité négative, elle porte en elle de délicieux arômes comme ceux du citron, de l'ananas, de l'abricot, de la pêche, de la groseille à maquereau, du kiwi ou encore de la pomme. D'autres encore préfèrent des rouges puissants.

Dupin, pour sa part, avait un faible pour les rouges soyeux, corsés et forts en alcool.

— En réalité, chacun doit trouver le vin qui correspond à son corps, son être, son esprit.

Elle soupira de nouveau, un souffle profond qui venait du cœur.

— Mais venons-en au fait. Aujourd'hui, nous allons affiner votre palais, ouvrir vos sens aux arômes, et vous communiquer quelques bases du vocabulaire d'œnologie.

Dupin nourrissait une forme de méfiance à l'égard de ce lexique.

— D'abord, nous allons déguster successivement les quatre vins de notre domaine.

Enfin un peu de pratique ! songea Dupin.

— Puis un muscadet du Domaine du Lac, propriété d'un ami vigneron. Ce vin, élaboré sur les rives du lac de Grand-Lieu, à moins de trente minutes d'ici, a récemment remporté une prestigieuse médaille d'or.

Quelle joie ! Après-demain, Claire et lui dégusteraient ce muscadet au domaine, le lac étant la deuxième étape de leur voyage.

La vigneronne balaya l'assemblée du regard, tandis que les convives fixaient les glacières remplies de bouteilles posées sur la table.

— Vous savez que nous sommes un éco-domaine. Sur nos deux hectares, nous travaillons sans aucun herbicide ni pesticide. Sans machine également. Tout est fait à la main.

Claire avait déjà expliqué tout cela en détail à Dupin. Cécile Cast, la propriétaire du domaine La Fontaine aux Bretons, que Claire avait rencontrée par l'entremise d'une cardiologue de Nantes, était devenue une amie. Cécile avait invité le couple à visiter son domaine l'année précédente, mais ils avaient manqué de temps. Cette fois, tout s'agençait parfaitement : une lune de miel sur les rives de la Loire, au cœur du vignoble. Que rêver de mieux ?

— Vous pouvez maintenant ouvrir vos carnets de dégustation – les petits cahiers rouges devant vous.

Dupin remarqua que la voix de la vigneronne avait changé. Où était passé son enthousiasme ? Il aurait préféré boire une belle gorgée plutôt qu'ouvrir un carnet. À chaque place de la longue et imposante table de bois se trouvaient un guide des vins de Loire, une brochure sur La Fontaine aux

Bretons, une roue des arômes, et ce fameux carnet rouge bordeaux, orné d'un tire-bouchon stylisé. En grosses lettres noires, on pouvait lire *Carnet de Dégustation*. Il comptait cent quarante-quatre pages. Dupin l'ouvrit à contrecœur.

— Vous utilisez une page pour chaque nouveau vin. D'abord les informations élémentaires : nom, date et lieu de la dégustation, taux d'alcool, cépage. Ensuite, vous avez des gradations à cinq niveaux pour évaluer le corps, les tanins, l'intensité des saveurs, l'acidité et la douceur.

La vigneronne devenait de plus en plus sérieuse.

— La dégustation elle-même se déroule en quatre étapes. Premièrement, l'impression visuelle – l'œil goûte aussi ! Deuxièmement, le bouquet – le nez, encore plus important. Troisièmement, le goût. Et quatrièmement, la longueur en bouche. Chaque étape doit être évaluée. En bas de page, vous avez de la place pour des observations détaillées.

Lorsque Claire lui avait parlé des dégustations, Dupin avait été ravi. Il raffolait des bons vins, particulièrement ceux de la Loire. Et il n'avait jamais visité cette région, ce qui était impardonnable. Chacune des neuf journées de leur voyage comprenait au moins une dégustation. Dupin s'était imaginé des moments très agréables – aux antipodes de minutieuses notations, d'évaluations en quatre étapes, ou d'échelles à cinq niveaux. Pourtant, deux semaines auparavant, un léger doute avait commencé à l'envahir. Claire lui avait fait une surprise en lui offrant, en guise de cours préparatoire, un imposant volume : *Le Nez du Vin*. C'était un livre-écrin, pesant plusieurs kilos, comprenant cinquante-quatre petites fioles contenant des arômes primaires. Claire ne tarissait pas d'éloges sur ce livre, destiné à développer la mémoire olfactive. En réalité, avait-elle précisé, il existait plus de mille arômes. Rebutée, comme son époux, par le snobisme de certains amateurs, elle nourrissait toutefois un réel penchant pour l'approche scientifique. Dupin, quant à lui, était simplement passionné par le côté pratique.

— Au travail ! lança la vigneronne, d'un ton autoritaire. Rédigez d'abord les informations de base. Nous commençons par le grolleau gris.

Sans doute était-il plus avisé de ne pas attaquer par une longue gorgée. Ils s'étaient levés tard et n'avaient pas eu le temps de prendre un vrai petit déjeuner, se contentant d'un simple café. Plusieurs bouteilles de grolleau gris, à la température idéale, firent le tour de l'assistance. Toutes et tous prirent de notes.

— Si vous vous demandez ce que sont les petits seaux noirs devant vous, il s'agit de crachoirs à vin.

Quelques participants hochèrent la tête d'un air averti, tandis que les autres les observaient d'un air interrogateur.

— Je préfère vous rappeler, poursuivit la

vigneronne, si sympathique quelques instants plus tôt, que lors d'une dégustation, on ne boit pas ! Vous goûtez, puis vous recrachez.

Dupin n'avait certes pas l'intention de s'enivrer au milieu d'un groupe d'inconnus, mais il ne s'était pas non plus imaginé la dégustation sous cet angle.

Un jeune homme descendait le raide escalier en colimaçon. Les murs de la cave étaient en terre nue, avec ici et là de la pierre brute. Quelques piliers en acier pour soutenir la structure. Telle qu'elle devait être, peu ou prou, au début du XIXe siècle, lors de sa construction. Si c'était très pittoresque, selon Dupin cela ne garantissait pas sa solidité.

— Bonjour, je cherche un monsieur Dupin.

— C'est moi-même.

On le dévisagea.

— Un appel pour vous. Une femme. Elle dit que c'est urgent.

Dupin se leva d'un bond – non sans remarquer le regard désapprobateur de Claire. Mais que pouvait-il faire ? Il sortit son téléphone portable. Aucun signal, pas une seule barre de réseau.

— A-t-elle donné son nom ?

— Non. Elle n'a pas voulu.

Le jeune homme remonta les marches, suivi par le commissaire. Ils eurent tôt fait d'arriver à la réception.

Dupin se saisit du téléphone sans fil.

— Monsieur le commissaire ? C'est madame Claudel au téléphone.

Sa voisine à Concarneau, dans les quatre-vingt-dix ans.

— C'en est fini de votre maison, monsieur. Votre maison... On est en train de la détruire...

— Pardon ? De la quoi ?

— Oui, en haut. La structure en bois.

Après l'achat de leur maison, ils avaient refait le toit et ajouté une fenêtre en encorbellement.

— Que voulez-vous dire, madame ?

— Un pivert. Vous savez, ils font des trous partout. Sans pitié. L'année dernière, ils s'en sont pris à la maison de Corinne et François. L'automne passé, ils ont dû remplacer toute leur belle façade en bois par du plastique. Très moche – mais efficace !

— Je... Que voulez-vous dire par « ils font des trous partout » ?

— Eh bien, que votre pivert fait des trous ronds dans le bois et dans l'isolation. Il y en a déjà quatre.

— Quatre trous ? Ça semble sérieux...

— C'est bien ce que je viens de vous dire...

— Pourquoi ? Il cherche des insectes ?

— Ah ! Non, pas du tout ! Il n'y a aucune vie là-dedans. Il le sait bien. Il veut construire un nid.

— Dans notre maison ?

— C'est ça.

« Enfin ! Vous en avez mis du temps pour comprendre », semblait-elle dire.

— Mais pourquoi quatre ? Quatre nids ? Un par saison ?

— Sottises ! Il veut seulement impressionner les femelles. Plus il y a de nids, mieux c'est. Et quand il se rend compte que le matériau d'isolation n'est pas adapté, il essaie à un autre endroit. Pour découvrir que le matériau est le même…

— Il va sûrement finir par arrêter.

Un rire sardonique retentit à l'autre bout du fil.

— Arrêter ? Vous voulez rire ! Corinne et François sont partis juste un long week-end, et le dimanche soir il y avait déjà neuf trous ! Peu après, dix-huit ! Vous savez combien ça coûte ? Je veux dire, combien ils ont fini par débourser ? Cinquante-deux mille euros.

— Cinquante-deux mille euros ?

— Aucune assurance ne couvre ça. Et en plus, c'est affreux. Peu importe. En tout cas, vous devez faire quelque chose immédiatement, monsieur le commissaire. Si le pivert se rend compte que personne ne l'arrête, il va continuer tranquillement. Et après votre lune de miel, vous allez déchanter…

— Je vais m'en occuper, madame Claudel. Merci beaucoup.

Il resta un moment perplexe.

Soudain, une idée illumina son visage. Mais bien sûr, il avait la solution !

Il passa un appel.

— Ah ! Le commissaire en personne ! Alors, chef, ça roule ?

Le ton de son premier lieutenant était moqueur.

— Le Ber, j'ai besoin de vous.

Si quelqu'un pouvait l'aider, c'était bien lui. Il lui avait déjà été d'un grand secours pour faire face à diverses menaces.

— Un pivert attaque notre maison, Le Ber. Il a déjà fait quatre trous dans nos derniers aménagements…

Silence.

— Le Ber ? Allô ?

À croire qu'on avait coupé la ligne.

— Je suis toujours là, chef, répondit le lieutenant sur un ton résigné. Ce n'est pas bon…

Dupin s'attendait à une autre réaction.

— Un pivert, ça doit bien pouvoir se stopper, non, Le Ber ?

— Honnêtement, chef ? C'est impossible.

— Que voulez-vous dire ?

— Au bout du compte, vous n'aurez qu'une solution : remplacer le bois par un matériau synthétique. Du WPC ou quelque chose comme ça. Malheureusement, ce n'est pas très esthétique.

Jamais Claire n'accepterait.

— Il y a bien moyen de le faire fuir, Le Ber ?

— Jetez un coup d'œil sur Internet et les réseaux sociaux, chef. Vous y trouverez des milliers de conseils. Certains recommandent de diffuser du heavy metal à plein volume, d'autres d'envelopper la maison de filets colorés. D'autres encore préconisent des imitations réalistes de hiboux géants, leurs prédateurs naturels, tous les deux mètres à différentes hauteurs. Mais les pics finissent par s'y habituer.

Aucune de ces options n'était envisageable.

— Rien de tout ça ne fonctionne vraiment, chef. Ou alors c'est temporaire. Le pivert est un animal intelligent. Vous savez combien les oiseaux sont futés. Mais il ne faut pas que ça vienne gâcher votre voyage de noces !

Plus facile à dire qu'à faire…

— Je vais passer chez vous avec Labat. On pourra y jeter un œil de temps en temps dans les prochains jours.

Ce n'était pas une vraie solution, mais c'était mieux que rien.

— Merci beaucoup, Le Ber. C'est vraiment gentil de votre part.

— C'est bien normal, chef. Profitez de votre séjour !

Dupin, pensif, retourna vers la cave.

Alors qu'il atteignait la première marche, il entendit une voix retentir :

— Et maintenant, prenez votre roue des arômes.

La vigneronne parlait sans doute du disque en carton placé devant chaque convive.

Claire paraissait de bonne humeur.

Les verres étaient enfin remplis de vin ; on avait donc dépassé la théorie, ce qui représentait déjà un progrès, se dit Dupin.

— Il n'y a pas de mauvaises associations de saveurs ! les rassurait la vigneronne. Les impressions sensorielles sont subjectives. Ne soyez pas timides !

Dupin n'était pas timide, juste animé d'un besoin urgent de déguster un bon verre de vin.

— Partez des arômes les plus évidents pour aller vers les plus subtils, les plus masqués. Avec un vin blanc, commencez par détecter les fruits ou les fleurs. Ensuite, cherchez les arômes verts ou végétaux, par exemple le thé noir, le poivron vert, la menthe ou d'autres plantes aromatiques. Alors, quelles sont les premières étapes ? demanda la vigneronne à une femme qui semblait particulièrement enjouée.

La réponse fusa :

— Faire tourner doucement le vin et observer, puis faire tourner et sentir !

La vigneronne hocha la tête avec satisfaction.

Dupin, obéissant, avait pris place. Son verre avait été rempli, et une des bouteilles était restée près de lui.

— Aucun sens n'est aussi développé chez l'être humain que l'odorat, déclara la vigneronne avec assurance. En même temps, c'est celui qui échappe le plus aux mots, d'où l'importance de ces exercices.

Plus de quatre-vingts pour cent de ce que nous appelons le goût passe par notre nez, donc en fait par l'odorat – seuls vingt pour cent viennent réellement de la bouche et du goût proprement dit. La langue ne permet de faire que six distinctions : sucré, salé, acide, amer, umami, et gras. C'est le nez qui fait toute la différence ! Même dans nos relations : qui aimons-nous ? De qui tombons-nous amoureux, qui nous rebute ? Qui ne pouvons-nous littéralement pas sentir ?

Claire lui avait déjà expliqué cela : l'odorat était lié au système limbique, qu'on appelait aussi cerveau émotionnel, qui régulait bien plus de choses qu'on ne le pensait, et souvent de façon inconsciente.

— Et quand vous prenez votre premier – je précise, petit – verre, alors gardez toujours la bouche légèrement ouverte ! poursuivit la vigneronne en revenant à des aspects plus concrets. Le vin a besoin d'oxygène, tout comme nous. Pas de gargarismes, faites-le rouler doucement dans la bouche.

Son regard sévère balaya l'assemblée.

— Sentez et goûtez attentivement ! Puis recrachez. Et sentez encore. À ce moment-là, c'est votre nez et votre bouche qui prennent le contrôle. Nous parlerons de l'œil plus tard. Exprimez vos impressions gustatives à voix haute. Sans filtre, spontanément. Ensuite nous pourrons en parler ensemble. Allez-y !

Les convives, tenant leur verre, semblaient impressionnés.

Après chaque gorgée, prise avec déférence, toutes et tous recrachèrent aussi discrètement et dignement que possible. Un court silence se fit.

— Foin !

— Amande !

— Agrumes… pamplemousse !

Tout le monde y allait de son impression, créant un joyeux désordre.

— Pêche.

— Levure ! Levure !

— Coing !

— Très bien ! applaudit la vigneronne. Continuez comme ça ! Le vin, c'est de la poésie en bouteille, comme le disait Robert Louis Stevenson, et il s'y connaissait. L'équipage en route pour l'île au Trésor puisait également son inspiration dans le vin.

Dans toutes sortes de spiritueux, pensa Dupin.

Il avait vidé son verre d'un seul trait. Sans que personne le remarque. Il avait aussi observé que Claire n'avait rien recraché non plus. Dupin y vit une incitation à se servir un deuxième verre.

— Certainement de la pomme. De type Granny Smith.

— Plutôt de la poire, je dirais.

— Litchi !

— Anis et artichaut.

Tout cela semblait un peu arbitraire au

commissaire. Ce qui, bien sûr, ne changeait rien à la qualité du vin. Le grolleau gris était merveilleux. Dupin distinguait de la poire, surtout dans ce deuxième verre, qu'il but également d'une seule lampée. Le regard de la vigneronne l'effleura alors brièvement – Dupin crut apercevoir un léger sourire sur ses lèvres.

LE DEUXIÈME JOUR

La veille avait été placée sous le signe du grolleau gris. Une journée de bonheur complet, qui s'était terminée par un apéritif précoce suivi d'un dîner qui s'était prolongé jusqu'au cœur de la nuit. Entre la dégustation matinale et l'apéritif, ils avaient pris tout leur temps pour apprécier le déjeuner sur la terrasse, accompagné de ce fameux vin, gouleyant. Puis ils s'étaient étendus dans le jardin enchanté, réchauffés par le soleil qui avait chassé la pluie. D'ordinaire, Dupin évitait l'oisiveté. Il ne la supportait pas, ni physiquement, ni mentalement.

« Voilà donc le secret, avait fait remarquer Claire. J'aurais dû le deviner lors de nos vacances sur la côte de Granit rose : une légère et constante ivresse sous une chaleur estivale… »

Ils avaient prévu de marcher un peu le long de la côte, le déjeuner ayant été copieux. Il n'en fut rien, mais ils réussirent tout de même à faire un tour du vaste domaine. Un monde paisible, replié sur lui-même : de doux vallons, des étangs d'un vert sombre, un ruisseau, des bosquets, des prairies sauvages. Il y avait plusieurs potagers et différents jardins d'herbes aromatiques, sans oublier le vignoble. Et beaucoup d'animaux. Chevaux, moutons, lapins, cochons d'Inde, porcs, dindes, poules, grenouilles, oies, canards. Mais les favoris de Dupin furent sans aucun doute les deux ânes, Tristan et Iseult.

Dupin n'avait toujours pas parlé du pivert à Claire, par précaution. Il comptait rappeler Le Ber aujourd'hui. Peut-être le problème serait-il déjà réglé. Le lieutenant était capable de réaliser des miracles.

Onze heures sonnaient. Claire et Dupin étaient installés dans le jardin romantique situé devant le bâtiment principal de La Fontaine aux Bretons, le plus ancien du domaine, plein de charme et dont le rez-de-chaussée abritait le restaurant et une petite boutique. L'hôtel, construit il y a seulement deux ans, se trouvait plus loin derrière. Auparavant, La Fontaine aux Bretons ne proposait que quelques chambres d'hôtes.

De partout, on voyait la mer, jusqu'à l'île de Noirmoutier qui s'étendait loin dans l'Atlantique à environ quinze kilomètres à vol d'oiseau, et que l'on devinait longue et plate. La côte, entre l'île et Pornic, formait une immense baie, la baie de Bourgneuf.

Claire et Georges avaient choisi pour le petit déjeuner, parmi la demi-douzaine de tables, celle qui se trouvait au milieu d'herbes sauvages comme

Dupin n'en avait jamais vu : follement luxuriantes, parsemées de fleurs de toutes les couleurs. Les chaises vert foncé étaient extrêmement confortables, sans doute en raison de leur assise tressée. De hauts murs de pierre patinés protégeaient le vaste jardin. Une porte en fer forgé donnait directement sur le vignoble, invitant à aller l'admirer et imaginer les vins qu'ils allaient goûter.

— Et si nous faisions de l'abouriou le thème de notre journée ? dit Claire dans un large sourire.

Aucune dégustation n'était prévue, mais qu'à cela ne tienne. Ce vin, qu'ils avaient découvert la veille, les avait ravis. Il leur fallait prendre très au sérieux les injonctions de leur hôte : explorer tous les cépages, surtout les plus rares, afin de rendre hommage à la biodiversité. Une véritable mission.

— Je suis d'avis que nous consacrions chaque jour de ce voyage à un nouveau cépage, ajouta Claire.

Dupin leur servit du café et y versa une larme de lait chaud – c'était parfait, la boisson idéale pour y tremper un pain au chocolat. Deux bourdons tournaient autour de leurs tasses, semblant apprécier l'odeur du café autant que le commissaire. Des oiseaux gazouillaient gaiement, sans qu'on puisse les apercevoir. Dupin s'en était fait la réflexion la veille.

Il portait une casquette, car le thermomètre indiquait déjà vingt-sept degrés – même si la météo était typiquement bretonne, c'est-à-dire changeante. Alors qu'on aurait pu jurer que le reste de la journée serait aussi ensoleillé, il pouvait en réalité pleuvoir dans dix minutes. Ensuite, le soleil reviendrait. Un véritable Breton n'était pas dupe.

Dupin était plongé dans son journal.

— Savais-tu que le restaurant a son propre marin pêcheur qui fournit la pêche du jour ?

Son téléphone sonna. Il l'ignora.

Claire et lui s'étaient fixé des règles strictes concernant le travail pendant leur lune de miel. Ils avaient tous deux informé leurs collègues qu'ils ne seraient joignables qu'en cas d'extrême urgence. Dupin avait également dû promettre de ne pas s'impliquer dans des affaires criminelles ou suspectes durant leur voyage. Il ne fallait surtout pas que cela se termine comme six ans plus tôt, lorsqu'ils avaient tenté de prendre des vacances ensemble[1]. Et, aussi étonnant que cela puisse paraître, le commissaire n'éprouvait aucun besoin de savoir ce qui se passait au commissariat de Concarneau.

— Si c'était grave, je le saurais.

— Allons nous balader, dit Claire en se levant. Et ensuite, un peu de natation !

Elle adorait nager, tout comme son époux.

Il se leva immédiatement, un drap de bain bleu et blanc sous le bras, dans lequel se trouvait son maillot. Claire portait le sien sous sa robe.

— Cécile m'a conseillé d'aller vers le sud. Cela

1. Voir, du même auteur, *Les Disparus de Trégastel.*

nous donnera une vue parfaite sur tout le paysage. Et demain, nous irons à Pornic.

Leur emploi du temps était libre, leurs journées faites de petits riens. À la fin de la semaine, ils partiraient pour Saumur, après une étape au bord du lac de Grand-Lieu.

— Ce soir, nous dînons au restaurant dont Cécile nous a tant parlé, pas très loin, qui donne sur le sentier côtier.

Dupin ne voyait aucune objection au fait de parler du dîner au petit déjeuner, c'était même devenu un de leurs rituels. Rien d'original, d'ailleurs. Tous les Bretons faisaient de même, tant il est vrai qu'une promesse culinaire permet de surmonter les tracas du quotidien.

Ils franchirent la grande porte en fer forgé pour traverser le vignoble en direction de la mer. À leur arrivée, l'avant-veille, ils étaient passés par Pornic. Ils avaient trouvé charmante la petite cité de caractère. Pittoresque, mais pas trop. Dupin avait immédiatement repéré deux ou trois cafés qui leur plairaient.

C'était étonnant : en venant du sud de l'embouchure de la Loire, le paysage était absolument plat. Ce n'est qu'en approchant de Pornic qu'on retrouvait les paysages bretons tout en courbes. Nul endroit en Bretagne qui soit plat. Avec son point culminant à trois cent quatre-vingt-cinq mètres, la région n'est pas montagneuse, mais vallonnée, surtout sur les abords côtiers.

— C'est là, à Pornic, que commence la Bretagne, avait solennellement affirmé Nolwenn, sa fidèle assistante, la semaine dernière. On le voit, on le sent, on le vit.

Le sentier, spectaculaire, suivait les nombreux méandres de la côte déchiquetée. Des pins maritimes majestueux, des cèdres et des cyprès au port fier, de vénérables chênes tortueux, des lauriers-roses, des magnolias, des agaves, des fougères et des herbes folles.

À droite, la falaise descendait abruptement jusqu'à la mer, où à marée basse le granit sombre et le sable alternaient. Partout se dissimulaient de petites criques sablonneuses. Le prix à payer pour atteindre ces plages de rêve était une descente aventureuse par des sentes escarpées. Ici, chacun pouvait se dénicher une crique privative entourée de falaises ravinées. Le limon fin et clair entre le continent et l'île de Noirmoutier donnait à l'eau une teinte légèrement laiteuse. Il apportait aux nuances bleutées, vertes, et même turquoise de l'eau leur aspect mystérieux. Des tons que Dupin ne connaissait pas encore en Bretagne. D'habitude, la clarté cristalline de l'Atlantique breton s'accompagne de couleurs vives, pures et éclatantes. Ici, les tons étaient plus doux, plus délicats. Et même si le soleil se cachait derrière des nuages sombres, on voyait la couleur d'où la côte tirait son nom : le fameux vert jade.

L'Atlantique, enfermé dans cette grande baie, clapotait paisiblement. Pas de houle, on aurait presque dit une mer intérieure. Ce qui caractérisait ce paysage côtier, c'étaient les pêcheries. Dupin ne les avait vues jusqu'alors qu'en cartes postales et dans des albums photographiques. Des cabanes de pêcheurs en bois, structures graciles posées sur de très hauts pilotis. D'audacieuses installations, parfois accessibles seulement par de longs et étroits pontons. Toutes disposaient d'un balcon et d'un bras de grue en bois auquel était suspendu un filet rigide. On devait leur présence à une méthode de pêche particulière de la région.

Tous les trente à cinquante mètres, elles s'élevaient au-dessus de la mer, leurs silhouettes ressemblaient à des sculptures énigmatiques ou à des insectes géants. À marée basse, la plupart se trouvaient à sec sur le sable.

— C'est incroyable. Ça te plairait, Georges : une *tiny house* sur pilotis dans la mer. Avec une table et deux chaises sur la terrasse. On s'y installerait tous les soirs pour regarder le coucher de soleil, avec du vin, du pain et du fromage.

Claire et Dupin étaient fascinés par le panorama.

Dupin comprenait maintenant ce que Nolwenn voulait dire : « C'est ici que commence la Bretagne. » Soudain, l'élément sauvage, si breton, se révélait, difficile à définir et pourtant si perceptible : quelque chose de rugueux, de brut, de libre. Une force primitive. Dans les paysages, la mer, le ciel. Sur le littoral plus au sud, cette force n'existait pas. Mais à partir de Pornic, elle était bien là. Même si parfois la côte bretonne évoque la Méditerranée ou les Caraïbes, cette nature authentique est sous-jacente.

— La technique ici s'appelle la pêche au carrelet, expliqua Claire. C'est une méthode très ancienne de pêche au filet. En 2021, elle a été officiellement inscrite au patrimoine culturel immatériel national. À marée haute, les filets sont posés au fond, les pêcheurs attendent quelques minutes, puis ils les remontent brusquement.

Dupin avait remarqué plusieurs livres sur Pornic et ses environs sur la table de chevet de Claire ces dernières semaines. « On ne voit que ce que l'on sait », telle était la devise de sa femme.

— On attrape tout ce qui nage près de la côte : anchois, anguilles de mer, bars, crabes, merlans, sardines et soles.

Que demander de plus ? Il y avait déjà de quoi préparer de délicieux plats.

Soudain, Claire s'arrêta.

— Regarde ! Ce sera notre crique !

La végétation dense ne laissait qu'entrevoir l'endroit qu'elle pointait du doigt. Une bande de sable en croissant clair, entre deux formations rocheuses plates et grises, surmontées de chaque côté par une pêcherie.

— Et voici le chemin pour descendre.

Elle désigna une étroite sente rocailleuse. Trois

minutes plus tard, ils atteignirent la plage. Un petit paradis, juste pour eux deux.

Ils nagèrent avec enthousiasme jusqu'à une bouée rose. L'eau était douce, soyeuse, et légèrement plus chaude que dans leur Finistère, autour de vingt-deux degrés – mais il ne faisait aucun doute qu'il s'agissait bien de l'Atlantique : salé, iodé, rafraîchissant.

Tandis qu'ils regagnaient le rivage, on entendit la sonnerie du téléphone du commissaire.

— Ton téléphone, Georges !

— Peu importe.

Il le pensait vraiment.

À peine étaient-ils sortis de l'eau que la sonnerie, de nouveau, retentit.

— Regarde qui c'est, suggéra Claire.

À contrecœur, Dupin prit son téléphone qu'il avait posé dans sa chaussure gauche.

— Nolwenn.

— Tu ne devrais pas répondre ?

— Pourquoi ?

— Pour être tranquille.

— Je suis tranquille.

Néanmoins Dupin décrocha.

— Que se passe-t-il, Nolwenn ?

— Ah ! Commissaire, bonjour. Je suppose que vous vous portez à merveille.

— Que se passe-t-il ?

— Rien, absolument rien ! Tout est calme. Pas le

moindre incident. Il me semble juste que vous ne prenez pas au sérieux cette histoire de pivert.

C'était donc pour ça qu'elle appelait ?

— Une grave erreur, commissaire, vous…

— Puis-je vous rappeler plus tard, Nolwenn ?

Dupin n'avait toujours pas parlé du pivert à Claire. Et elle se tenait juste à côté de lui.

— L'affaire est urgente, commissaire.

— Je…

Cette fois c'est le téléphone de Claire qui sonna. Elle s'éloigna de quelques pas pour répondre.

— Je vous rappelle cet après-midi, Nolwenn. Promis.

— Il détruit toute la maison, commissaire.

Ça lui semblait vraiment exagéré.

— Un pivert en furie. Je pourrais vous raconter bien des histoires à ce sujet… Mon mari a une idée. Je voulais vous l'expliquer. Pas tout à fait légale, mais il a déjà utilisé la méthode plusieurs fois. Très efficace…

— J'ai hâte d'entendre ça. Mais plus tard.

— Très bien, je vous laisse, commissaire.

Il raccrocha.

— Georges ! s'écria Claire.

— Oui ?

— C'était Cécile… C'était Cécile…

Son visage était blême.

— Brian, je veux dire, l'ex-mari de Cécile, dit Claire d'une voix lente, comme mécanique. Le vigneron, tu sais ? Celui du muscadet d'hier. Là où nous devions aller demain. Cécile était chez lui hier soir. C'était son anniversaire. Ils ont toujours gardé une relation très proche.

Elle s'arrêta.

— Et alors ?

— On vient d'appeler Cécile. On a trouvé Brian il y a un quart d'heure. Près du lac, pas loin de ses vignes. Mort. Abattu. Apparemment avec un fusil de chasse. Il faisait son jogging.

— Quoi ?

Claire avait déjà commencé à s'habiller en hâte.

— Un meurtre, Georges. Un meurtre brutal.

Ça semblait totalement irréel.

— Cécile est dévastée. Il faut que j'aille la voir, Georges. Dépêche-toi !

— Un malheureux hasard ? Un accident de braconnage ? Complètement absurde.

Cécile Cast, dont le visage était déformé par la douleur, était hors d'elle. Elle ne cherchait pas à le cacher. Le commissaire de Nantes, Gaspard Lelouche, un homme grand et mince, avec un visage aux traits bien dessinés, des cheveux courts, légèrement ondulés, dans la trentaine, vêtu d'un costume d'été beige décontracté, avait bien du mal à garder contenance. Dupin ressentait presque de la compassion à son égard.

Lelouche avait été promu commissaire à Nantes l'année dernière, avait-il appris de Nolwenn qu'il avait rappelée durant le trajet. Il venait d'Angers, où il avait apparemment accompli un excellent travail. Dupin ne le connaissait pas – et c'était réciproque.

— Un accident de braconnage ! Vous n'êtes pas sérieux !

Cécile Cast, les cheveux roux relevés, vêtue d'une robe lilas, se détourna du commissaire pour s'approcher du corps.

Brian Katell, quarante-deux ans, le même âge que son ex-femme, gisait près d'une barque. Le lac de Grand-Lieu n'était qu'à une trentaine de minutes de Pornic. Sur sa rive nord, où ils se trouvaient, les vignes du Domaine du Lac, propriété de Brian Katell, s'étendaient jusqu'au bord de l'eau.

Ils étaient nombreux autour du cadavre : le commissaire Lelouche, Cécile Cast, Claire, Dupin, l'intendant du domaine viticole de Brian Katell, le capitaine de la gendarmerie de Bouaye, une jeune policière, un médecin légiste, la cheffe de l'unité de police scientifique ainsi que deux de ses assistants.

Le médecin légiste était agenouillé à côté du corps, dans l'herbe humide. La cheffe de la police scientifique et un de ses collègues examinaient la barque, tandis que l'autre inspectait les traces de pas, à environ dix mètres de là, sur l'herbe épaisse sous un chêne.

— On a parfois affaire à des braconniers au bord du lac, répondit le commissaire Lelouche aux protestations de Cécile. Mon collègue de la gendarmerie me l'a signalé. Pas souvent, mais cela arrive. Monsieur

Katell a peut-être surpris un braconnier lors de son footing, et celui-ci l'a abattu. Tragique.

— Vous pensez vraiment qu'on peut tuer de sang-froid, répliqua Cécile Cast en fixant le commissaire droit dans les yeux, juste pour éviter une simple amende pour braconnage ?

Sous l'effet de la colère, son visage reprenait des couleurs. À l'arrivée du couple Dupin, elle était encore sous le choc, pâle, perturbée, tremblante.

— Peut-être que monsieur Katell a menacé ce braconnier d'appeler la police…

Le commissaire Lelouche restait d'un calme presque provocant.

On avait retrouvé le téléphone de Katell juste à côté de lui, dans l'herbe, mais personne n'en connaissait le code.

— Madame Cast, l'année dernière, dans les Landes, un braconnier a abattu deux gendarmes lors d'un contrôle, continua le commissaire en s'adressant à l'amie de Claire sur un ton professoral. Et ce n'est pas un cas isolé.

Dupin s'abstenait de tout commentaire. Il n'avait pas prononcé un mot, et ne comptait pas se mêler à cette sombre histoire.

— B & P. Baschieri & Pellagri. Grenaille de 3,5 millimètres pour la chasse, annonça la cheffe de la police scientifique, une petite femme aux cheveux noirs, en s'approchant.

Elle tenait un sac en plastique contenant un

fragment métallique sombre. Dans son autre main, une tablette.

— Trente-trois grammes par cartouche. Fer doux, plus dur que le plomb, et beaucoup plus léger. Entièrement respectueux de l'environnement. Habituellement utilisé pour le gibier d'eau. Calibre 12/76, idéal par tous les temps. Des munitions parfaites pour la chasse aux canards. Le diamètre optimal pour un impact létal est de 3,5 millimètres, légèrement plus que les grains de plomb classiques qui mesurent 3,25 millimètres.

Elle tendit solennellement au commissaire le sac contenant le fragment.

— Nous en avons retrouvé onze autres dans la barque. En tenant compte de la répartition à cet endroit, de celle autour et à l'intérieur du corps de Brian Katell, on peut supposer que le tir est venu de la zone sous le chêne.

Elle se frotta la tempe.

— Un seul coup de feu a été tiré. À la tête. L'impact d'une telle décharge est fatal jusqu'à une distance d'environ trente à trente-cinq mètres, selon l'arme bien sûr, mais à dix mètres, Katell n'avait aucune chance.

C'étaient des informations d'une extrême précision, ce à quoi Dupin n'était pas habitué.

Même le médecin légiste s'était montré plus loquace que d'habitude. Il avait estimé l'heure du décès à six heures et demie, plus ou moins une heure. Lui aussi supposait que Katell était mort sur le coup. Quand on voyait l'état de son cou et de sa tête, on était facilement tenté de le croire. Le torse de l'homme n'avait pas été touché, seul le col rond de son tee-shirt bleu marine avait été déchiqueté – le reste du vêtement, de même que son short de sport noir, était resté intact. Si l'heure était correcte, cela signifiait que Brian Katell était resté étendu là pendant environ quatre heures et demie avant d'être découvert par l'intendant. C'était visiblement un endroit très isolé.

— Eh bien, voyez-vous, déclara Lelouche avec satisfaction, tout cela concorde parfaitement. Chasse illégale aux canards. Il y en a en abondance ici.

Il promenait son regard sur le lac.

Claire avait mis le trajet à profit pour expliquer à son mari que le lac de Grand-Lieu était le plus grand de France. C'est en tout cas, en hiver, le plus grand lac naturel de plaine. Ce que Dupin avait du mal à croire. Un lac d'eau douce. À moins de vingt kilomètres de la côte. Depuis cette rive, on ne pouvait que deviner son immense étendue. Il était bien différent de tous les autres lacs que Dupin avait vus. Toute une végétation en recouvrait la surface, dont une grande partie en pleine floraison. Des éclats jaune vif de nénuphars et des touches violettes sauvages, menthe aquatique, iris. Comme si Monet avait imaginé cette scène. Toutes les nuances de vert, du plus tendre au plus éclatant. Des roselières qui habillaient en rang serré le bord du lac, avec ici et là des aulnes entremêlés et des saules pleureurs dont les branches retombaient sur l'eau – une eau scintillant de lueurs bleu-vert phosphorescentes, comme teintée. Un paysage surnaturel, figé dans une totale immobilité, comme si le lac avait été lissé à la perfection, tel un drap amidonné, repassé et tendu. Un décor presque abstrait. Même sur la rive, il n'y avait aucun signe de mouvement. Pas le moindre bruit du monde ordinaire, seulement un concert ininterrompu de chants d'oiseaux. Une mélodie quasi céleste.

— Vous ne croyez pas un mot de ce que vous dites, répliqua Cécile Cast. Le lac est une réserve naturelle gardée. À moins d'une demi-heure d'ici, il y a plusieurs endroits où l'on peut chasser légalement, et en toute sécurité. Y compris des canards. Pour ceux qui tiennent à pratiquer cette activité barbare…

— D'après ce que j'ai entendu, quelques personnes ont bien une autorisation de chasse dans cette zone, madame, répondit calmement le commissaire. C'est pourquoi personne n'aurait probablement songé à appeler la police juste parce qu'un coup de feu a été entendu près du lac.

Cécile Cast avait les larmes aux yeux ; du chagrin mâtiné de colère.

— Seuls les Guerlain ont le droit de chasser ici, eux seuls. Et ils ne le font plus depuis longtemps.

Jean-Pierre Guerlain, l'un des patriarches de la dynastie de parfumeurs fondée au début du XIXe siècle, s'était mis en devoir, dans les années

1950, de racheter aux vignerons des terres contiguës au lac. Ce faisant, il avait créé une immense réserve. Son amour de la chasse au gibier d'eau l'emportait probablement sur toute préoccupation écologique. Fasciné par ce lac exceptionnel, il s'était constitué une réserve privée, dont l'accès était strictement interdit. La seule exception concernait les pêcheurs qui pratiquaient leur art de manière traditionnelle depuis leurs longues barques. Dans les années 1960, Guerlain avait fait construire sur une petite île un pavillon de chasse en bordure de l'eau, où il venait régulièrement avec des amis. Parallèlement, il s'était engagé à préserver cet écosystème lacustre. En 1980, il fit don à l'État de sa réserve de chasse selon des conditions strictes : le lieu devait rester une réserve naturelle protégée. Les pêcheurs locaux conservaient leurs droits, de même que les héritiers Guerlain, dont en fait aucun ne chassait. À son décès, ses héritiers firent également don à l'État du pavillon de chasse, transformé par le département en espace pédagogique pour faire découvrir au public ce lieu unique, l'un des plus riches d'Europe en biodiversité aquatique et ornithologique, abritant des dizaines d'espèces rares, faune et flore confondues. Un projet pionnier. Si Dupin avait bien suivi, on ne pouvait accéder au lac qu'à deux endroits précis : l'ancien pavillon de chasse et la bande de terre du lieu dit la Pierre aiguë à Saint-Aignan, où ils se trouvaient. Quant aux pêcheurs, ils utilisaient les divers canaux qui permettaient de réguler astucieusement le niveau de l'eau.

— Quelle est votre opinion, madame Cast ? se défendit Lelouche en se campant devant Cécile Cast. Que voulez-vous insinuer ?

Claire et Dupin se tenaient deux pas en arrière.

— Que quelqu'un a volontairement éliminé votre ex-mari avec une décharge de grenaille ?

Cécile Cast fixa le commissaire. Une expression fugace, empreinte de gravité, balaya son visage, comme si elle réalisait soudain le poids de ses propres paroles.

— Je… je pense…

— Oui, c'est exactement ce que pense mon amie. Tout comme moi d'ailleurs : c'est un meurtre.

Claire était intervenue d'une voix posée, mais sur un ton abrupt. Dupin le connaissait. Elle n'y recourait que dans les situations les plus graves. Elle s'était rapprochée de son amie, épaule contre épaule.

— Je suis certain que le commissaire ne va laisser aucune piste au hasard et qu'il va enquêter dans toutes les directions, avança Dupin pour calmer le jeu.

— À qui ai-je l'honneur ?

— Commissaire Georges Dupin, police de Concarneau. Ma femme et moi, dit-il en regardant Claire, sommes ici en lune de miel. Nous séjournons à l'auberge de La Fontaine aux Bretons, chez madame Cast. C'est une très proche amie de ma femme.

Dupin fut lui-même surpris de sa réponse factuelle.

Le commissaire haussa les sourcils au nom de

Dupin. Cécile les avait simplement présentés comme « des amis » à leur arrivée.

— Eh bien, vous êtes ici en tant que simple touriste, alors.

Lelouche se détourna de Georges et de Claire pour s'adresser à l'intendant du domaine.

— Savez-vous si Brian Katell pratiquait régulièrement le jogging, monsieur Marchand ? Et si ce sentier faisait partie de son parcours habituel ?

L'homme opina du chef.

— C'était un lève-tôt, jamais après six heures. Trois fois par semaine, il allait courir. Dès qu'il était réveillé, en tout cas en été. Toujours le même parcours. Environ sept kilomètres. Du domaine jusqu'ici, puis retour. Ce lieu, on l'appelle « la fin du monde ». Mais il fut un temps où ce n'était pas le cas.

L'intendant était un homme rondouillard, à l'allure sympathique, qui pouvait avoir une soixantaine d'années.

— Autrefois, l'allée menait à la porte nord de la légendaire cité d'Herbauges, poursuivit Marchand. Une ville celte extrêmement riche qui a fini par être engloutie par le lac. Une histoire fascinante qui…

Le commissaire Lelouche coupa court au récit historique.

— Brian Katell courait-il à jours fixes ?

— Mardi, jeudi, samedi.

— Et toujours le même parcours, vous dites ?

— Oui. En tout cas, il n'y a personne de la famille

Guerlain ici en ce moment, grogna l'intendant. Ça, j'en suis certain. Et comme le dit madame Cast, ils sont les seuls à avoir un droit de chasse ici. Sur l'île du lac, où le vieux Guerlain avait fait construire le pavillon de chasse, il reste une petite maison que la famille conserve. Ils y logent lorsqu'ils sont de passage.

— Il paraît que vous travaillez depuis longtemps sur le domaine des Katell, monsieur Marchand, dit le commissaire sur un ton désinvolte.

— C'est peu dire ! J'ai fêté mon cinquantième anniversaire de service il y a trois semaines, monsieur, s'indigna-t-il. Cinquante ans ! Mon père aussi travaillait au Domaine du Lac. Il avait commencé avec le grand-père de Brian Katell, à l'âge de seize ans, comme ouvrier agricole. Il a travaillé plus d'un demi-siècle pour ce domaine. J'ai pris sa place comme intendant en l'an 2000.

L'homme se calma.

— Un jour, ce sera mon fils qui prendra la relève ! Il a fait des études. Le premier de la famille. Il a officiellement commencé à travailler au domaine à vingt-cinq ans, mais il aidait déjà aux vendanges lorsqu'il était enfant.

On ressentait toute la fierté d'un père. Cela le rend encore plus sympathique, pensa Dupin.

— Moi-même, j'ai commencé juste après l'école, j'ai passé toute ma…

— Je vois, monsieur, l'interrompit brutalement le commissaire.

Lelouche se tourna ensuite vers le légiste.

— Vous pouvez emmener le corps à Nantes.

Une instruction claire.

— Je veux rencontrer au plus vite la compagne de la victime. Nous n'avons pas encore réussi à la joindre.

On ne savait pas vraiment à qui s'adressait le commissaire Lelouche, ou s'il réfléchissait à haute voix.

— Ses parents sont décédés, il n'a pas de descendance. Et vous, dit-il en se tournant vers Cécile, vous êtes divorcée. Anne-Sophie Joly devait donc être la personne qui lui était le plus proche.

— Brian et moi étions restés très liés, corrigea Cécile Cast.

— Étiez-vous également présente hier soir, madame ? À la grande fête d'anniversaire ?

Le commissaire glissa les mains dans ses poches – un geste de défi.

— Brian n'a jamais fait grand-chose pour son anniversaire. Il aimait vivre de façon modeste. Ce n'était pas une grande fête. Nous avons simplement ouvert quelques bouteilles dans la cour du domaine, il y avait un peu de charcuterie, du fromage, du pain.

— Qui était présent ?

— Un ami d'enfance, quelques employés, Anne-Sophie et moi. C'est tout.

Elle marqua une courte pause.

— Qui aurait pu deviner que ce serait son dernier anniversaire ?

Elle luttait contre les larmes.

Dupin remarqua que le commissaire Lelouche ne prenait aucune note.

— Y a-t-il eu quoi que ce soit de particulier hier soir ?

— Non.

— Vous a-t-il semblé différent de d'habitude ?

Le commissaire évitait soigneusement de croiser le regard de Cécile Cast en lui parlant.

— Absolument pas. Brian était de très bonne humeur. Comme toujours, en fait.

— Et vous ne trouvez pas étrange, dit le commissaire en fixant un point sur le lac, que votre ex-mari fête son anniversaire avec sa compagne et son ex-femme ? Cela ne vous a-t-il pas mise mal à l'aise ?

Dupin suivit le regard de Lelouche. Un grand oiseau argenté, probablement un héron, survolait l'eau.

— Vous ne trouvez pas la question un peu déplacée ? intervint Claire froidement. Cela ne vous regarde en aucune façon.

Dupin reconnut qu'il aurait probablement posé la même question, en des termes différents. Susciter la colère comptait parmi les techniques éprouvées d'un interrogatoire. Après tout, aux yeux du commissaire, Cécile faisait partie des suspects potentiels (si toutefois il s'agissait d'un meurtre).

— Très bien. Nous en avons terminé, déclara le fonctionnaire sans prêter attention à Claire.

Il se tourna vers sa jeune collègue, qui n'avait pipé mot.

— Je veux un rapport sur tous les incidents de braconnage enregistrés dans le département au cours des deux dernières années. Recherchez surtout si certains contrevenants ont eu des comportements violents.

— Je pense qu'il faudrait également inclure la Vendée, suggéra la policière.

— Vous avez raison. Madame Cast, puisque vous pensez qu'il s'agit d'un meurtre, avez-vous une idée de qui pourrait en être l'auteur ? Et pour quel mobile ?

Cela semblait curieux : c'était la question la plus importante de l'enquête, et pourtant elle semblait lui venir à l'esprit presque par hasard.

— Je…

Cécile Cast tenta de se ressaisir.

— Je n'en ai aucune idée. Je ne vois pas qui aurait pu lui en vouloir à ce point. Brian était un passionné. Un vigneron corps et âme, depuis toujours. Il n'a pas repris le domaine familial par devoir ni par manque d'imagination. Il aimait le vin. Je veux dire, il l'aimait vraiment. Il…

— Allons, madame Cast ! Il avait bien des querelles, des ennemis, des jaloux, non ?

— Non.

— Pourtant, vous pensez que c'est un meurtre, même s'il n'avait maille à partir avec personne ?

— Si, avec Jérôme Joly, intervint l'intendant. Notre principal concurrent. Joly est convaincu que son domaine est le meilleur pour les muscadets.

— Le père de sa compagne ? Intéressant, remarqua

Lelouche en levant les sourcils. Le patriarche du Château Joly. Très intéressant.

— Ce n'était pas aussi dramatique que ça, fit Cécile. Brian s'était depuis longtemps détaché de toutes ces histoires. Le père de Brian et Jérôme Joly étaient des rivaux acharnés, tout comme leurs propres pères et grands-pères. C'était ridicule. Tout cela devait reposer sur l'honneur et la fierté, bien sûr, mais au fond, c'était une question d'ego, de pur narcissisme. Certes, il y avait aussi des enjeux commerciaux. Mais penser que ça puisse mener à un meurtre est absurde : il y a des dizaines de vignerons qui produisent du muscadet. Il y a du travail pour tout le monde, la demande est en hausse dans le monde entier. Ces deux domaines qui appartiennent aux grandes familles viticoles de la région depuis plus de deux cents ans en ont profité et se sont énormément agrandis. Si cela n'avait tenu qu'à Brian, cette rivalité serait enterrée depuis longtemps. Il ne l'attisait pas. Il n'était pas du genre à cultiver les conflits.

— Comme je le disais : très intéressant !

Lelouche commençait à agacer Dupin.

— Une situation classique, reprit le commissaire avec un sourire condescendant. Une querelle générationnelle. Et en plus, un conflit façon Roméo et Juliette. La fille et le fils de deux familles rivales qui tombent amoureux. Charmant. Y a-t-il eu des incidents récents entre Jérôme Joly et Brian Katell ?

Lelouche s'adressait délibérément à l'intendant, pas à Cécile Cast.

— Notre domaine a remporté toutes les catégories du concours de Nantes, il y a trois semaines.

L'intendant semblait sur le point d'exploser de fierté.

— À chaque fois devant le Château Joly. Le vieux Joly a alors déclaré que les décisions du jury avaient été truquées. Que les jurés avaient été manipulés. Il l'a même dit à un journaliste, juste après la remise des prix.

— Les deux hommes étaient donc présents. Y a-t-il eu confrontation directe ?

— Monsieur Katell était sur scène, Joly l'a insulté depuis le public !

— Et vous avez assisté à la scène. Monsieur Katell a-t-il réagi ?

— Non, il est resté de marbre.

— Très bien. Au revoir, mesdames, messieurs. Je vous recontacte rapidement.

Lelouche s'éloigna d'un pas décidé.

Claire et Georges avaient raccompagné Cécile jusqu'au parking, s'efforçant de la réconforter tandis qu'elle manifestait une véritable animosité envers le commissaire Lelouche. Une heure plus tard, ils étaient tous deux installés au Café du Port, à Pornic, à l'extrémité du bassin autour duquel la cité s'étendait. De là, on avait une vue sur le port et sur la ville. Plus loin s'élevait une petite colline avec de charmantes maisons et des ruelles étroites qui couraient tout au long de la pente. À droite, en haut, se dressait l'imposante église. Une large promenade bordée de cafés, de restaurants et de boutiques longeait le port, fréquentée par une foule joyeuse. À l'embouchure, une puissante forteresse trônait majestueusement, comme sortie de l'imagination d'un peintre. Renoir ? Il avait passé tout l'été 1892 ici. Il y avait peint six grandes toiles – évidemment, Nolwenn et Le Ber avaient informé le commissaire dans les moindres détails –, et un petit jardin portant son nom lui rendait hommage. D'autres peintres, comme Armand Guillaumin, Bernard Buffet et le favori de Dupin, Maxime Maufra, avaient également puisé leur inspiration à Pornic. Lorsqu'un lieu était prisé des peintres, c'était toujours un gage de lumière exceptionnelle. Max Ernst y avait même inventé sa célèbre technique du frottage. À la fin du XIXe siècle, Pornic était très à la mode, non seulement parmi les Nantais, mais aussi chez l'élite artistique parisienne. S'y pressaient également toutes celles et ceux qui cassaient les codes. Vers le milieu du siècle, la révolutionnaire Emma Herwegh et son mari Georg y avaient séjourné, tout comme leur amie, la romancière George Sand, dont Claire dévorait les écrits. Gustave Flaubert lui-même avait goûté au charme particulier de la cité balnéaire. Un peu plus tard, en 1910, Vladimir Ilitch Oulianov, plus connu sous le nom de Lénine, y avait fait une halte. Il avait pris du bon temps dans la belle villa Rosa du quartier de Gourmalon et avait pêché le bouquet au filet.

— Qu'est-ce que ce sera ?

Le serveur, à la barbe taillée avec raffinement, leur adressa un sourire affable.

— Un grand crème, s'il vous plaît, et un verre de muscadet.

Claire avait été plus rapide que Dupin.

— Pour moi, deux expressos. Avec un verre de muscadet également.

Ils avaient bien besoin d'un remontant.

Dupin se cala dans son fauteuil.

On observait dans le ciel un spectacle fascinant : d'étonnantes combinaisons de nuages. Certaines auguraient une belle journée. D'autres nuées, plus hautes dans le ciel, effilées, comme déchirées, aussi fines que des cheveux d'ange, portaient en elles de noirs présages. D'autres nuages encore flottaient tels de légers voiles devant le soleil, atténuant son intensité lumineuse et sa chaleur. Il y en avait de très massifs, gorgés de pluie, ainsi que quelques lourds cumulus orageux. Ils contenaient non seulement des éclairs et du tonnerre, mais, comme tout Breton le savait, d'énormes quantités d'eau, de véritables déluges.

De tout le trajet, ils avaient à peine parlé. Claire avait téléphoné à Anne, une amie que Cécile et elle avaient en commun, pour lui annoncer la nouvelle.

— Alors, Georges, par où commençons-nous ?

Elle le regardait avec insistance.

— Qu'est-ce que tu veux dire ?

— L'enquête, bien sûr ! Comment allons-nous procéder ?

— L'enquête ?

— Nous sommes d'accord qu'il s'agit d'un meurtre, non ?

Dupin ne protesta pas.

— Dès demain, nous serons logés sur la propriété viticole de Brian Katell. Le Domaine du Lac. C'est parfait.

— Claire, je doute que l'hôtel continue à fonctionner normalement après ça. Et puis…

— Ça m'étonnerait vraiment qu'ils ferment. D'autant que le meurtre n'a même pas eu lieu là-bas. Nous devons tout examiner en détail, parler aux gens. Georges, c'est toi le spécialiste ! Par où devons-nous commencer ?

— Je pense que l'enquête est entre de bonnes mains, Claire. Ce commissaire nantais m'a paru compétent.

Dupin avait fait de son mieux pour paraître convaincant.

— Tu n'es pas sérieux, n'est-ce pas ?

Il devait être prudent. Il connaissait ce regard, cette posture ; cela annonçait une tempête imminente.

— Claire, dit-il d'une voix douce, je ne peux pas enquêter ici. Ce n'est pas mon périmètre, ce n'est pas mon affaire, je n'ai aucun mandat.

Le visage de Claire s'assombrit.

— Tu plaisantes ? Comme si cela t'avait jamais arrêté. Tu enquêtes tout le temps en dehors des clous ! L'Aber Wrac'h, ça ne dépendait pas de toi non plus[1].

Son dernier gros dossier, très compliqué.

— Quand j'enquête, c'est toujours de manière officielle. Et il y a toujours une bonne raison. À l'Aber Wrac'h, on s'en était pris à Labat, le second lieutenant de Dupin.

— C'était à nous de mener cette enquête. Le préfet était d'accord. Et nous avons collaboré avec la gendarmerie locale.

— Et à Belle-Île[2] ?

— L'affaire a débuté dans notre secteur, donc elle relevait tout à fait de notre compétence.

Il soupira.

— Pourquoi devrais-je enquêter ici ? Pourquoi ?

— À toi de trouver une bonne raison. Rappelle-toi nos vacances sur la Côte de Granit rose[3].

Pas grand-chose à répondre.

— Là-bas, tu avais enquêté de ton propre chef, en dehors de ton secteur, et sans même m'en parler. Pourquoi ne pourrais-tu pas enquêter ici aussi ?

Dupin la regarda, désemparé.

— Notre lune de miel serait une couverture parfaite, ajouta Claire de plus en plus convaincue.

1. Voir, du même auteur, *Les Fantômes du Finistère.*
2. Voir, du même auteur, *Piège mortel à Belle-Île.*
3. Voir, du même auteur, *Les Disparus de Trégastel.*

Dupin n'en revenait pas. Était-elle en train de le mettre à l'épreuve ? Il scruta son visage.

— Et notre accord, Claire ? Couper avec le travail pendant notre séjour ? Ma promesse de ne pas m'impliquer dans des affaires criminelles ?

— Sauf en cas d'urgence absolue, a-t-on dit. Et si ce n'en est pas une, alors qu'est-ce qu'il te faut ? En plus, cette fois, nous enquêtons ensemble, Georges. C'est complètement différent. Et il s'agit de mon amie.

Dupin répondit avec le plus grand sérieux.

— Je ne peux pas, Claire. Je ne peux tout simplement pas. Je n'en ai pas le droit ici. C'est hors de question.

Il n'avait jamais eu à dire cela de toute sa carrière, mais il le pensait sincèrement.

Le visage de Claire se figea. Ça allait mal finir.

Et pour couronner le tout, la pluie menaçait.

— Je n'ai absolument aucune raison valable d'intervenir dans cette enquête, Claire, vraiment aucune.

Elle sembla réfléchir un instant.

— Très bien. Alors faisons-le officieusement. En toute discrétion. À trois.

La situation devenait de plus en plus folle.

— Claire, si jamais on l'apprend – et tout finit toujours par se savoir –, je risque gros. Tu le sais bien. Je mets toute ma carrière en jeu.

— Est-ce que cela t'a déjà arrêté lorsque quelque chose te tenait vraiment à cœur ?

Claire avait raison. Les conséquences potentielles ne l'avaient jamais empêché d'enfreindre les règles quand il y avait un mystère à élucider.

— Nous n'aurions aucun outil, aucun moyen, Claire. Personne sur qui compter, et nous n'aurions même pas le droit de poser des questions aux gens. Personne ne serait obligé de nous dire quoi que ce soit, ni même de nous répondre. Nous n'aurions aucune chance de découvrir le moindre indice. Rien ! Vois-tu, je mettrais ma main à couper que ce Lelouche en sait déjà beaucoup et que nous avons un train de retard.

— C'était pareil sur la Côte de Granit rose.

— Non, c'était différent. Très différent, notamment parce qu'il n'y avait même pas d'enquête en cours. Parce qu'il n'y avait officiellement pas de crime.

— Mais ensuite, si. Et tu as mené l'enquête en parallèle avec le commissaire local. Au grand jour. Tu as parlé avec les suspects, à chacun sous un prétexte différent, discrètement. Et tu as résolu l'affaire ! Je l'ai vu de mes propres yeux. Ça fonctionne !

Mince. Il était dans de sales draps.

Le serveur posa leur commande devant eux avant de disparaître.

— Claire… Non, ce n'est pas possible.

— « Ce n'est pas possible », ce n'est pas un argument, c'est un aveu d'impuissance.

— C'est notre lune de miel. Elle est déjà assez courte. Nous avions décidé de prendre des vacances, pour une fois. De passer du temps ensemble.

Un ultime effort, une tentative désespérée pour mettre fin à cette conversation.

— Ça ne change rien. Nous allons bien profiter de ce moment. Tout en menant une petite enquête discrète pour aider une amie en difficulté. Je…

Claire s'interrompit, une idée semblait lui être venue.

— Cécile ! Bien sûr ! Voilà la solution ! Cécile peut parler à tout le monde sans éveiller les soupçons. Nous devons juste l'impliquer, c'est la solution. Nous enquêterons tous les trois. Pas avec Lelouche, mais avec elle.

Ça ne pouvait être pire. De Charybde en Scylla.

— Claire, vraiment… Ça va mal tourner. Ce sera un désastre.

Il devait jouer le tout pour le tout.

— D'ailleurs… il y a un pivert. Un pivert agressif. Qui s'en prend à notre maison.

Dupin n'était pas certain que ce soit une bonne idée, mais qui sait ? Ça pouvait prendre.

— Nolwenn et Le Ber disent que c'est très sérieux. On va devoir agir rapidement, je l'ai appris hier.

— Quoi ?

— Un pivert. Il veut installer son nid chez nous et il a déjà fait plusieurs trous dans le bois. Quatre, pour être exact.

— Quatre trous ? Dans notre maison ? Hier ?

Il n'aurait probablement pas dû mentionner qu'il le savait depuis la veille.

— Madame Claudel m'a appelé hier, elle...
— Madame Claudel ? Quand ?
— Pendant la dégustation. Le matin. J'avais l'intention de t'en parler juste après, mais j'ai oublié. Le grolleau gris, tu te souviens...
— Oublié ? Tu as oublié que notre maison est menacée ? Comment as-tu pu oublier ça ?
Elle était furieuse.
— Te rends-tu compte de ce que cela signifie, Georges ? Si un pivert a décidé de faire son nid chez nous ?
Tout le monde semblait connaître le danger que représentaient les piverts, sauf Dupin.
Bien que le ciel se soit légèrement éclairci, une goutte épaisse s'écrasa sur son visage.
— Les piverts en période de nidification sont les créatures les plus obstinées du monde. Ce sont ces idiots de mâles qui construisent les nids, et en quantité absurde, juste pour impressionner les femelles, typique... C'est une catastrophe, Georges. Mes grands-parents ont failli perdre toute leur maison à cause de ça.
— Le Ber est allé chez nous hier, dit Dupin afin d'apaiser Claire. Pour le faire déguerpir.
— Et je vais te dire ce qui s'est passé, Georges. Dès que Le Ber est parti, le pivert est revenu. C'est toujours comme ça. Ce n'est pas une solution.
Claire prit son verre et le vida d'un trait. Dupin fit de même.

Les gouttes de pluie devenaient de plus en plus nombreuses. Claire ne semblait même pas les remarquer, tant elle était furieuse.

— Nous devons agir sans plus tarder. Sinon, à notre retour, il sera trop tard. La seule mesure efficace, c'est de poser un filet à mailles resserrées, à distance suffisante du bois. Il faut que quelqu'un s'en charge sur-le-champ.

Dupin rêvait d'un deuxième verre de vin.

— Un menuisier, ce serait idéal. Il y aurait bien celui qui a installé nos étagères. Je vais l'appeler tout de suite.

Elle attrapa son téléphone et se leva.

La pluie s'intensifiait, Dupin vida précipitamment sa tasse de café.

C'était désespérant.

Le ciel s'était un peu dégagé, quelques rayons de soleil perçaient maintenant à travers les nuages.

Il leur fallut dix minutes pour gagner le 21. Un petit restaurant situé sur le chemin côtier, au-dessus d'une crique pittoresque qu'on gagnait au moyen d'un escalier sinueux. Rien que le chemin était enchanteur. On apercevait, dissimulées par une végétation luxuriante, des villas plus modestes que celles de Dinard ou d'autres stations balnéaires huppées mais non moins dépourvues de charme. Leurs noms avaient la poésie de ceux que les patrons pêcheurs donnaient à leurs bateaux : elles s'appelaient villa Del Monte,

Ker Tanniou, Les Goélettes, Atys, Les Bruyères, Rosa ou La Tempête. On se trouvait dans le quartier de Gourmalon, au sud de Pornic, où était né l'engouement pour les vacances d'été sur la côte atlantique au milieu du XIXe siècle.

Ils arrivèrent au restaurant à neuf heures moins le quart.

Claire avait tout arrangé avec le menuisier. Il n'avait malheureusement pas de disponibilité avant la semaine suivante, ce qui, en soi, tenait déjà du miracle – il fallait en général attendre plusieurs mois pour obtenir un rendez-vous. La pénurie d'artisans semblait ne pas épargner la Bretagne. Que faire d'ici là ? Claire était d'avis de mettre en place un dispositif sonore pour effaroucher ce nuisible. Elle avait appelé le mari de Nolwenn pour lui demander conseil. Serviable, il avait aussitôt proposé d'aller acheter du matériel et de l'installer dès le lendemain. Dupin avait plaint cette pauvre madame Claudel, avant de se souvenir qu'elle n'entendait plus très bien. Ils avaient opté pour du gangsta rap.

« Croisons les doigts, Georges », avait conclu Claire.

Après cela, elle n'avait plus fait mention de l'enquête. Elle était seulement partie pour une longue promenade avec Cécile. Elles n'étaient revenues qu'à huit heures et quart.

Entre-temps, Dupin était allé nager dans la crique où ils s'étaient baignés le matin. L'eau était délicieuse, douce. Il avait ensuite regagné l'hôtel et pris l'apéritif, dégustant un chenin blanc du domaine de La Fontaine. Claire, lors de la dégustation de la veille, y avait décelé des notes de pomme verte, de coing et de poire.

Dupin avait pris une bouteille, un verre et un recueil de nouvelles de Maupassant pour s'installer à l'écart sur un banc parmi les vignes. Les rangs bien rectilignes de ceps chargés de grappes juteuses de grolleau gris traçaient leurs allées jusqu'à la mer dont la teinte jade contrastait violemment avec le ciel sombre ; cela confinait au fantastique. Quant au vin... Un nectar !

Bien malgré lui, le commissaire avait repensé à leur affaire.

— J'ai réservé à l'intérieur, au cas où. Trop risqué de dîner dehors par ce temps, annonça Claire à leur arrivée au restaurant.

Dupin aurait préféré s'installer en terrasse devant le restaurant. Mais Claire avait raison, mieux valait jouer la sécurité. D'autant plus que leur table était la mieux située de l'établissement, juste devant une grande baie vitrée donnant sur la mer, d'où on apercevait l'île de Noirmoutier. Ce soir, on distinguait la silhouette de la ville principale de l'île. La mer s'était assombrie, se faisant plus mystérieuse.

— Cécile recommande la côte de veau, dit Claire. Il paraît qu'elle est sensationnelle.

La propriétaire du 21 leur avait remis les menus

après les avoir installés. La carte des vins était plus impressionnante encore que celle des plats.

— Ils la font griller au feu de bois, avec du romarin et de la sauge.

Dupin en salivait. Ils n'avaient rien mangé depuis le petit déjeuner. Des arômes de romarin embaumaient la salle. Sur quelques tables voisines trônaient les cocottes en fonte dans lesquelles on servait la côte.

— Regarde les entrées, Georges. Des nems aux langoustines, ou encore des œufs mollets avec crème de parmesan et truffes, ou des ormeaux de l'île de Groix… quelles merveilles !

Claire semblait détendue.

— Je vais prendre les œufs à la truffe, dit-elle en posant le menu sur la table.

— Et moi les ormeaux.

Les coquillages préférés de Dupin.

— On boit un abouriou ? Bien frais ? Cécile m'a dit qu'ils en servaient ici.

Claire semblait entièrement concentrée sur le repas.

— Hier, j'y ai trouvé des notes de fraise, de framboise et de groseille. Et pas une once d'acidité.

Elle tira son carnet de dégustation de son sac et le feuilleta.

— Oui, exactement. Fraise, framboise, groseille.

— Vous avez fait votre choix ? demanda la propriétaire, d'un ton aimable.

Ils passèrent leur commande. Pour Claire, la côte de veau ; pour Dupin, la sole grillée.

— Et pour le dessert, l'omelette norvégienne à partager. Un dessert qui se fait de plus en plus rare.

Claire était ravie.

— Je prendrai du fromage avant, précisa Dupin.

— Et une bouteille d'abouriou rouge du domaine de la Fontaine, servi frais.

— Vous vous y connaissez, madame ! Un apéritif ?

Dupin en avait déjà bu un, mais Claire n'en avait pas eu le temps.

— Un gin tonic, s'il vous plaît.

— Du gin breton ? Un Dizoñv ?

— Dizoñv, confirma Claire.

Ils l'appréciaient tous les deux. Un gin aux saveurs contrastées, typiquement breton : parfums marins et douceur fruitée de la terre réunis dans une seule bouteille. Outre le genévrier, on y trouvait de la coriandre, de l'iris, de la reine-des-prés, de la cannelle, un zeste de citron, de la cardamome, ainsi que des algues et de l'eau-de-vie de cidre bretonne. Une combinaison exotique de sucré et de salé. Des contrastes qui se reflétaient même dans le nom : Dizoñv, qui signifiait « indomptable » en breton, comme le zèbre de l'étiquette dont les rayures noires et blanches rappelaient le drapeau breton.

— Un pour moi aussi, s'il vous plaît, dit Dupin, incapable de résister.

— Parfait.

La propriétaire repartit aussitôt.

— Alors, dit Claire en se redressant.

Son regard, sa posture, son ton avaient soudainement changé.

— Cécile a arrangé notre séjour au Domaine du Lac. Nous y logerons comme prévu. Le domaine reste ouvert. Nous pourrons donc y circuler librement et parler à tout le monde. Je pense qu'il serait avisé de garder aussi notre chambre à La Fontaine aux Bretons, ainsi nous aurons toute latitude d'aller et venir.

Dupin se redressa à son tour.

— Claire, nous en avons déjà parlé. Je ne peux pas enquêter ici.

— Toi tout seul, non. Mais nous sommes trois. J'ai tout arrangé avec Cécile. Elle devrait arriver d'une minute à l'autre. Nous pourrons discuter des détails.

— Cécile vient dîner avec nous ? Maintenant ?

— Tu ne vas tout de même pas la laisser dîner seule après cette journée, n'est-ce pas ?

— Je... Elle doit bien avoir d'autres amis...

— Tu plaisantes, Georges.

En réalité, non.

— Je suis ravi de l'avoir avec nous ce soir, bien sûr. Mais je ne veux plus entendre parler de cette enquête. C'est hors de question.

— Alors nous enquêterons toutes les deux, elle et moi.

La situation devenait critique.

— Claire !

— Il s'agit d'une de mes meilleures amies.

Claire usait de son fameux sourire, qui signifiait qu'elle était prête à tout.

— En général, tu résous rapidement tes enquêtes, non ? Et je te promets que nous profiterons quand même de notre séjour.

Elle accompagna ses paroles d'un autre sourire.

— Claire, nous…

— Me voici ! Désolée, je suis un peu en retard.

Cécile apparut, vêtue de la même robe lilas, les cheveux lâchés laissant apparaître des reflets de cuivre sombre, auxquels son rouge à lèvres s'accordait parfaitement. Malgré le soin avec lequel elle s'était maquillée, ses yeux sombres révélaient une douleur qui ne pouvait être masquée.

Elle s'assit et s'adressa à Dupin.

— Je te suis infiniment reconnaissante, Georges. Je n'ai pas de mots pour exprimer à quel point… Que tu acceptes de faire cela pour moi…

Son regard trahissait un réel soulagement.

— Le commissaire Lelouche s'occupe de l'affaire, Cécile. Je suis sûr qu'elle est entre de bonnes mains. Il a tout le soutien de la police de Nantes, bien entraînée, expérimentée, parfaitement équipée. Un commissariat de grande renommée.

— Tant mieux. Cela signifie que deux équipes travailleront sur l'affaire, répondit Claire, faussement conciliante. Georges, personne ne remet en question les compétences de la police de Nantes ni de son commissaire. Mais on sait que tu es le meilleur.

Claire utilisait vraiment toutes les armes.

— Et nous savons tous les deux que tu ne crois pas une seconde à la thèse de l'accident de chasse, lança Cécile avec une lueur inquiétante dans les yeux. C'est absurde, non ?

— Il est toujours prudent…

Dupin n'en dit pas plus, réalisant à quel point argumenter était inutile.

— N'est-il pas vrai que plus les heures passent, plus il devient difficile de résoudre un crime, Georges ? demanda Cécile en se servant un verre d'eau.

Dupin n'ignorait pas que cette idée, popularisée par les médias et reprise dans de nombreux romans policiers, était ancrée dans l'esprit du public…

— Exactement, confirma Claire sans ciller. Aussi faut-il nous y mettre séance tenante. J'ai demandé à Cécile de préparer une liste des personnes avec qui Brian était en contact, sur les plans personnel et professionnel.

Claire regarda Cécile, qui sortit immédiatement un carnet de notes.

Elle ouvrit une double page, où elle avait esquissé un véritable tableau des relations de Brian.

— Voici déjà les boissons, annonça la propriétaire du restaurant. Ah, Cécile ! Je ne t'avais pas vue arriver.

Elle la serra dans ses bras.

— Quelle tragédie ! Ça me fait tellement de peine.

— Merci…

Cécile fut incapable de finir sa phrase, la voix brisée par l'émotion.

— Il ne pouvait pas vivre sans toi, je te l'ai toujours dit. Si personne ne s'occupait de lui…

Ses paroles étaient involontairement cruelles.

— Je vais te servir un verre de ton whisky préféré. Un double.

Elle repartit en cuisine.

— Alors, les personnes qui faisaient partie de la vie de Brian.

Cécile se remit à sa tâche avec concentration.

— Je pense ne pas en avoir oublié, il n'y en a pas tant que ça. Anne-Sophie Joly, trente-cinq ans, sa compagne depuis trois ans. Fille du principal concurrent de Brian, Jérôme Joly.

Cécile parlait maintenant de la rivalité entre les domaines, après avoir tenté de la minimiser.

— Elle-même est vigneronne en chef dans le domaine familial, Château Joly, non loin de Bouaye. Une femme déterminée et intelligente. On dit que la querelle entre les deux familles remonte à une liaison entre un Katell et la femme d'un Joly, à la fin du XIXe siècle. Mais avec le temps, plus personne ne sait vraiment pourquoi ils se détestent. Ces rivalités sont absurdes : c'est à qui a le plus beau château, la plus grande propriété, la meilleure réputation, le plus prestigieux caveau…

— Je ne suis pas sûr que… tenta Dupin.

— Georges ! Laisse Cécile finir de nous présenter

tout le monde. Ensuite, tu nous expliqueras comment toi tu ferais dans une telle situation.

— Jérôme Joly, soixante-douze ans, continua Cécile sans se laisser distraire, le rival de toujours.

Elle prononça ces mots comme si elle parlait d'un personnage mythique.

— Propriétaire du Château Joly, un patriarche autoritaire, colérique, et très prospère. Il a divorcé et a quatre enfants, mais seule Anne-Sophie travaille dans le vin. Les autres sont dispersés à travers la France. Peu après le départ de ses enfants, Joly a quitté sa femme. Il est par ailleurs allé à l'école avec le père de Brian, et ils ont été dans la même classe.

Cécile sortit un stylo, prête à prendre des notes supplémentaires. Dupin fit un nouvel effort pour intervenir, mais il se retint.

— Ensuite, le meilleur ami de Brian, depuis l'école primaire : Alain Chevrier. Architecte et menuisier, il possède une petite entreprise à Saint-Philbert-de-Grand-Lieu. Il a hérité d'une maison qu'il a vendue. Brian et lui avaient toujours eu envie de grands projets. Jamais jusqu'alors ils n'avaient encore concrétisé leurs idées, mais Brian avait entamé la construction d'un bar à vin derrière le Domaine du Lac, tout en bois et en verre. Le chantier est bien avancé, vous verrez. Je pourrai vous montrer les plans.

— Avec plaisir, dit Claire, visiblement enthousiaste.

Elle aimait les chantiers, de toutes sortes.

— Brian devait aussi effectuer des travaux au

niveau du bâtiment principal, ainsi que dans les caves, un véritable labyrinthe de couloirs et de petites salles remontant à 1802. Il y a des problèmes d'humidité depuis longtemps.

Cécile marqua une pause pour se frotter les tempes.

— Vous ne pouvez pas imaginer les sommes que ça représente. Je suis bien placée pour le savoir. À l'époque, les caves ont été construites sans aucune réglementation. Tous les éléments porteurs sont en bois. Vient un jour où il faut renoncer à de telles voûtes, ou alors les faire restaurer entièrement. Les reconstruire presque à neuf. C'est ce que Brian avait entrepris, et il avait presque terminé. Je me suis lancée dans le même chantier un an avant lui et je n'ai toujours pas fini, je…

Elle s'interrompit, avant de reprendre.

— Brian a profité de l'occasion pour modifier certains éléments structurels. Il y a désormais un nouvel accès à la cave, de cette manière la salle de dégustation est reliée au bar à vin. Ce sera fantastique.

Une nouvelle configuration qui d'évidence lui plaisait.

— Le bar à vin devait devenir une sorte de vitrine. Il y en aurait eu plusieurs : à Bouaye, à Pornic, et même à Nantes. Brian avait décidé de limiter les intermédiaires et de se concentrer sur la vente directe. Il détestait les négociants. Alain avait conçu les bars et devait participer financièrement. Mais je ne sais pas où ils en étaient.

— Nous finirons par le découvrir, assura Claire.

Dupin avait envie de dire quelque chose, mais il se tint coi.

— Brian avait le chic pour s'investir entièrement dans de tels projets.

Cécile reprit :

— Quant au domaine lui-même, trois personnes sont essentielles.

Elle désigna son tableau.

— Jules Marchand, soixante-neuf ans, le régisseur, en poste depuis des décennies. Il a commencé à travailler pour le père de Brian. Le domaine est toute sa vie. Sa femme est décédée il y a quelques années. Son fils Laurent, trente-deux ans, travaille avec lui depuis sept ans. Il est pressenti pour lui succéder. Brian le tenait en haute estime. Le domaine a même payé une partie de ses études à l'Institut des sciences de la vigne et du vin à Bordeaux.

— Georges, tu ne prends pas de notes ? Où est ton carnet Clairefontaine ?

— Je…

— Il peut prendre ma liste, Claire.

Cécile arracha sans hésitation la page de son carnet et la posa devant Dupin avant qu'il ne puisse protester.

— Ensuite, Emily Pic, vingt-neuf ans, vigneronne depuis deux ans au domaine. Je la connais peu, mais elle semble très compétente. Brian était impressionné par elle. Personnellement, je la trouve un peu trop ambitieuse. Elle est diplômée de la célèbre École nationale supérieure des sciences agronomiques de Bordeaux.

Cécile continua :

— Et enfin Damien Dantec, quarante-quatre ans, responsable marketing et commercial depuis un an. Un homme imbuvable. Brian n'en pouvait plus et envisageait de le licencier. Grande gueule, aucune consistance, mais persuadé d'être un génie. Il ne parlait que de « produit » et de « consommateurs ». Rien à voir avec le vin.

Cécile se tut un instant, regardant pensivement par la fenêtre. L'émotion semblait la submerger de nouveau. Puis elle se tourna vers Claire et Georges.

— C'est triste que vous n'ayez jamais rencontré Brian. C'était un passionné. Plein d'énergie, un vrai bourreau de travail.

Les larmes aux yeux, elle ajouta :

— Beaucoup le prenaient pour un rêveur et c'était un peu vrai. Mais grâce à la force de sa volonté, il réalisait l'impossible.

Dupin avait l'impression qu'elle éprouvait toujours des sentiments pour lui.

— La procédure de licenciement était-elle déjà entamée ? Damien Dantec était-il au courant ? demanda Claire.

— Je ne sais pas, mais ils avaient eu plusieurs discussions sérieuses. Brian détestait ce genre de confrontation…

Elle se frotta le front.

— Je viens de me rendre compte que je n'ai pas parlé de Damien Dantec au commissaire. C'était un vrai conflit. La seule personne avec laquelle Brian avait un problème. Mais je suis sûre que Lelouche le découvrira par lui-même.

— Que va-t-il advenir du domaine ? Qui va en hériter et le diriger ? lâcha Dupin malgré lui.

Il n'avait pu s'en empêcher.

— C'est une excellente question, intervint Claire.

Cécile fronça les sourcils.

— Honnêtement, je n'en ai aucune idée. Brian n'était pas du genre à anticiper ce genre de choses... Que se passe-t-il dans ce cas-là ?

Elle se tourna vers Dupin.

— Sans testament ?

— Et sans enfants ni famille proche, ajouta Claire.

— Si le tribunal judiciaire constate l'absence de testament et d'héritiers légaux, l'État devient l'héritier par défaut, expliqua Dupin. Ensuite, tout est vendu, y compris le domaine et les biens personnels.

— C'est affreux ! s'exclama Claire. Le domaine serait vendu ?

Dupin acquiesça.

— Mais Brian a sûrement fait un testament, ajouta-t-il.

— Je n'en suis pas certaine, rétorqua Cécile. Brian

détestait parler de la mort. Jusqu'à notre divorce, je sais qu'il n'avait rien préparé.

— Peut-être que le divorce l'a incité à en rédiger un, dit Dupin.

— Aviez-vous un contrat de mariage ? demanda Claire.

— Oui, bien sûr. Le domaine restait à Brian. Cela me paraissait naturel.

Dupin se retint de poser d'autres questions.

— Ce serait un mobile parfait pour Jérôme Joly, reprit Claire avec une fougue que Dupin ne lui connaissait pas. Il savait qu'il n'y avait ni héritiers ni testament. Il assassine le dernier des Katell pour acquérir le domaine lors d'une vente aux enchères et l'annexer au sien. Ainsi, il clôture une querelle de deux siècles par un triomphe spectaculaire : l'éradication complète du Domaine du Lac.

— Je pourrais appeler le notaire qui s'occupe des affaires de Brian, suggéra Cécile, semblant prête à agir immédiatement.

Dupin se sentit obligé d'intervenir.

— Un notaire ne peut rien révéler avant l'ouverture officielle du testament, surtout en cas de meurtre. Il peut même alerter la police de toute question à ce sujet.

— Et alors ? riposta Claire.

— Georges a raison, admit Cécile. Ce serait contre-productif.

Dupin se sentit soulagé.

— Bien, alors commençons, dit Claire en se tournant vers Dupin. Georges, comment entame-t-on une enquête de ce genre ? Quelle est la première étape ?

— Claire, je te l'ai dit, nous ne pouvons pas...

— Qu'en pense Nolwenn ? demanda Claire, inclinant légèrement la tête, signe qu'elle passait à l'offensive.

— Que veux-tu dire ? répondit Dupin, un peu déconcerté.

— Eh bien, qu'en pense Nolwenn ? Est-ce qu'elle pense que tu devrais mener une enquête officieuse ici ou non ?

— Je n'ai pas discuté de ça avec elle.

Il ajouta rapidement :

— Parce que je n'ai pas besoin de son avis sur la question. Et puis, je sais très bien ce qu'elle dirait.

— Vraiment ? lança Claire avec un sourire. Appelle-la.

— Maintenant ?

— Oui.

— Et tu te rangeras à son avis, quoi qu'elle dise ?

— Absolument.

Claire n'avait pas hésité une seconde.

— Très bien.

Dupin soupira, il n'avait pas le choix. Si Nolwenn pouvait transgresser les règles, elle savait où s'arrêter, et ne connaissait que trop bien les conséquences néfastes d'une enquête clandestine. Dupin pouvait se mettre en danger, nuire à d'autres, et il risquait gros.

De plus, Nolwenn lui avait expressément conseillé de couper avec le travail pendant sa lune de miel. Il n'avait aucun doute sur la façon dont elle réagirait.

Dupin sortit du restaurant et marcha un peu sur le chemin côtier en direction de Pornic, à l'endroit où de nombreuses villas disparaissaient dans la végétation foisonnante. À l'horizon, les derniers rayons du soleil perçaient les nuages menaçants, formant une bande étroite de lumière rose.

— Ah, commissaire !

Le ton était inhabituel, et Dupin ressentit immédiatement une certaine appréhension.

— Bonsoir, Nolwenn, répondit-il avec prudence, ne sachant par où commencer.

Il ne comptait pas entrer tout de suite dans le vif du sujet. Pourquoi avait-il laissé la situation dégénérer ainsi ?

— Je voulais savoir si vous aviez des nouvelles du pivert. Nous avons…

— Évidemment que vous allez enquêter ! Mais discrètement, commissaire ! le coupa Nolwenn d'un ton catégorique.

Dupin fut stupéfait. Il n'avait jamais entendu Nolwenn s'exprimer avec une telle fermeté.

— Mais, Nolwenn…

— Vous devez faire de votre mieux, commissaire ! Vous savez bien ce que Brian Katell et sa famille ont créé au fil des décennies : un vin merveilleux, un véritable miracle. On n'a pas le droit de tuer un artiste de cette trempe, une icône du pays !

Dupin resta figé. Cela dépassait l'entendement.

— Mais, Nolwenn…

— Et vous n'allez pas décevoir votre femme ! Ni Cécile Cast ! Elle aussi, c'est une artiste. Son grolleau gris est un chef-d'œuvre.

La situation devenait absurde.

— Vous avez parlé à Claire, Nolwenn. Avouez-le !

— Pas du tout ! J'ai parlé à Cécile Cast. C'est une bonne amie, expliqua Nolwenn avec assurance.

Dupin n'en savait rien.

— Une femme exceptionnelle. Le monde du vin est beaucoup trop dominé par les hommes. Ce n'est jamais bon !

Nolwenn était prête à en découdre.

— Mais Cécile leur en remontre à tous ! Ce qu'elle accomplit avec son domaine est visionnaire.

— Le commissaire Lelouche me semble compétent, tenta Dupin.

— Tant mieux ! répondit Nolwenn sans se laisser démonter. On dit qu'il n'est pas mauvais du tout, bien qu'un peu étrange. Mais nous savons ce que cela signifie chez les commissaires… Vous ne devrez ni lui mettre des bâtons dans les roues, ni le contourner, juste réfléchir avec lui. Vous avez ce don, vous n'y pouvez rien. Vous êtes le meilleur. Vous n'allez pas fuir vos responsabilités, n'est-ce pas, commissaire ? Il vous suffit d'activer vos petites cellules grises ! Soyez observateur, réfléchissez, c'est tout. À la fin, vous pourrez même donner un tuyau anonyme à Lelouche et rester dans l'ombre. Le Ber, Labat, Le Menn, Nevou et moi-même, toute l'équipe est à votre disposition. Discrètement, bien entendu.

Nolwenn y allait fort. Dupin reprit lentement sa marche, revenant vers le restaurant. Il mit un moment avant de répondre.

— Observer et réfléchir ?

— Exactement. Rien de plus

— Mais rien de moins. Et la lune de miel ?

— Que voulez-vous que je vous dise ? La vie exige parfois une certaine flexibilité.

Habituellement, Nolwenn prônait toujours la rigueur et le respect des principes.

— Une aventure comme celle-ci renforce les liens. Et imaginez ce que ça signifie pour Claire ! Vous allez aider son amie.

Dupin resta silencieux un moment puis murmura, résigné :

— Observer et réfléchir…

— Parfait ! Nous sommes donc d'accord.

— Juste ça, Nolwenn !

— Juste ça.

— Très bien, grogna le commissaire.

Claire avait gagné.

Quatre minutes plus tard, il était de nouveau attablé. Et soulagé.

LE TROISIÈME JOUR

Niché au milieu des vignes, le Domaine du Lac était un site de rêve, romantique, dont chaque parcelle était un bijou.

Une route étroite serpentait à travers les rangs de ceps pour mener à une grande cour, ceinte d'un muret assez bas pour permettre au regard de parcourir le vignoble. Les quatre véhicules garés là, dont une petite Peugeot de la police, avaient imprimé leurs traces dans un gravier fin, qui crissait sous la roue. Une sensation et une sonorité qu'appréciait Dupin.

Un portail en bois, d'un blanc immaculé, se dressait devant eux – sur celui-ci un discret panneau d'un noir mat où il était écrit en élégantes lettres blanches : *Domaine du Lac*. De grandes fenêtres à l'encadrement blanc et aux volets vert menthe ajoutaient au lieu une touche chaleureuse.

Face à eux, le bâtiment principal dont Cécile

avait parlé, flanqué à gauche comme à droite de constructions plus récentes. Comme souvent dans la région, ils n'avaient qu'un seul étage et un toit plat surmonté de tuiles d'un brun rougeâtre, couleur dominante des toitures dans toute la baie. En Bretagne, la terre, qu'elle soit granitique, schisteuse ou argileuse, ne se contente pas de colorer les paysages naturels, mais dessine également l'architecture des maisons, murets et terrasses des hameaux, des villages et des villes.

L'ensemble de ces bâtiments formait un grand U, sur la partie droite duquel se trouvaient deux hangars imposants, d'une structure sobre bardée de grandes plaques mates de couleur anthracite. Dupin supposa qu'ils abritaient le temple de la production, que c'était là qu'on élaborait le muscadet exquis qu'ils avaient précédemment goûté. Presque toutes les façades étaient recouvertes de lambrusque, dont les grappes replètes semblaient prêtes pour la récolte, resplendissantes, à tel point que l'on se demandait comment les tiges délicates ne rompaient pas sous leur poids. Elles étaient taillées de manière à laisser les fenêtres, les volets et les portes soigneusement dégagés. Devant le bâtiment de gauche, dans l'atmosphère lumineuse et accueillante de la cour, se trouvait une table en bois avec des bancs de brasserie.

Midi sonnait.

Dupin coupa le moteur. Depuis quelque temps,

il entendait de légers bruits parasites au démarrage et à l'arrêt. Une visite au garage s'imposait.

Claire descendit et se dirigea vers le bâtiment principal. Dupin la suivit ; il portait la valise. Ils avaient atteint les marches de pierre qui s'élevaient des deux côtés de l'imposant perron, quand la lourde porte s'ouvrit pour laisser apparaître Jules Marchand, l'intendant. Il avait dû les entendre arriver.

— Bienvenue au Domaine du Lac, dit-il d'un ton guindé. Nous espérons que vous vous sentirez à l'aise parmi nous, malgré les événements.

Marchand portait une veste en lin gris, froissée. Il paraissait plus petit que dans le souvenir du commissaire, plus rond aussi. Il traînait un peu les pieds.

— Je n'en doute pas, répondit Claire avec une pointe de provocation.

Ils se tenaient maintenant devant la porte grande ouverte, à côté du régisseur, qui ne fit toutefois aucun geste pour les inviter à entrer. Près de la porte, une petite table en bois, sur laquelle était posé un seau à vin contenant une bouteille.

— Vous êtes nos seuls hôtes. Un couple venu de Toulouse qui séjournait ici cst parti cc matin. À cause du « tueur aux plombs », comme ils disent dans les journaux. Ils étaient eux aussi en voyage de noces.

Comme une pointe de reproche. Pourtant, quoi de plus normal de leur part ? Meurtre et lune de miel ne font pas bon ménage.

— Ce matin, nous avons tenu une réunion avec tous les employés. Nous avons décidé de maintenir l'accès au domaine et les chambres d'hôtes. Seules les dégustations vont être suspendues. Hier, bien sûr, nous avons tout annulé.

— La plupart des activités se poursuivent donc ? s'enquit Claire.

— Oh oui ! C'est ce qu'aurait voulu monsieur Katell. Les vendanges vont bientôt battre leur plein. Sa mort brutale et injuste nous a tous profondément bouleversés, mais parfois le travail permet de se vider la tête. Monsieur Katell se dévouait corps et âme au domaine, cela représentait tout pour lui. Il ne s'accordait aucun répit. Je me doutais, dit-il en baissant la voix et en lançant à Dupin un regard difficile à interpréter, que vous comptiez vous impliquer personnellement. J'ai mené mes petites recherches. Il semble que vous soyez connu pour résoudre des affaires en dehors de votre secteur.

— Pas du tout, monsieur. Je n'ai absolument rien à voir avec cette enquête, protesta Dupin. Nous sommes simplement en voyage de noces. C'est tout.

— Bien sûr, bien sûr. Quoi qu'il en soit…

L'intendant prit la bouteille dans le seau.

— Chez nous, il est d'usage de commencer par un verre de notre vin, avant même de franchir le seuil. Goûtez au nectar du domaine, à notre terroir et à notre savoir-faire.

— Quelle riche idée, dit Claire.

Dupin approuva en silence. Marchand les servit généreusement et leur tendit les verres d'un geste un peu raide.

— Notre meilleur muscadet. À votre santé. Soyez les bienvenus.

Claire prit une gorgée. Dupin l'imita.

— Délicieux. Absolument délicieux, s'exclama Claire. Je décèle une note de kiwi.

Dupin aussi. Un tout petit peu. S'il se concentrait.

Marchand resta silencieux et attendit un instant.

— Bien, je vais maintenant vous montrer votre chambre. Si vous le souhaitez, plus tard dans l'après-midi, je vous ferai visiter le domaine, y compris là où les travaux d'agrandissement sont en cours. Le chantier, dit-il avec fierté On imagine déjà ce que ça donnera. Si vous avez de la chance, vous croiserez Alain Chevrier, l'architecte qui a conçu le bar à vin et qui supervise les travaux.

— Ce serait formidable, enchaîna immédiatement Claire. Il pourrait nous en dire davantage.

Elle se montrait un peu trop directe au goût de Dupin.

— Si vous voulez manger quelque chose, il y a quelques restaurants sans chichis à Bouaye, tout près. Et une excellente crêperie, À Deux Pas du Lac.

— Oh, des crêpes, ce serait parfait, dit Claire.

Ils avaient prévu de retrouver Cécile pour dîner

dans un restaurant à Pornic. Claire avait dit : « On mène chacun nos petites enquêtes durant la journée, et le soir on se retrouve pour en discuter autour d'un bon repas. » Dupin n'était toujours pas à l'aise avec la situation. Mais peut-être tout cela se révélerait-il moins grave qu'il ne l'imaginait. Peut-être que l'affaire se tasserait rapidement. Ou alors le commissaire de Nantes la résoudrait rapidement.

Claire vida son verre. Dupin fit de même. Ils suivirent Jules Marchand à l'intérieur.

— Votre chambre est dans le bâtiment principal, au premier étage, dans l'aile gauche. Au rez-de-chaussée, il y a mon appartement. Ma famille habite ici depuis plus de quatre-vingts ans. À part Brian Katell, nous sommes les seuls à vivre ici.

— Nous ? demanda Claire.

— Mon fils et moi.

Ils traversèrent le hall d'entrée. Au sol, un parquet de bois sombre contrastait avec les murs d'un blanc éclatant. À gauche et à droite, de longs couloirs – en face, un escalier menant à l'étage.

— Qui s'occupait des dégustations ? Monsieur Katell en personne ? s'enquit Claire.

— Emily Pic, une jeune vigneronne.

Ils gravirent les marches. Dupin portait la lourde valise de Claire, contenant leurs affaires pour ce séjour au Domaine du Lac. Ils avaient laissé celle de Georges au domaine de Cécile.

— Va-t-elle aussi…

Claire fut interrompue par la sonnerie de son téléphone. Elle jeta un œil à l'écran.

— Ta mère !

— Ma mère ?

— Pourquoi m'appelle-t-elle, moi, et pas toi ?

Dupin haussa les épaules.

— Laisse sonner, elle...

— Bonjour, Anna. Comment allez-vous ? dit Claire en décrochant.

Elle écouta un moment.

— Oui, tout va très bien pour nous. Merci. Nous savourons surtout le vin.

Ils avaient atteint le premier étage et suivaient l'intendant dans le couloir.

— Non, non. Notre chambre d'hôtes au Domaine du Lac est charmante. C'est...

La communication était mauvaise.

— Oui, une chambre d'hôtes, c'est bien ça. En plein cœur des vignes, au bord du lac de Grand-Lieu...

Elle fut de nouveau coupée.

Ils prirent un long couloir.

— Ne vous inquiétez pas. C'est tout à fait correct... Non. Nous n'en avons pas besoin. Vraiment... Non, l'Hôtel Royal de La Baule n'est pas du tout notre genre !

L'intendant s'arrêta devant la dernière porte et l'ouvrit.

— Non, nous n'y serions pas à l'aise.

Dupin devinait de quoi il retournait. Il n'avait pas pris la peine de donner à sa mère, d'un snobisme déconcertant, les détails de leur voyage. Dès qu'il lui avait annoncé qu'ils se mariaient, elle avait insisté pour leur offrir le voyage de noces, « Quelque chose d'inoubliable. » Son idée : une petite île privée à côté de Saint-Barth, un *resort* de luxe, très *select*, hors catégorie. Elle venait de passer un certain temps dans les Antilles, le temps d'une liaison désormais révolue. Le père du commissaire n'était plus de ce monde depuis longtemps. « Eh bien, faites ce que vous voulez », avait-elle lâché, vexée, après leurs refus répétés, polis d'abord, fermes ensuite. Apprenant que le couple avait préféré les domaines viticoles aux fastueux châteaux de la Loire, elle fut définitivement décontenancée : « Faites bien comme bon vous semble, tiens ! »

— Non, Anna, non. C'est non, tout simplement, et définitivement.

Claire restait imperturbable. Elle n'était pas femme à perdre son sang-froid, même si elle pouvait en pousser d'autres à bout, ce dont Dupin avait déjà fait les frais.

— Nous entrons dans notre chambre, je vais devoir vous laisser. Oui, c'est très agréable… Non, ce n'est pas une suite… Non, pas de spa, ni piscine, ni bar, ni majordome. Mais il y a de l'eau courante. Et des toilettes avec chasse d'eau. Allez, à bientôt, au revoir.

Elle raccrocha rapidement. Puis elle regarda autour d'elle.

— C'est très coquet, ici.

Dupin acquiesça.

— Et quelle vue splendide !

Claire s'approcha de la grande fenêtre.

— Là-bas, c'est le lac, n'est-ce pas ?

Une surface argent et bleu semblait flotter dans le lointain.

— Exactement, dit Marchand en se plaçant à ses côtés. C'est la chambre avec la plus belle vue, ajouta-t-il fièrement. On dit qu'à Noël, on entend le son des cloches de la cathédrale engloutie d'Herbauges.

— Pourquoi la ville a-t-elle été submergée ? demanda Claire.

Que n'avait-elle pas demandé ! se dit Dupin, qui connaissait le penchant des Bretons pour les contes et légendes.

— Les habitants d'Herbauges refusaient catégoriquement de se convertir au christianisme. Une douzaine de missionnaires avaient échoué. Puis, en 555, saint Martin de Vertou fut directement missionné par le pape. Les habitants ne se convertirent pas davantage et même le rouèrent de coups. Il n'y eut qu'un couple de croyants pour recueillir le pauvre homme. Mais Dieu, furieux, décida de se venger. Il envoya un ange pour annoncer qu'un déluge engloutirait cette ville de païens. Seuls Martin et le couple seraient épargnés, ils devaient s'enfuir sans jamais se retourner, quoi qu'il arrive.

Dupin croyait entendre parler Le Ber.

— Ils prirent aussitôt la fuite. Les eaux se déversèrent du ciel, les murailles s'effondrèrent, toutes les maisons furent détruites. Le couple, terrifié, se retourna et... il fut changé en pierre. Seul saint Martin, d'une foi inébranlable, échappa au châtiment.

Marchand montra la direction de l'ouest.

— À Pont-Saint-Martin, la ville qui lui doit son nom, vous pouvez voir le couple sous la forme de deux menhirs. La ville repose au fond du lac, sous un carcan de boue et d'argile qui enferme ces mécréants pour les siècles des siècles. Lorsque la nuit est calme, on entend leurs cris de désespoir.

L'intendant soupira, visiblement ému par son propre récit.

La vue était effectivement splendide. Les vignes, puis des prairies avec de hautes herbes au vert tendre, quelques bois ici et là. Plus loin, le lac. Une paix absolue. On avait l'impression d'être loin de tout, alors que Nantes n'était qu'à quelques kilomètres.

Claire se tourna vers Marchand en arborant son plus beau sourire.

— J'ai entendu dire que monsieur Dantec allait quitter le domaine. Dans la situation actuelle, cela ne risque-t-il pas d'être problématique ? Qu'en pensez-vous ?

Marchand semblait interloqué.

— Brian Katell n'était pas du tout satisfait de lui, je crois, ajouta Claire.

— Qui vous a dit cela ?

— Je ne sais plus, répondit-elle innocemment. Quelqu'un, hier.

— Je... Je veux dire, c'est vrai : ils ne s'entendaient pas. Pas du tout. C'est très vite devenu évident. Monsieur Katell m'en avait d'ailleurs parlé assez rapidement. Ça ne m'avait pas surpris.

L'intendant tenait à montrer qu'il était impliqué dans les affaires les plus importantes du domaine. Du moins, qu'il en était bien informé.

— Vous savez aussi pourquoi ? continua Claire.

— Ils étaient totalement différents. Rien en commun. Pour monsieur Katell, le vin était tout, une vocation. Pour monsieur Dantec, en revanche, le vin n'était qu'un produit à commercialiser. Une telle divergence fait que cela ne peut que mal tourner.

— Et elle a effectivement mal tourné, confirma Claire froidement.

— Pour monsieur Katell, Dantec ne faisait qu'employer des phrases toutes faites. Il proclamait, pour sa part, que seule une personne animée de passion peut avoir de formidables idées. Dans le cas contraire, tout reste tiède et ennuyeux. Et il avait raison, je pense. Seul l'enthousiasme permet de réaliser de grandes choses. Aussi exceptionnelles que le sont nos vins.

Dupin trouvait ce discours un peu trop lyrique, mais sur le fond, il partageait l'opinion de Marchand.

— Leurs dissensions s'étaient-elles accentuées ? Y a-t-il eu un incident ?

L'intendant fixa Claire. Un brin trop théâtral, pensa Dupin.

— Vous pensez que monsieur Dantec pourrait être l'assassin de monsieur Katell ? répondit l'homme, non sans surprise.

— Pas vous ? répliqua Claire, toujours aussi directe. Il semble bien être le seul à avoir eu un différend sérieux avec monsieur Katell ces derniers temps.

— Mais, selon le commissaire, il s'agirait d'un accident de chasse avec un braconnier, objecta Marchand, sceptique.

— Cela vous semble-t-il plausible ? demanda Claire.

Il sembla réfléchir, ou du moins prendre son temps avant de répondre.

— Ce n'est pas impossible. Je ne sais pas vraiment. Je pense qu'il faut envisager toutes les pistes possibles.

Il se tourna vers Dupin.

— Qu'en pensez-vous ? C'est vous le professionnel.

— Vous avez raison, monsieur. Il faut examiner toutes les hypothèses.

Marchand acquiesça, satisfait.

— Et cette altercation entre le vieux Joly et Brian

Katell lors du concours ? reprit Dupin. Monsieur Joly l'a tout de même publiquement accusé de tricherie, si j'ai bien compris.

— Calomnie, une véritable infamie, s'emporta Marchand. Monsieur Katell ne prêtait aucune attention à ce genre d'insultes. Il n'avait pas besoin de répondre à de telles diffamations.

— Les deux hommes ne se sont plus croisés depuis ?

— Pas à ma connaissance.

— Au fait, nous n'avons pas encore vu votre fils, fit remarquer Claire en souriant à l'intendant.

Dupin pensa qu'il n'y avait rien d'étonnant à cela, ils venaient à peine d'arriver.

— Il a du travail à Bouaye.

— On nous a dit que monsieur Katell tenait beaucoup à lui.

— Oh oui. C'était le cas.

Une fois encore, Marchand prit un air fier.

— Je vais vous laisser. Vous devez sans doute vouloir vous installer, et j'ai du travail.

— J'aimerais juste vous reposer la question : les tensions entre Dantec et Brian Katell se sont-elles aggravées récemment ?

Monsieur Marchand se trouvait déjà dans l'encadrement de la porte.

— Ils se disputaient tout le temps.

— Une dispute particulièrement violente dernièrement ? insista Claire.

— Monsieur Dantec n'était tout simplement pas fait pour ce domaine.

— Monsieur Katell lui avait-il annoncé son intention de le licencier ?

Dupin fut surpris de voir à quel point l'intendant répondait volontiers aux questions de Claire.

— Je pense, oui. Dantec devait bien se douter de ce qui l'attendait.

Il marqua une pause plus longue.

— Je crois bien qu'il le lui a dit. Peu importe ce que prétend Dantec.

Marchand s'apprêtait à partir.

— J'ai une réunion maintenant, déclara-t-il en sortant de la chambre.

— Qui gère le domaine depuis le meurtre ? lui lança Claire.

L'intendant se retourna, visiblement irrité.

— Cela relève évidemment de ma responsabilité, madame.

— Et qui, selon vous, en héritera ? Savez-vous s'il y a un testament ?

— Non, et je vous prie de ne pas vous lancer dans des spéculations.

Sur ces mots, il s'éclipsa.

Claire sortit de son sac la liste que Cécile avait apportée la veille au 21, et elle griffonna quelques informations à côté du nom de Damien Dantec.

— Tu as toujours un stock de tes petits carnets

rouges dans la boîte à gants. Je vais en prendre un, d'accord ?

— Je...

Dupin laissa sa phrase en suspens. À quoi bon protester ?

Les crêpes étaient excellentes. À Deux Pas du Lac était une adresse à ne pas rater. Dupin avait dégusté une galette chèvre-chorizo, puis une complète, avec fromage, jambon et œuf, et en dessert, une crêpe à la crème de marrons. Le minimum dans un tel établissement. Deux crêpes salées, à la farine de sarrasin, puis une sucrée, au froment. Ils avaient troqué les bolées de cidre contre des verres de muscadet. Impossible de faire autrement, alors qu'ils se trouvaient au cœur même du terroir. C'était un Château Joly, l'un des meilleurs qu'ils aient jamais goûtés. Le déjeuner avait été très agréable, l'ambiance détendue, parfois même enjouée, exactement comme au début de leur lune de miel. Ils avaient évoqué brièvement la conversation avec le régisseur sur le chemin de Bouaye, pour ensuite parler de tout et de rien.

Ils s'étaient centrés sur ce moment partagé. Et sur le vin. Claire avait parlé de « bulles délicates » et de « légèreté pétillante », puis avait identifié non seulement de la pomme, mais plus précisément de la « pomme verte » et de la « poire jeune ». Dupin, lui, jurait qu'il y avait du citron. Le vin, d'un jaune-vert pâle, offrait une rafraîchissante acidité. Le commissaire avait osé suggérer une « note levurée ». « Rien d'étonnant, les muscadets fermentent parfois jusqu'à deux ans, élevés sur lie », avait dit Claire. Le vin était infiniment soyeux. Claire en avait profité pour rédiger un long commentaire dans son carnet de notes œnologiques.

À deux heures et demie, la vieille Citroën de Dupin s'arrêta sur le gravier crissant, à côté d'un 4 × 4 noir qui démarra aussitôt. Au volant du Defender, une jeune femme aux cheveux noirs et aux lunettes de soleil dorées. Dupin craignit qu'elle ne percute son véhicule. Elle semblait ne pas l'avoir remarqué. À Bouaye comme sur le trajet retour, une pluie violente avait frappé le toit de la voiture, alors qu'un soleil radieux les accueillit au domaine ; le sol était parfaitement sec, bien que Bouaye ne fût qu'à deux pas.

La cour était déserte, même la Peugeot de la police avait disparu. Dupin eut l'impression d'apercevoir quelqu'un derrière une fenêtre du rez-de-chaussée. Sans doute se méprenait-il. Claire prit la direction du bâtiment situé à droite de la maison principale.

— Monsieur Marchand ne nous a même pas indiqué comment aller à la cave.

Elle avait déjà la main sur la poignée de porte. Dupin n'était pas vraiment d'humeur à visiter une autre cave.

Ils pénétrèrent dans un couloir étroit. En face, un

escalier en bois montait au premier étage. À côté, une porte avec une signalétique discrète : *Production*. L'aménagement était sobre. Il faisait étonnamment frais, grâce aux épais murs de pierre, alors que la température extérieure atteignait les trente degrés. Au mur, près de l'escalier, se trouvait un tableau d'orientation avec un plan et des noms. Ce devait être le bâtiment administratif.

— « Damien Dantec, directeur des ventes et du marketing, bureau 7 », lut Claire à voix haute. J'aimerais bien voir à quoi ressemble l'homme derrière ce nom.

— Il n'est peut-être pas là aujourd'hui, répondit Dupin.

Claire se dirigea vers le couloir comme si elle n'avait pas entendu.

— Voici le bureau 5, Georges. Et ici, le 6, dit Claire en baissant la voix. Le bureau 7 est au fond du couloir.

La seconde suivante, elle frappa à la porte et l'ouvrit sans attendre de réponse.

— Bonjour, monsieur Dantec, nous…

Elle s'interrompit.

Personne. Cela ne l'empêcha cependant pas d'entrer et de jeter un coup d'œil. Il n'y avait pas grand-chose à voir. Rien, même. Une pièce très impersonnelle, qui renseignait seulement sur le caractère ordonné de son occupant. D'autres personnes, à l'inverse, dont le lieutenant Le Ber, songea

Dupin, transformaient leur lieu de travail en annexe de leur maison.

Sur le bureau, un grand écran d'ordinateur, un seul stylo aligné le long d'une pile de documents parfaitement rangée, rien d'autre. Aux murs, des photographies se voulant artistiques, sans âme, en noir et blanc, sur le thème du vin, encadrées de baguettes blanches.

— Allons-y, dit Claire.

— Attends !

Son limier de mari aurait bien jeté un œil dans l'un des meubles gris clair de la pièce. Mais Claire était déjà sortie.

D'un pas résolu, elle gagna la porte du site de production et l'ouvrit. Une ambiance sonore de bruits mécaniques leur parvint avant même qu'ils pénètrent dans la vaste salle. Quatre immenses cuves en acier inoxydable, chacune mesurant bien quatre mètres de long, reposaient sur une structure en acier rouge. On pouvait y lire, en grandes lettres capitales, BUCHER VASLIN.

— C'est le fabricant des pressoirs, observa Claire.

Rien ne semblait anormal, autant qu'ils pouvaient en juger. Une dizaine de personnes, hommes et femmes, vaquaient à diverses tâches. Partout se trouvaient des caisses en plastique bleu, remplies à ras bord de raisins.

— Je peux vous aider ?

Une jeune femme aux longs cheveux blonds, vêtue

d'un jean et d'un tee-shirt noir, venait d'apparaître à leurs côtés. Son visage était constellé de taches de rousseur.

— Nous logeons au domaine, et nous sommes des amis de Cécile Cast, répondit Claire.

— Soyez les bienvenus, répondit la jeune femme avec un sourire un peu crispé. Malgré les circonstances tragiques, bien entendu.

— C'est l'une des étapes de notre voyage de noces, ajouta Dupin.

— Je vois, répondit la femme en hochant la tête.

— Et vous êtes… ? demanda Claire.

— Je suis Emily Pic.

— Ah. Donc c'est vous qui auriez dû nous faire faire la dégustation.

— Exactement, sourit-elle. J'espère que vous aurez l'occasion de revenir pour que nous rattrapions ça

Claire observa la salle.

— Nous avons vendangé quelques parcelles très précocement cette année, il y a déjà dix jours. Depuis, nous sommes dans la phase de pressage, dit Emily Pic en montrant les cuves. Les raisins vont là-dedans, puis ils sont pressés.

En un clin d'œil, la jeune femme avait pris un ton didactique.

— Dans la salle d'à côté, vous trouverez les cuves de débourbage et de fermentation. Ainsi que la chaîne d'embouteillage, et tout un stock de bouteilles. Mais vous m'excuserez, nous avons beaucoup à faire.

— Oui, je vous en prie.

— Vous pouvez utiliser cette sortie.

Elle désignait une porte coulissante au fond de la salle.

— Elle mène directement aux vignobles et au chantier du bar à vin. Ce sera formidable. Rien que pour cela, vous devrez revenir.

— Nous reviendrons, dit Claire.

— Merci beaucoup, madame Pic, ajouta Dupin en inclinant la tête.

Claire était déjà en train de filer.

— Jules Marchand, Emily Pic... Nous avons déjà rencontré deux des protagonistes, peut-être même de potentiels suspects... C'est palpitant !

Claire parlait à voix basse.

Ils étaient de nouveau dans le vignoble. Des ceps à perte de vue. De lourdes grappes à maturité, des grains gorgés de jus, masquant les feuilles, de la même couleur que celle du vin dans le verre – un jaune profond aux reflets verts.

— Pas mal !

Claire s'était arrêtée. Devant eux, le futur bar à vin. Les travaux étaient bien avancés, laissant entrevoir ce que Brian Katell et son ami avaient imaginé.

Un large escalier en pierre menait sous le domaine, probablement à l'entrée des caves. On avait tout conservé en l'état, hormis l'ajout, comme une touche esthétique, d'un auvent vitré. Le chantier prenait place sur une grande dalle de béton, d'environ vingt mètres sur vingt. Juste à côté, les vignes.

— Regarde, Georges.

Claire désigna un panneau où avait été dessiné avec talent le futur bâtiment.

— C'est vraiment superbe, dit-elle après l'avoir admiré.

Dupin était également impressionné.

Des murs en verre, des éléments porteurs – de simples montants – en bois clair, comme le toit plat. De larges puits de lumière pour voir le ciel.

Un homme parut soudain devant eux. Il avait dû passer par la porte coulissante. Jean noir, chemise noire à manches retroussées. Cheveux clairsemés et visage anguleux. Son regard trahissait une certaine méfiance.

— C'est vous l'architecte, n'est-ce pas ? L'ami de Brian Katell ? demanda Claire en s'avançant vers lui avec un sourire.

Il avait bien l'air d'un architecte, pensa Dupin, un peu gêné de leur présence.

— Et alors ?

Le ton était légèrement irrité, mais pas désagréable.

— Bonjour. Je suis Claire Chauffin, une amie de Cécile Cast. Et voici mon mari, Georges Dupin. Nous sommes en voyage de noces. Depuis avant-hier. Les deux premiers jours, nous les avons passés chez Cécile, et nous sommes ici pour les deux suivants. Malgré cet horrible meurtre, ajouta-t-elle rapidement.

— Je vois. Je suis Alain Chevrier. Bonjour.

L'homme paraissait épuisé.

— Nous soutenons Cécile du mieux que nous pouvons. Brian Katell et elle étaient encore très proches. Vous le savez sans doute. Ça a dû être un choc terrible pour vous aussi, monsieur.

Une habile entrée en matière, suivie d'un silence pesant. Chevrier semblait ne pas savoir quoi penser d'eux.

— Nous dînons avec Cécile ce soir.

La glace se brisa. Les traits de l'architecte se détendirent, révélant un autre homme.

— Tant mieux ! Cela lui fera du bien. Ce sont des jours très difficiles. Pour elle, oui, mais aussi pour moi. Brian était mon plus vieil et mon meilleur ami.

— Nous sommes sincèrement désolés, monsieur.

Les paroles de Dupin étaient solennelles.

— C'est un superbe projet, dit Claire en désignant le chantier. Ce sera un lieu exceptionnel qui lui rendra hommage.

Son enthousiasme, qui s'accommodait peu aux circonstances, arracha un petit sourire à Chevrier. En flattant son orgueil, Claire avait fait mouche.

— Merci. C'est très aimable. C'est étrange d'être

ici. Ça semble complètement déplacé. Mais je devais continuer. Demain, les maçons reprendront leur travail dans la cave. Ils veulent terminer la semaine prochaine. Ce sont les derniers détails, et il faut superviser de près. Dans deux jours, la structure du bar sera également montée.

— Félicitations, c'est du beau travail.

Chevrier esquissa un sourire fugace.

— Honnêtement, je ne sais pas ce que ça donnera. Personne ne sait, ajouta-t-il, visiblement perdu.

— Votre ami ne vous a jamais dit ce qu'il adviendrait en cas de décès ? Qui hériterait de la propriété ? Le sort réservé à ce bar à vin ? Vous deviez être assurés, non ?

— Il rechignait à parler de tout ce qui a trait à la mort. J'ai essayé d'aborder la question à plusieurs reprises, lors de nos soirées, un verre de vin à la main. Il disait simplement que ça portait malheur...

Le téléphone de Claire sonna.

— Excusez-moi. C'est Cécile.

Elle disparut dans l'un des rangs de vignes.

Chevrier regarda Dupin, perplexe.

— Que savez-vous de cet incident lors du concours viticole il y a quelques semaines, quand le propriétaire du Château Joly a publiquement insulté monsieur Katell ?

Chevrier parut surpris, non seulement par la forme de ce qui ressemblait de plus en plus à un interrogatoire, mais aussi par le fond de la question.

— Moi ? Je n'en sais rien. Pourquoi demandez-vous… ?

La sonnerie du téléphone du commissaire retentit. C'était Nolwenn.

— Je dois répondre, désolé. Je reviens tout de suite.

Dupin s'éloigna de quelques pas dans les vignes.

— Que se passe-t-il, Nolwenn ?

— Commissaire, deux nouvelles. Une bonne et une mauvaise. La bonne d'abord : j'ai organisé une dégustation pour vous au Château Joly. Demain matin, à onze heures. C'est Anne-Sophie Joly qui l'assure. N'est-ce pas formidable ? Une occasion parfaite de la questionner en douceur. Et de fureter un peu dans leur domaine.

— Je…

Que pouvait-il dire ? Il était déjà bien trop impliqué.

— Vous aurez sûrement l'occasion de rencontrer aussi le vieux Joly. Le rival de toujours. Une vraie tragédie classique ! Deux familles ennemies depuis des siècles, un amour interdit. Puis l'amant qui se fait exploser la tête.

— Nolwenn !

Qu'est-ce qu'elle pouvait être abrupte, pensa Dupin.

— Et quelle est la mauvaise nouvelle ?

— Les grosses basses du rap n'ont aucun effet sur le pivert… Mon mari est allé voir. C'est un désastre.

Elle semblait annoncer l'apocalypse.

— C'est même le contraire ! Comme si l'oiseau était galvanisé par ce son. Vous avez un sérieux problème, commissaire. Le pivert va tout démolir avant la venue du menuisier.

— Et que devons-nous faire ?

— Parlez-en à Claire. Je n'ai pas réussi à la joindre. C'était occupé. Mon mari a un fusil à air comprimé, il pourrait…

— Hors de question.

— Je voulais dire, juste pour l'effrayer.

Nolwenn militait passionnément en faveur de l'écologie et de la préservation du vivant. Mais le ton qu'elle avait pris était inquiétant.

— Quelles sont les autres options ?

— Quelqu'un doit monter la garde jour et nuit devant la maison. Réagir immédiatement quand l'oiseau arrive. L'effrayer à coups de pierres. Le chasser encore et encore.

Quel boulot, songea Dupin.

— Je vais demander à Le Ber, ajouta Nolwenn.

— C'est ça. Ah ! Encore une chose.

— Oui ?

— Les vins de Katell ont remporté un concours il y a quelques semaines, damant le pion à ceux du Château Joly. Lors de la remise des prix à Nantes, le vieux Joly a violemment pris Brian Katell à partie, en public. Pourriez-vous glaner des informations à ce sujet ? Auprès des organisateurs ? Beaucoup de gens ont dû assister à cela. Je voudrais savoir si les deux se sont revus après cet incident… ce genre de choses…

— C'est assez vague. Mais je vais voir.

Elle raccrocha.

Dupin retourna vers Alain Chevrier.

— Le bar à vin était donc un projet commun à vous deux, disait Claire.

Visiblement, elle n'était pas restée longtemps au téléphone.

— Oui, nous l'avons peaufiné pendant des années.

Dupin apparut parmi les vignes.

Quelque chose n'allait pas. Il le devinait à l'expression de son épouse, qui, pourtant, faisait de son mieux pour n'en rien laisser paraître.

— Nous avions…

Chevrier s'interrompit, visiblement ému.

— Nous avions de grands projets ensemble.

— Nous en avons entendu parler, dit Claire. De la vente directe aux consommateurs, n'est-ce pas ?

— Oui, il s'agissait de créer cinq bars à vin, des vitrines de la propriété censées incarner l'esprit du muscadet. Nous avions déjà un terrain à Sainte-Marie-sur-Mer à l'ouest de Pornic.

— J'espère que vous poursuivrez ces projets malgré tout.

— Je… je ne sais pas encore, honnêtement.

— Nous allons vous laisser travailler, monsieur

Chevrier. Nous étions juste curieux de voir le chantier ainsi que les caves. Nous en avions tellement entendu parler.

Claire semblait soudain pressée.

L'architecte désigna l'arrière avec un mouvement de tête.

— Prenez plutôt cette entrée-là si vous voulez visiter les caves. En suivant ce couloir, vous arriverez à la cave principale, là où ont lieu les dégustations. C'est sûrement la partie la plus impressionnante. Mais attention, c'est un véritable labyrinthe là-dessous.

— Merci ! C'est très aimable à vous, monsieur Chevrier.

— Passez le bonjour à Cécile de ma part.

Claire lui fit un signe et descendit rapidement les premières marches.

Arrivée en bas, avant de s'enfoncer dans le dédale souterrain, elle attendit Dupin.

— Tu ne vas pas le croire, Georges !

Elle peinait à cacher son excitation, tout en s'efforçant de parler à voix basse.

— Cécile… C'est elle ! C'est elle qui hérite du Domaine du Lac ! Brian avait bien rédigé un testament. Son notaire vient de la contacter officiellement après avoir parlé au commissaire Lelouche.

Dupin s'arrêta net.

— Cécile ? Cécile est la nouvelle propriétaire du domaine ? L'unique héritière ?

— Oui, Georges. N'est-ce pas incroyable ?

Dupin monta et redescendit rapidement quelques marches, ses pensées se télescopaient.

— Qu'est-ce qui t'arrive, Georges ?

— Ne comprends-tu pas ce que cela signifie ? Cela fait de Cécile la principale suspecte, Claire !

— C'est grotesque, Georges. Cécile, enfin ! Tout le monde sait qu'elle entretenait une relation amicale avec son ex-mari. Juste parce qu'elle...

Peu à peu, elle comprit. Son expression devint grave.

— Oh, mon Dieu ! Elle aurait tout à y gagner.

— Exactement.

Claire resta silencieuse un instant.

— Une raison supplémentaire de poursuivre nos investigations et de trouver rapidement le coupable. Il faut protéger Cécile. Je te le dis clairement : c'est mon amie, et tant qu'on ne pourra rien prouver contre elle de manière catégorique, je serai de son côté.

Claire avait une expression déterminée que Dupin ne lui avait jamais vue.

— Pourquoi se sont-ils séparés, au juste ? Tu le sais ?

Elle lui jeta un regard désapprobateur.

— Pour faire court : ça ne fonctionnait pas. Leur mariage battait de l'aile. C'était impossible pour elle. Brian se consacrait entièrement à son travail. Il ne savait pas faire autrement. Le vin, le domaine.

Il ne le faisait pas exprès. Mais il n'y avait pas de place pour Cécile. Il était complètement absorbé par sa passion. Merveilleux et exalté, mais cruel malgré lui.

— Quand était-ce ? Quand se sont-ils séparés, quand ont-ils divorcé ? Est-ce que cela s'est mal terminé ?

— Tu ne vas tout de même pas t'imaginer que…

Un cri strident l'interrompit. Aussitôt suivi d'un autre, plus intense, désespéré. Cela venait des caves. Une femme. Et elle n'était pas loin.

— Au secours ! J'ai besoin d'aide.

Dupin se précipita, Claire sur ses talons. Ils coururent le long du couloir dont l'architecte avait parlé et débouchèrent dans une vaste cave voûtée. Une longue table en bois y trônait, manifestement destinée aux dégustations.

— J'ai besoin d'aide, résonna la voix.

— J'arrive ! cria Dupin.

Il ne voyait toujours personne.

— Je suis de la police ! ajouta-t-il, même s'il n'avait pas son arme sur lui.

— Aidez-moi, s'il vous plaît !

Cette fois, il localisa l'origine des appels. Il força l'allure encore quelques mètres et aperçut une vieille porte en bois, entrouverte sur sa gauche.

— Ici ! Je suis ici !

Georges et Claire s'engouffrèrent dans la pièce, étroite avec un plafond bas. La lumière était faible.

Emily Pic était agenouillée au centre de la pièce. Près d'elle gisait un homme. Elle ne parvenait pas à détacher son regard de lui.

Dupin fut immédiatement à son côté.

— Je suis entrée, et il était déjà là, allongé, bredouilla-t-elle, encore sous le choc.

Le corps offrait un spectacle effroyable. La victime était sur le dos, la tête tournée dans une position étrange, une plaie béante à la droite du crâne d'où s'écoulait un sang épais. Autour de sa tête, des éclats de verre. Une bouteille brisée dont on distinguait encore l'étiquette : *Le Grand, Domaine du Lac, 2007.*

Dupin s'accroupit et s'adressa à l'homme d'une voix ferme.

— Monsieur ? Monsieur ?

Il saisit son épaule et le secoua légèrement.

— Monsieur, répondez-moi !

Aucune réaction.

Claire, agenouillée près de l'homme, lui pencha la tête en arrière, plaçant son oreille près de son nez et de sa bouche, main posée sur le torse.

— Aucun signe de ventilation, murmura-t-elle sur un ton clinique.

Elle se redressa, posa deux doigts sur la gorge du blessé, près du larynx.

— Rien. Pas de pouls. Je pense que son corps a déjà commencé à refroidir.

Elle passa la main sur le front de l'homme, les

doigts ensanglantés. Puis elle tourna sa tête pour mieux examiner la blessure.

Un spectacle macabre.

— Mort, conclut Claire en se redressant lentement, et cela ne fait pas très longtemps. Depuis une heure ou deux, je dirais. Le crâne présente des lésions traumatiques sévères. Il a probablement perdu connaissance sur le coup.

Elle désigna la bouteille brisée.

— Une arme mortelle. Selon un légiste suisse, les bouteilles vides sont encore plus redoutables... Il semblerait que les pleines fassent également leur office.

Les médecins avaient parfois une façon involontairement lugubre de s'exprimer.

— Connaissez-vous cet homme ? Qui est-il ? demanda Dupin à la vigneronne.

— Damien Dantec, notre responsable marketing et commercial, balbutia-t-elle.

— C'est Dantec ? Que Brian Katell voulait renvoyer ?

Claire paraissait abasourdie.

Dupin mit quelques secondes à réaliser.

Il se passa nerveusement la main dans les cheveux, puis balaya du regard la salle exiguë, faisant davantage penser à un couloir. Elle n'abritait que des étagères pleines de bouteilles de vin. Au fond, il y avait eu des travaux : deux des étagères, à l'origine en brique, avaient été remplacées par des étagères en bois, mais cela semblait dater de longtemps, à en juger par leur état. Sans doute les problèmes d'humidité dont Cécile avait parlé.

— Le commissaire Lelouche et ses hommes devraient arriver d'une minute à l'autre, haleta l'intendant en atteignant la grande salle voûtée.

Il arrivait directement de la production.

— Il demande que nous restions tous ici à l'attendre.

Emily Pic avait contacté la police, et c'est une gendarme de Bouaye qui s'était déplacée. C'est elle qui se trouvait déjà la veille près du lac. Elle avait d'abord examiné le corps, puis recueilli le témoignage d'Emily Pic, avant d'écouter Claire et Dupin.

Le commissaire avait informé Nolwenn de leurs dernières découvertes. Claire avait tenté de joindre Cécile Cast, en vain. Elle avait laissé un message, demandant qu'elle la rappelle immédiatement. Comme il n'y avait pas de réseau dans la cave, ils avaient dû sortir pour passer l'appel.

Dupin aurait préféré se volatiliser avant que le commissaire Lelouche ne soit là. Il sentait poindre les ennuis, et les questions embarrassantes : pourquoi se trouvaient-ils sur les lieux à ce moment précis ? Menaient-ils une enquête de leur propre chef ? Tout cela avait l'air suspect, et Dupin savait que leur présence soulevait des doutes.

— Je n'y crois pas, murmura Emily Pic, toujours sous le choc, pendant que Claire vérifiait son pouls. Je...

— Me voici, lança le commissaire Lelouche en apparaissant, accompagné de plusieurs personnes.

Dupin reconnut le médecin légiste de la veille. Il ne pourrait probablement rien dire de plus que Claire, excepté peut-être préciser l'heure de la mort, probablement entre treize et quatorze heures.

— Venez, je vais vous montrer le corps, dit la gendarme à Lelouche.

Il hocha la tête.

— Mesdames et messieurs, personne ne quitte la cave, ordonna-t-il en passant devant eux.

— Je vais de nouveau essayer de joindre Cécile, dit Claire, faisant fi des ordres du policier. Il faut la tenir au courant.

— Cécile Cast ? L'ex-femme de Brian Katell ? Elle était ici ce midi, répondit Emily Pic d'une voix faible.

— Pardon ? s'exclama Dupin.

— Cécile Cast ? reprit Claire, surprise.

Oui, elle est venue voir la compagne de monsieur Katell, Anne-Sophie Joly.

— Quoi ? Cécile ne nous a rien dit, ajouta Claire, incrédule.

— Madame Joly était ici aussi ? insista Dupin.

— Oui, toutes les deux.

— À quelle heure ? demanda Claire.

— Anne-Sophie Joly est arrivée vers treize heures. Je l'ai croisée dans la cour.

— Cheveux noirs, Defender noir ? s'enquit Claire.

Emily Pic hocha la tête.

— Georges, c'est la femme qui a failli nous percuter à notre retour de la crêperie.

Ce qui signifiait que la compagne de Brian Katell avait passé environ une heure et demie sur le domaine, pile au moment du meurtre.

— Que faisait madame Joly ici ? interrogea Claire.

— Elle cherchait sa tablette, qui était restée dans l'appartement de Katell. Elle devait aussi rencontrer Cécile Cast. C'est tout ce qu'elle a dit. Anne-Sophie Joly a souvent dormi ici, notamment avant-hier, après l'anniversaire.

— Elles se sont retrouvées dans l'appartement de Katell ? C'est pourtant interdit, répliqua Dupin.

— Je ne sais pas. Mais j'ai vu qu'un policier les accompagnait.

Dupin griffonna quelques notes dans son carnet.

— Comment savez-vous qu'Anne-Sophie Joly a dormi ici après la fête ? demanda-t-il.

— Sa voiture était là quand je suis arrivée le lendemain matin. Il était six heures.

— Et Cécile, quand est-elle arrivée et partie aujourd'hui ? continua Dupin, malgré le regard réprobateur de Claire.

— Je ne saurais le dire. Je ne l'ai même pas vue, répondit Emily en inspirant profondément. Mais elle n'était pas encore là quand Anne-Sophie Joly s'est garée dans la cour.

Et elle était déjà partie quand Claire et moi sommes revenus, compléta Dupin intérieurement. Cécile était donc aussi présente sur le domaine à l'heure du crime. Tout comme plusieurs autres personnes : Alain Chevrier, l'architecte, Jules Marchand, l'intendant, et Emily Pic elle-même, qui avait découvert le corps.

— Savez-vous, demanda Dupin rapidement, si Brian Katell avait des horaires fixes pour courir ?

Emily le regarda, perplexe.

— Pourquoi ?

— Le meurtrier devait être au courant. Je mettrais ma main à couper qu'il l'a attendu au lac hier matin. Qui était au courant ? insista calmement Dupin.

— Nous le savions tous, je crois. Il en parlait souvent, de ces moments de sérénité au bord du lac. C'était une forme de méditation pour lui.

— Avez-vous une arme de chasse ?

L'adrénaline propre aux investigations montait doucement.

— Quoi ?

— Chassez-vous ?

— Non !

— Et quelqu'un d'autre dans l'entourage de Katell ? ajouta-t-il.

C'était une question essentielle.

— Vous vous doutez bien que j'ai enquêté sur ce point dès hier, Dupin, intervint soudain le commissaire Lelouche, qui s'était approché sans un bruit.

Dupin se retourna.

— Et nous étions convenus que cette affaire ne vous concernait pas, poursuivit calmement Lelouche.

Il se planta devant son homologue.

— Je me suis renseigné sur vous, Dupin. J'avais deviné que vous ne pourriez pas vous empêcher d'interférer dans l'enquête.

Il s'approcha encore, se faisant menaçant.

— Vous perturbez notre travail, dit-il à voix exagérément basse. J'ai parlé à mon préfet. Un ami du vôtre, ils se tiennent en haute estime l'un et l'autre.

Dupin tenta de garder son calme.

— Je suis ravi que nos départements coopèrent si bien.

— Ils ont déjà échangé au sujet de cette affaire. J'avais prévenu que je ne tolérerais aucune ingérence. Or, vous vous installez dans la propriété de Brian Katell, assassiné hier ! On voit bien ce que cela signifie.

— Nous avons réservé cette chambre il y a des semaines. Et que cela vous plaise ou non, monsieur, nous sommes dans un pays libre, rétorqua Claire. Nous choisissons notre hébergement comme bon nous semble pour notre voyage de noces. À moins que vous ne comptiez vous y opposer…

Lelouche, sans quitter Dupin des yeux, répondit à Claire.

— Vous vous méprenez, madame. Je n'ai aucune intention de vous en empêcher. J'ai d'autres priorités, comme élucider ces deux meurtres. À vrai dire, vous figurez sur ma liste de suspects. N'est-ce pas une forte coïncidence que vous soyez présents à chaque fois sur les lieux ?

— Quelle ironie ! lança Claire.

Dupin surprit une lueur d'hésitation dans le regard du commissaire.

— Que dirais-tu d'une petite promenade, Claire ? proposa Georges sans lâcher Lelouche des yeux.

— Excellente idée.

Dupin commença à s'éloigner. Lelouche semblait hésiter. Claire mit fin à leur conversation en lui lançant un :

— Bonne chance dans vos recherches, monsieur le commissaire.

Ils quittèrent la cave pour la lumière du jour.

À l'horizon, au-dessus du lac, le ciel n'était ni gris ni sombre ; il était d'un noir profond. À l'est, au contraire, d'un bleu éclatant. Entre les deux, tout un éventail de nuages se dessinait, couvrant l'ensemble de la palette. Le « système météorologique particulièrement instable » dont parlaient les journaux semblait être plus qu'un phénomène passager. Il faisait lourd, ce qui est rare dans le sud de la Bretagne. Malgré tout l'inconfort que Dupin ressentait dans la cave, au moins y faisait-il frais.

Ils allaient sans but précis vers les vignes, en direction du lac. Dupin aurait préféré continuer à explorer la propriété, surtout les caves, mais ce n'était plus envisageable.

— Quel sale type ! s'exclama Claire, agacée.

Georges s'abstint de tout commentaire. Sans trouver Lelouche sympathique, il comprenait son point de vue. Si un autre policier menait une enquête dans son dos, cela lui déplairait également. Mais Dupin l'en aviserait personnellement, sans passer par la voie hiérarchique.

— Cela fait déjà deux meurtres, Georges. C'est insensé. Je comprends mieux pourquoi Nolwenn dit que tu sèmes des cadavres sur ton passage.

— Essaie de rappeler Cécile, répondit Dupin en ignorant la remarque. Elle doit être au courant de tout. Demande-lui surtout pourquoi elle a rencontré Anne-Sophie Joly. Et pourquoi ici, au domaine ? Nous devons savoir exactement ce qui se trame.

— Mais uniquement pour la protéger ! répliqua Claire, tendue.

Ils arrivèrent au bout de la parcelle. Un muret marquait la fin du terrain, avant une prairie. Plus loin, une petite route et un bois.

— Pour Lelouche, c'est la principale suspecte, ajouta-t-elle.

Logique.

— C'est bien pour ça que nous devons la tenir pour suspecte également, et chercher à tout remettre en question, répondit-il.

Ce n'était pas l'exacte vérité. Dupin ne tenait pas seulement à protéger Cécile, il voulait trouver le coupable.

Claire enjamba le muret, au-dessus duquel virevoltaient quelques papillons colorés, et avança dans la prairie. On sentait la fin de l'été.

— Tu as raison, dit Claire en sortant son téléphone.

Elle composa immédiatement un numéro.

Dupin ralentit le pas et s'essuya le front, trempé de sueur. Il appela Nolwenn.

— Commissaire ?

Elle semblait occupée.

— Vous avez des nouvelles du préfet ? demanda Dupin.

— De Guenneugues ? Non. Je devrais ?

— Le préfet de Nantes l'a contacté. Lelouche l'a mis au courant. Il savait, bien sûr, que nous avions loué une chambre dans le domaine. Il n'est pas idiot.

— Hum…

Dupin connaissait ce « hum ». Nolwenn prenait cela plus au sérieux qu'il ne l'avait escompté.

— Ils se retrouvent chaque année à Vannes pour

faire de la voile avec leurs épouses, l'informa-t-elle. J'en fais mon affaire.

— Merci, Nolwenn. Autre chose : il nous faut des informations sur les permis de chasse ou de port d'arme. Anne-Sophie Joly et son père, Alain Chevrier, Emily Pic, l'intendant Marchand et son fils. Et... Cécile Cast, compléta-t-il en baissant la voix.

— Vous avez raison, commissaire. C'est nécessaire.

— Damien Dantec, aussi.

— Je vois. Il aurait pu tuer Katell et ensuite être tué à son tour.

— Avez-vous découvert quelque chose sur l'incident qui a eu lieu lors de la remise de prix ?

— Je dois me montrer plus discrète que d'habitude. Pas grand-chose pour le moment : le président de l'association viticole était à côté de Katell sur scène. J'ai pu lui parler brièvement. Il confirme les insultes. Joly aurait crié quelque chose au sujet de pots-de-vin. Mais il ne sait pas si les deux hommes se sont revus après la cérémonie.

— Et le président, que dit-il de cette accusation ?

— Rien, sinon que c'était absurde. Ce qu'il dirait de toute façon, que ce soit vrai ou non.

Dupin et Claire, qui se trouvait quelques pas devant lui, avaient atteint la petite route, bordée de grands bouleaux.

— Vous avez parlé du pivert à votre femme ?

demanda Nolwenn. Savez-vous comment gérer la situation ?

En réalité, le commissaire avait complètement oublié cette affaire.

Il raccrocha et rejoignit Claire qui l'attendait.

— Elle enquêtait ! Rien d'autre !

— Pardon ?

Dupin ne comprenait pas.

— Cécile, voyons. Elle a contacté Anne-Sophie Joly ce matin pour lui dire qu'elle voulait la voir. Pour parler. Et c'était sincère, dit-elle. Elles s'entendent bien. Anne-Sophie a accepté la proposition et a dit qu'elle devait de toute façon passer au domaine pour récupérer son iPad. Elles ont donc décidé de s'y retrouver.

Claire le regarda droit dans les yeux.

— Tu entends ? C'était la proposition d'Anne-Sophie, pas celle de Cécile. Elle était très familière des lieux. Cécile est restée de treize heures trente à presque quatorze heures trente. Elle est partie juste avant notre arrivée, avant Anne-Sophie Joly.

— Et l'iPad était vraiment dans l'appartement de Katell ?

— Quand Cécile est arrivée, Anne-Sophie l'avait déjà récupéré. Un policier était présent pour vérifier que c'était bien le sien.

— Tu sais où il se trouvait ?

— Non.

— Et où se sont-elles installées ?

— Dans le salon et probablement à l'étage.

Un énorme coup de tonnerre retentit soudain, fracassant, suivi peu après d'un second.

Le ciel au-dessus de leurs têtes était à présent d'un noir d'encre.

— On devrait…

Un éclair aveuglant zébra le ciel. Il resta suspendu dans l'air pendant plusieurs secondes, comme une vision apocalyptique. Le tonnerre ensuite fut encore plus assourdissant que les premiers grondements. Entre l'éclair et le tonnerre, à peine deux ou trois secondes. L'orage était arrivé sur eux.

— Il faut rentrer, vite, lança Dupin.

Claire semblait hypnotisée par le ciel.

— Regarde, les nuages se dévoilent, dit-elle.

Une monstrueuse masse nuageuse d'un anthracite soutenu, invisible jusque-là, se détacha soudain du ciel noir.

— Regarde, la forme est ronde, tu vois ?

Dupin voyait.

— C'est dangereux, ajouta Claire en regardant autour d'elle.

Une rafale de vent faillit la renverser. D'énormes gouttes de pluie s'abattirent sur eux comme des balles. C'était la fin du monde, c'était certain.

— C'est le début d'une supercellule ! cria Claire.

Dupin ne savait pas si elle était effrayée ou fascinée.

— Un orage spécial, où les courants ascendants

commencent à tourner de plus en plus violemment. Ça peut même finir en tornade.

Les bouleaux ployaient dangereusement.

— Il n'y a nulle part où s'abriter ici. Il faut faire demi-tour ! hurla Dupin.

Claire acquiesça.

Ils avaient marché environ quinze minutes.

Claire se mit à courir. Georges la suivit. Ils étaient trempés jusqu'aux os, ne voyaient presque rien. Le chemin par lequel ils étaient venus était impraticable – la boue y ruisselait. Ils allèrent droit devant eux.

Dupin rattrapa Claire.

— On doit couper par la prairie, cria-t-il. Ensuite, on rejoindra la route qui mène au domaine.

Le sol, ferme quelques instants plus tôt, s'était transformé en une masse visqueuse dans laquelle ils s'enfonçaient jusqu'aux chevilles. Dupin pensa au couple de la légende, qui, en fuyant l'apocalypse, s'était métamorphosé en pierre.

— On devrait…

Mais Claire n'eut pas le temps de finir sa phrase.

Un nouvel éclair déchira le ciel, puis le tonnerre comme un coup de semonce.

La foudre avait dû tomber juste derrière eux.

— Plus vite ! cria Claire.

Ils avançaient de plus en plus péniblement. Des feuilles, des branches volaient dans tous les sens, heureusement il n'y avait pas d'arbres proches. Une odeur forte et étrange flottait dans l'air, mais Dupin ne savait pas l'identifier.

— Regarde ! cria Claire.

Ils avaient enfin atteint le muret séparant la prairie du vignoble.

Ils s'engouffrèrent dans les rangs de vignes. Les grappes, lourdes et rondes, se balançaient violemment. Certaines étaient tombées, éparpillées dans la boue.

Ils continuèrent un moment, puis Claire s'arrêta brusquement.

— Je crois qu'on est perdus. On devrait déjà être arrivés à l'allée.

Dupin venait de penser la même chose.

La pluie, froide et cinglante, leur dégoulinait sur le visage. La température avait chuté d'au moins dix degrés.

Dupin regarda autour de lui. Rien.

— Il vaut mieux rebrousser chemin…

Claire hocha la tête et s'élança.

Les éclairs frappaient tout autour d'eux, à l'avant, à l'arrière, sur les côtés.

— Là !

Dupin aperçut une forme sombre et anguleuse. Courbés, ils se frayèrent un passage à travers les vignes. Feuilles et grappes leur fouettaient le visage. Rapidement, ils reconnurent l'arrière du bâtiment principal. Ils n'avaient qu'à contourner l'aile pour rejoindre la cour. Enfin !

Claire courut vers l'entrée.

— Non, ici ! cria Dupin.

Il se dirigea vers leur Citroën. Les voitures de police étaient toujours là, signe que tout le monde se trouvait encore à l'intérieur. Dupin n'avait aucune envie de croiser qui que ce soit, même s'ils avaient besoin de vêtements secs.

— Il vaut mieux éviter Lelouche.

Claire acquiesça énergiquement, ils se précipitèrent pour se réfugier dans l'habitacle, s'assirent sur les sièges, claquèrent les portières et se regardèrent. Un rire incontrôlable et libérateur les emporta, leur faisant tout oublier pour un court instant.

La Citroën accusait le poids des ans, mais le chauffage, notamment des sièges, marchait à merveille. Dupin l'avait monté à fond. Le pare-brise était embué ; Claire devait l'essuyer régulièrement avec un mouchoir pour que son époux puisse distinguer quelque chose. Ils ne pouvaient avancer qu'à vitesse réduite et, même ainsi, Dupin devait rester extrêmement concentré. Si la voiture les protégeait de l'orage et de la pluie, elle ne les mettait pas à l'abri des arbres ou des branches qui menaçaient de tomber.

— Pornic ? demanda Dupin.

— Oui. Il y a des pulls et des vestes sur la banquette arrière, Georges.

Comme toujours, Claire transportait une petite

garde-robe dans la voiture, ce qui se révélait fort utile.

— Tout ce dont j'ai besoin, c'est d'un café.

Les priorités étaient claires : il fallait rétablir un semblant d'ordre dans ce chaos.

— Cécile m'a conseillé un café. On peut s'y installer tranquillement – à condition qu'il ne pleuve pas à verse. C'est à Sainte-Marie-sur-Mer.

Quelques minutes plus tard, ils prirent la départementale 751, qui les conduirait directement à Pornic. Peu à peu, la violence de l'orage s'atténuait. Avant qu'ils démarrent, Claire avait essuyé leurs cheveux avec un sweat-shirt et enfilé un des pulls de Dupin, non sans avoir retiré son tee-shirt trempé.

Elle paraissait profondément ébranlée.

— Comment te sens-tu, Georges ? C'est vraiment terrible, non ? Deux meurtres barbares. Et nous en plein milieu. Tout cela paraît irréel.

Dupin connaissait bien cette sensation.

— Je sais.

Elle ferma les yeux.

— J'ai oublié de te parler de notre pivert, poursuivit-il. La musique n'a pas fonctionné. Nolwenn demande ce que nous souhaitons faire.

Le moment n'était évidemment pas bien choisi. Dupin s'attendait à une vive réaction, mais Claire semblait presque résignée.

— Je m'en doutais. Il faut passer à la vitesse supérieure. Je vais reparler au mari de Nolwenn.

Son ton avait quelque chose de menaçant.

— Tu sais qu'on ne peut rien faire d'illégal, précisa Dupin.

— Je sais. Laisse-moi gérer ça.

Cette dernière phrase l'inquiéta.

Ils se turent un moment.

Georges alluma la radio. En temps normal, il évitait scrupuleusement les médias pendant ses enquêtes, mais cette fois-ci, ce n'était pas son affaire. Peut-être y glanerait-il des informations utiles. Il choisit une station locale.

« … probablement lié. Damien Dantec, quarante-quatre ans, était depuis un an le responsable marketing du célèbre domaine viticole. Si le commissaire pensait d'abord que la mort violente de Brian Katell était un accident de chasse, il est maintenant établi qu'il s'agit d'un meurtre. » La nouvelle s'était répandue à la vitesse de l'éclair. Rien d'étonnant, il y avait plus d'une dizaine de personnes au domaine.

« La police recherche actuellement le mobile, lié à l'exploitation du Domaine du Lac, selon le commissaire Lelouche lors d'une précédente déclaration. Il considère cette affaire comme l'une des plus graves de ces dernières années dans le département de la Loire-Atlantique. Tout sera mis en œuvre pour élucider ces meurtres dans le délai le plus bref et pour traduire les coupables en justice. Passons maintenant à la suite de l'actu… »

Dupin éteignit la radio.

— Rien de vraiment nouveau, dit Claire d'un ton sec.

Elle avait raison.

— Tu penses, demanda Dupin avec précaution, que Cécile pourrait avoir une relation avec Alain Chevrier ? Une liaison ?

— Comment ?

Claire paraissait abasourdie.

— D'où te vient cette idée ? Jamais ! As-tu un indice ?

— Je ne sais pas. Non. C'est juste une intuition.

— Juste une intuition ?

— Exactement. On doit envisager toutes les possibilités.

Vingt minutes plus tard, ils entrèrent dans Pornic.

— Le café s'appelle La Cabane des Sablons. Je regarde sur la carte.

Claire pianota sur son téléphone.

La route descendait brusquement vers l'océan, qui étincelait d'un vert jade surnaturel. À l'ouest, au bout de la grande baie, les nuages s'étaient dissipés.

— Prends à gauche sur la route côtière, puis continue sur quelques centaines de mètres.

Des rochers argentés et finement ciselés descendaient vers la mer. La route longeait le bord de l'eau. À intervalles réguliers, on apercevait les cabanes de pêcheurs. Les filets étaient abaissés. C'était marée haute, on pouvait espérer de bonnes prises.

— Cécile me disait que Pornic en était aussi infestée, dit Claire en jetant un coup d'œil aux cabanes.

C'était l'un des grands sujets de l'été en Bretagne. Une mystérieuse invasion de poulpes avait assailli les eaux du sud de la Bretagne, y compris Concarneau, dévastant les fonds marins, surtout près des côtes, et dévorant tout sur son passage. De mémoire de Breton, jamais on n'avait vu ça. Malheureusement, ce phénomène inédit représentait une menace sérieuse : une véritable catastrophe écologique. Pire encore, une tragédie culinaire pour les Bretons, puisque les poulpes s'attaquaient à tout ce qu'aimait le commissaire, aux produits de la mer les plus raffinés : homards, langoustes et langoustines. Ils aspiraient les crustacés vivants. En mars, des photos de carapaces de homards intactes, mais complètement vidées, avaient été publiées. La même chose s'était produite avec les araignées de mer, les crabes et même les coquillages, dont les ormeaux. Les céphalopodes avaient d'ailleurs la belle vie, ils n'avaient qu'à se servir parmi les crustacés piégés dans les casiers de pêcheurs.

Les causes de cette invasion étaient obscures de l'avis des biologistes. Ils soupçonnaient un lien avec le changement climatique. Ce qui était sûr, c'est que leur nombre avait considérablement augmenté au cours de l'été. La semaine dernière, aux Glénan, on avait pêché un poulpe de plus de six kilos, aux tentacules d'un mètre soixante-dix. « Ils se transforment en poulpes géants ! » avait titré un article sensationnaliste. Les Bretons avaient riposté de façon radicale : « Tous unis contre l'invasion ! » lançait le journal *Ouest-France* en mars. « Mangez du poulpe ! » Des journaux, des magazines culinaires, des émissions de radio et de télévision avaient entrepris de publier des recettes à base de poulpe. Une action concertée avec les pêcheurs, qui n'avaient d'autre choix que de se convertir à cette nouvelle pêche. En mai, à la criée de la petite halle à poissons de Quiberon, deux cents kilos de poulpes avaient été vendus ; en juin, ce chiffre était monté à trois tonnes, en juillet à cinq, et en août à onze tonnes. En septembre, en une seule semaine, six tonnes de poulpes avaient déjà été vendues.

— Cécile dit que les pêcheurs trouvent presque uniquement des poulpes dans leurs filets, ajouta Claire.

— C'est terrible.

Dupin imaginait déjà devoir se gaver de poulpe pendant le restant de ses jours.

— On y est, Georges. C'est là.

Un vieux panneau en bois sur un robuste pin maritime : *La Cabane des Sablons*.

On ne pouvait faire plus beau. Une petite baie, encadrée par des promontoires rocheux sur lesquels se dressaient des cabanes de pêcheurs, à couper le souffle. Plus haut, sur les crêtes vertes des falaises ébréchées par la mer, de petits bosquets de pins maritimes. La baie elle-même était prolongée par une plage où pointaient quelques rochers gris d'une beauté arrogante, avec une coquetterie particulière : le sable sous le soleil brillait intensément et prenait une teinte rouge argile. La mer était de jade.

— C'est le paradis, Georges !

Ici, sur la côte, il faisait bien vingt-cinq degrés. Dix de plus qu'au cœur de l'orage.

La Cabane des Sablons était adossée aux rochers. Une cabane en bois, décolorée par le soleil et le sel, avec un toit plat, du même rouge que le sable. Une passerelle en bois traversait la plage pour rejoindre la cabane, puis menait à de confortables fauteuils et à des tables blanches abritées par de larges parasols.

Il n'en fallait pas plus pour que le lieu figure immédiatement parmi les adresses favorites de Dupin. Comme de bon augure, le bleu du ciel gagnait de plus en plus de terrain, reléguant la tempête passée au rang de mauvais souvenir.

— Un verre de saumur, s'il vous plaît, commanda Claire après avoir lu la carte. Et un café avec une grande bouteille d'eau.

— Un excellent saumur, acquiesça la serveuse en connaisseuse, et il est parfaitement frais.

La sous-préfecture du Maine-et-Loire figurait parmi les étapes de leur lune de miel.

— Deux cafés pour moi, ajouta Dupin qui avait

un réel besoin de caféine. Et donnez-nous plutôt toute la bouteille de saumur, avec vos rillettes de maquereau.

Un petit en-cas ne leur ferait pas de mal.

— Ça arrive tout de suite, répondit la serveuse avec un sourire amical. Vous êtes sacrément mouillés !

Les longs cheveux de Claire étaient encore trempés, et le jean de Dupin lui collait désagréablement aux cuisses – une sensation qu'il détestait.

— Ici, on n'a eu que quelques gouttes. Le ciel est devenu noir de jais, mais la pluie nous a épargnés. Les clients ont quand même préféré se mettre à l'abri, expliqua la serveuse en désignant les tables vides.

Claire et Dupin s'assirent au bord de l'eau. Les fauteuils de plage étaient encore plus confortables qu'ils n'en avaient l'air.

— Je veux visiter la propriété de Katell de fond en comble, déclara Dupin, dès que Lelouche et ses hommes seront partis.

Il se rappela qu'ils auraient certainement un accès complet grâce à Cécile. Sauf si le commissaire décidait de boucler le domaine, ce qu'il aurait déjà fait à sa place.

— Très bien. Cécile connaît l'endroit comme sa poche. Elle a aussi la clé de l'appartement de Brian.

C'est ce que Dupin espérait.

— Et pas seulement de son appartement. C'est un passe-partout, il permet d'accéder à l'intégralité du domaine.

Claire et Dupin avaient déplacé leurs fauteuils pour les mettre côte à côte, de manière à bénéficier tous deux de la vue imprenable sur la mer.

Dupin regarda sa montre.

— Tu crois que Cécile peut nous rejoindre à six heures et demie au Domaine du Lac ?

— Bien sûr. Elle a réservé une table pour ce soir au Marius, sur le port de Pornic. Le plus beau restaurant de la ville, selon elle. Pour vingt heures. Tu veux qu'on annule ?

— Non, non. On peut juste décaler un peu. Ça suffira.

Ils n'allaient tout de même pas renoncer à leur emploi du temps gastronomique.

— D'accord. Je l'appelle tout de suite. Et le mari de Nolwenn, aussi.

Avant même que Dupin ait le temps de répondre, elle se leva et se dirigea vers l'eau.

Quand elle revint, les boissons étaient servies. Georges avait généreusement rempli les deux verres. Le vin s'appelait Clin d'œil.

— Tout est en ordre. Rendez-vous pris. Elle nous demande de l'appeler quand on arrivera à Bouaye. Cécile est déjà au domaine, le commissaire l'a convoquée, en tant que future propriétaire. D'ailleurs, tous les fonctionnaires de police y sont encore. Et j'ai laissé un message sur le répondeur du mari de Nolwenn.

Dupin leva son verre.

— À nous, Claire !

Claire leva le sien.

— À notre première enquête ensemble, ajouta-t-elle.

Dupin n'aurait jamais pensé sourire à cette idée, et pourtant...

— Pêche. Agrumes, absolument, et... attends... litchi. Oui, c'est ça. Litchi !

Litchi ? Un fruit auquel Dupin n'aurait jamais pensé. Les agrumes, oui, il les décelait toujours, à un moment ou un autre. La pêche, pourquoi pas ? Mais le litchi, non. Il but aussitôt une plus ample gorgée : il manquait encore d'entraînement.

— En bouche, c'est rafraîchissant, vivant, rond. Il y a aussi une touche d'asperge.

Claire était ravie.

Encore une association de goûts surprenante pour Dupin. Claire, tout en buvant, attrapait son sac à main et en sortit le tableau des suspects ainsi que le carnet rouge Clairefontaine.

— Tiens, prends ton carnet, je mets la liste à jour. Nous avons maintenant un suspect de moins. Et un mort de plus.

Claire n'avait sans doute pas voulu paraître aussi

macabre. Dupin posa son verre et but son deuxième café.

— Tu ne rédiges pas tes fameuses notes ? dit-elle avec un regard insistant. C'est comme ça que tu fais toujours, non ? Avec ton système de rédaction secret...

Il n'avait pas de système secret. Et cela ne fonctionnait pas sur commande. Il se rendait compte que Claire avait une vision très scolaire de son travail. Comme s'il existait une méthode immuable.

— Qu'est-ce que tu as retiré de notre conversation avec l'ami de Brian, l'architecte ? S'est-il contenté de dessiner les plans des bars à vin ou a-t-il investi de l'argent dans le projet ?

— Difficile à dire, estima Georges. On aurait dû lui demander directement. Cécile n'avait pas l'air d'être très au courant...

Tant de choses demeuraient obscures.

— Pourquoi ? Qu'est-ce qui t'intrigue ? demanda Claire.

— Je ne sais pas.

Dupin n'allait certainement pas commencer à justifier chaque interrogation, chaque impulsion, chaque pensée, chaque ressenti. C'était hors de question.

— Tu crois que c'est en rapport avec le vin ? Une rivalité entre les deux domaines ?

Le commissaire était perdu dans ses pensées.

— Pourquoi Dantec ? Pourquoi lui ?

Il rédigea finalement une note, sa toute première.

— Qu'est-ce que tu as écrit ?

— Je...

Son téléphone sonna. Il jeta un regard agacé à l'écran. Labat ? Que voulait-il ?

Dupin hésita, puis décrocha.

— Dupin à l'appareil.

Il s'attendait à ce que le lieutenant, comme à l'accoutumée, commence par lui demander si c'était bien lui au bout du fil.

— Commissaire Dupin ?

— Labat, je suis sérieux, je...

— Je suis devant votre maison. Comment dire ? Le problème du pivert est réglé !

— Quoi ?

La meilleure nouvelle que Labat lui ait jamais annoncée.

— Mais il y a un dilemme.

Le mot préféré de Labat en ce moment. Tout était dilemme. Surtout des choses qui, de toute évidence, n'en étaient aucunement.

— Il y a maintenant un pic noir. Donc, ils sont deux. C'est ça le problème.

L'humour de Labat était un peu tordu.

— Labat ! Ce n'est pas drôle.

Claire jeta un regard interrogateur à Dupin.

— Ce n'était absolument pas censé l'être, commissaire. Le pic noir est encore plus agressif que le pivert. Et, comme son compère, il n'a pas peur du rap. Maintenant, ils s'y mettent tous les deux.

Labat était sérieux.

— Et vous avez fait quelque chose, Labat ?

— Bien sûr. J'ai une fronde professionnelle. Ils n'aiment pas ça. Le problème, c'est qu'ils sont incroyablement rapides. Je n'arrive jamais à les toucher. Et dès que je pars, ils reviennent. Quant à Le Ber, il est pris ailleurs.

Il était évidemment illégal de tirer avec une fronde sur des espèces protégées.

— Et maintenant ?

— Aucune idée, commissaire. C'est un vrai dilemme.

— Je…

Dupin ne savait que dire.

— Je vous rappellerai, Labat. Restez sur place jusque-là. À bientôt.

Il raccrocha. Peut-être que Claire aurait une idée. Il lui résuma l'appel en quelques mots.

Claire ne semblait pas surprise. Elle pencha légèrement la tête.

— Un pic noir, maintenant. Ça arrive.

« Ça arrive » ? Dupin n'en avait jamais entendu parler.

Son téléphone sonna à nouveau. Un numéro inconnu, cette fois.

— Commissaire Dupin ?

— À qui ai-je l'honneur ?

— Emily Pic, la vigneronne du Domaine du…

— Je sais qui vous êtes, madame Pic.

Un silence s'installa. Claire lui fit signe d'activer le haut-parleur.

— Vous êtes encore là, madame ?

— Oui, c'est juste que… je voulais vous demander quelque chose.

— Oui ?

— C'est gênant.

— Allez-y, madame. Ça restera entre nous.

— J'ai une liaison avec Damien Dantec, depuis six mois. Enfin, je veux dire… j'avais. Je me demande si je dois en parler au commissaire Lelouche. Suis-je obligée de le faire ? Que dit la loi ? Après votre départ, lorsqu'il m'a posé des questions, je ne lui ai rien dit à ce sujet. Rien qui concerne la vie privée de Damien.

Une information des plus intéressantes. Dupin resta silencieux un instant.

— Vous n'y êtes pas obligée, madame Pic. Mais vous devriez le faire. Cela pourrait être important, on ne sait jamais. Cela pourrait même aider à résoudre l'affaire. Et ce serait aussi dans votre intérêt. Objectivement, vous faites partie des suspectes, expliqua Dupin d'un ton calme. Si vous ne dites rien et que le commissaire l'apprend, ce qu'il finira par faire, cela vous rendra encore plus suspecte.

— Plus suspecte encore ?

— Statistiquement, la personne qui trouve le corps est souvent l'auteur du crime.

Dupin vida son verre de saumur. Il n'osa ajouter qu'il serait forcé d'aller dire toute la vérité aux enquêteurs si elle n'en faisait rien. Il y était contraint.

— D'accord. C'est ce que je voulais savoir. Alors je raconterai tout au commissaire.

— À mon tour de vous poser une question, madame : ce projet de bar à vin, Alain Chevrier y a-t-il investi de l'argent ?

— Je ne sais pas. Vous devriez lui poser la question. Au revoir et merci du conseil.

Elle raccrocha.

— C'est ça, alors ? Une affaire sentimentale ? Est-ce qu'elle a tué Dantec ? Et Brian ? Pourquoi l'a-t-on tué, lui ? demanda Claire.

— Ce n'est peut-être pas lié à notre affaire.

— Mais ça pourrait tout expliquer, non ? Même si nous ne savons pas encore comment…

— Nous n'avons toujours pas rencontré le fils de Marchand, dit Georges, parlant surtout pour lui-même. Il n'était pas au domaine tout à l'heure.

Dupin avait tracé son propre tableau des suspects. À sa manière.

— Nous finirons bien par le voir. On trouvera une occasion.

Claire leur resservit du vin.

— Nous…

Le téléphone de Dupin. Pour la troisième fois.

Nolwenn.

— Oui ? répondit Dupin.

— Claire est avec vous ? demanda Nolwenn.

Il sentit immédiatement, à son intonation, que quelque chose clochait.

— Oui, elle est là. Pourquoi ?

— Où êtes-vous exactement ?

— Qu'est-ce qu'il y a, Nolwenn ?

Dupin activa le haut-parleur pour que Claire puisse entendre.

— Je... Je ne vous ai jamais entendu hésiter ainsi, Nolwenn. Qu'est-ce qui se passe ?

— Vous êtes menacés, monsieur le commissaire. Vous et Claire.

— Quoi ? s'exclama Claire.

— Claire nous entend, c'est bien. Le Ber est également avec moi. Nous venons de recevoir un mail anonyme...

— Lisez-le, Nolwenn, lui intima Dupin.

— « Ceci est un avertissement pour le commissaire Dupin : si vous continuez à enquêter, vous mettrez votre vie et celle de votre femme en danger. » C'est très sérieux. Le Ber et moi pensons...

— Comment ça, « mettre en danger » ?

Dupin se leva si brusquement que le fauteuil valdingua. Il était furieux. On osait vouloir s'en prendre à Claire !

— Comme je vous l'ai dit, le mail est arrivé à l'instant, envoyé à l'adresse du commissariat.

— Bonjour, chef ! intervint Le Ber. Je me suis immédiatement penché sur le message. Impossible de le tracer. Toutes les informations permettant d'identifier l'expéditeur ont été scrupuleusement effacées. Nous ne pouvons même pas savoir quand il a été envoyé exactement.

— Une menace ? C'est insensé ! dit Claire, indignée, sans trahir la moindre peur.

— C'est bien cela, confirma Nolwenn.

— Incroyable… Mais on va voir qui rira le dernier !

— Et vous êtes sûrs qu'on ne peut pas remonter jusqu'à l'expéditeur, Le Ber ? demanda Dupin en descendant vers l'eau.

Claire marchait à ses côtés.

— Absolument impossible. Pour utiliser un remailer, pas besoin d'être un expert en informatique. Ces services sont accessibles à tout le monde, et sont très simples d'utilisation. En quelques minutes, n'importe qui peut envoyer un mail en restant totalement anonyme.

— Quelqu'un d'autre est-il au courant ? demanda Dupin.

— Bien sûr que non.

— Très bien.

Ils atteignirent l'eau. Dupin longea la plage sur la gauche, Claire tout près de lui.

— Il faut absolument avertir le commissaire de Nantes, intervint Nolwenn. Immédiatement. Et réfléchir à ce qu'on va faire.

— On ne prévient personne ! rétorqua Dupin. Ça ne ferait qu'amplifier la panique et compliquer les choses.

Cela ne manquerait pas de causer encore plus de problèmes. L'incident de l'après-midi avait déjà été assez désagréable.

— Une menace de mort contre un commissaire de la police nationale et sa femme, en lien avec deux meurtres et… commença Nolwenn.

— Ça va, Nolwenn, coupa Dupin.

Elle avait raison, Lelouche devait être informé.

— Nous devons signaler cela tout de suite, chef, insista Le Ber.

— D'accord. Je m'en charge.

— Et maintenant, comment gérons-nous cette menace ? demanda Nolwenn, revenant au cœur du problème.

— Je vais retrouver cette personne. Vite, et par tous les moyens. Personne ne menace Claire ! déclara Dupin avec une détermination implacable.

Ils arrivèrent au bout de la plage, firent demi-tour et repartirent dans la direction opposée. Dupin sentait les effets du vin. Claire devait ressentir la même chose. Ils avaient vidé la bouteille de saumur en un rien de temps.

— La menace vous vise tous les deux, patron. Et cette personne n'a aucun scrupule. Elle a déjà tué deux fois. Elle ne reculera devant rien, souligna Le Ber.

— Parce qu'elle sait que Georges va la retrouver, gronda Claire. Georges lui fait bien plus peur que le commissaire de Nantes.

Dupin prit cela comme une déclaration d'amour.

— Je vais être claire, annonça Nolwenn d'un ton particulièrement sévère. Je suis d'avis que vous arrêtiez tout. Que vous partiez dès aujourd'hui pour Saumur. Et que vous laissiez la police locale gérer le reste.

— Hors de question ! répliqua Claire. Au contraire, c'est maintenant que tout commence.

— Je reste ici, c'est certain, dit Dupin. Mais Claire doit partir. Je m'occupe de l'affaire, puis je la rejoindrai.

— Tu es fou, Georges ! Je ne partirai pas, intervint Claire avec une indignation rare chez elle.

— Claire, cette fois, tu devrais écouter ton mari, intervint Nolwenn.

— Je suis d'accord, renchérit Le Ber. Vous ne pouvez pas rester. C'est trop dangereux.

— Si Georges reste, je reste, décréta Claire, catégorique. Et Georges va rester !

— Lelouche vous demandera de quitter les lieux, tenta encore Nolwenn.

— Lelouche ne peut pas nous forcer. Et je ne vais certainement pas laisser ma meilleure amie aux mains d'un assassin, rétorqua Claire.

Ils atteignirent l'autre extrémité de la plage, firent demi-tour encore une fois.

— Il ne peut pas vous forcer, mais il peut rendre la vie impossible à Georges, rétorqua Nolwenn.

— Nous verrons bien, répondit Dupin, qui aimait le défi.

Il y eut un bref silence.

— Eh bien, on peut dire que vous deux, vous êtes vraiment faits l'un pour l'autre ! Vous êtes taillés dans le même bois, commenta Nolwenn sans aucune ironie.

C'était un véritable compliment.

— Pour être honnête, ajouta-t-elle, nous nous doutions que vous réagiriez ainsi. C'est pourquoi nous avons déjà prévu que Le Ber et Le Menn prennent quelques jours de vacances à Pornic. Ils iront chez Cécile Cast, puisque le Domaine du Lac a temporairement suspendu son activité d'hôtellerie. Vous aussi, vous devez réintégrer votre chambre chez Cécile.

— Le Ber et Le Menn ? En vacances ? s'étonna Dupin.

Claire et lui s'arrêtèrent net.

— C'est absurde. Et totalement inutile.

— Pas de discussion possible. C'est décidé, vous n'avez pas le choix, répliqua Nolwenn d'une voix autoritaire.

Dupin resta un moment coi, pris de court.

— Nous sommes d'accord, annonça Claire d'une voix résolue.

— Bien, se résigna le commissaire.

— Pourquoi ne pas l'avoir dit tout de suite ? Je vais maintenant contacter l'assistante du préfet, si possible le préfet lui-même. Je vais lui transmettre le courriel de menace.

Dupin n'y avait même pas pensé.

— Mais ne vous inquiétez pas, commissaire, je ferai en sorte que le préfet comprenne bien que ces accusations d'enquête en sous-main sont ridicules.

— N'en faites pas trop, Nolwenn.

— Jamais, vous me connaissez.

— Très bien. Nous allons retourner au domaine de Brian Katell pour y retrouver Cécile Cast.

— Et n'oubliez pas votre valise ! fit Nolwenn.

Elle avait raison. La valise de Claire attendait encore dans leur chambre.

— Le Ber et Le Menn arriveront à vingt et une heures à Pornic. En civil, bien entendu. Et bien sûr, ni Claire ni vous n'aurez de contacts avec eux. Mais ils seront constamment dans les environs et ne vous perdront jamais de vue.

— Ça ne va pas être un peu trop visible ? demanda Dupin.

— Je ne pense pas que leurs visages soient connus ici. Officiellement, ils sont en congé pour le reste de la semaine. Moi, je ferai office de standard téléphonique, comme d'habitude.

De rassurantes paroles.

— Labat et Nevou sont également prêts à intervenir.

Nous allons bien sûr les mettre au courant. Cela reste dans la famille.

Qu'autant de personnes soient impliquées ne plaisait guère à Dupin, mais avait-il le choix ?

— Une dernière chose, commissaire. Nous avons vérifié les permis de chasse et de port d'arme. Aucune des personnes que vous avez mentionnées n'en possède. Mais vous savez, les armes de chasse étaient autrefois très faciles à obtenir.

C'était vrai. Ce n'est que récemment que la législation s'était durcie.

— À plus tard, commissaire.

— À plus tard… tenta Le Ber, mais Nolwenn raccrocha.

Claire et Dupin s'engagèrent sur le sentier qui menait à la chaussée puis à leur véhicule.

Avant de démarrer, Dupin se tourna vers Claire. Il devait savoir.

— Claire, à quel point connais-tu vraiment Cécile ?

Elle le regarda, agacée.

— Georges, je croyais que nous avions déjà parlé…

— Tant que nous ne saurons pas qui est le meurtrier, tout le monde reste suspect, répondit-il en fixant la route.

Ils étaient presque arrivés à Bouaye. Claire composa le numéro de Cécile.

— Nous arrivons dans quelques minutes.

— Parfait. Mon entretien avec le commissaire est terminé. Il vient de quitter la propriété, mais il a laissé quelques policiers sur place, répondit Cécile sur le ton d'une conspiratrice. Ils ne nous laisseront pas entrer et préviendront Lelouche. Nous devrons donc être discrets.

— Tu as tout à fait raison, acquiesça Claire sans paraître préoccupée.

Ce qu'ils s'apprêtaient à faire était illégal. Mais Dupin y était fermement résolu. Compte tenu des circonstances, c'était le seul moyen d'examiner l'appartement de Brian Katell.

— Nous nous retrouverons à l'extérieur de la propriété. Quand vous serez sur la route du domaine, ne tournez pas vers l'entrée principale, continuez encore un peu tout droit, puis prenez à droite. Je vous attendrai là avec ma voiture.

— D'accord. On peut voir les choses de cette façon, dit Claire, tu hérites du domaine, donc tu hérites aussi de l'appartement de Brian. Tout cela est à toi désormais. Et je suppose que le commissaire ne t'a pas formellement interdit d'y aller, n'est-ce pas ?

— Non, il ne l'a pas fait.

Dupin trouvait ces justifications hasardeuses.

— Nous passerons par l'entrée de derrière, expliqua Cécile. Au fait, ils m'ont confié votre valise.

Cécile raccrocha.

Dupin leva les yeux. Pas un nuage à l'horizon. Le ciel brillait, d'un bleu éclatant et serein. Seules les flaques d'eau, les branches cassées et les feuilles éparpillées rappelaient la violence de l'orage.

— Lelouche m'a interrogée pendant une heure et demie ! leur raconta Cécile, exaspérée. Il m'a posé des questions impossibles. Pire qu'hier. Je suis maintenant sa principale suspecte.

Ils étaient entrés dans l'appartement de Brian Katell sans se faire remarquer. Il occupait toute l'aile gauche du bâtiment. Deux policiers étaient postés devant l'entrée principale, deux autres dans le secteur des bureaux, et une troisième équipe surveillait l'aile droite, à proximité du chantier et de l'entrée de la cave. L'administration était fermée, tout comme les deux hangars de production.

— Tu étais au courant de la liaison entre Emily Pic et Damien Dantec ?

— Non ! Vraiment ? Emily Pic et Damien Dantec ?

Elle resta silencieuse un moment.

— Je n'en savais rien.

Nouveau silence.

— Après tout, ils vont bien ensemble, dit-elle. Ils sont tous les deux dévorés par l'ambition. Était-ce une vraie relation ou simplement une aventure ?

— Elle a parlé d'une aventure, répondit Claire.

— Quelqu'un d'autre était au courant ? Vous pensez que c'est important ?

— On verra bien, murmura Dupin en fixant Cécile. Tu sais si Anne-Sophie Joly et Brian Katell voulaient des enfants ?

— Je ne pense pas.

Sa réponse semblait catégorique.

— Pourquoi ?

— Brian n'en voulait pas. Pas parce qu'il ne les aimait pas, au contraire, il adorait les enfants et s'entendait très bien avec eux. Mais il n'en voulait pas pour lui. C'était comme ça.

Elle parut soudain triste, laissant deviner que cela avait joué dans son histoire personnelle.

— Mais on ne peut pas l'exclure, intervint Claire. Peut-être qu'elle, elle en voulait vraiment…

Claire s'interrompit, et un silence inconfortable s'installa.

— Est-ce qu'il manque quelque chose dans le domaine ? dit Dupin pour changer de sujet.

— On n'a rien remarqué, répondit Cécile. Lelouche a inspecté tous les locaux avec Jules Marchand. Mais il n'y a rien de grande valeur ici, pas même dans l'appartement de Brian. C'est le domaine en lui-même qui a de la valeur.

Si Dupin ressentait encore l'effet du vin blanc, son esprit était parfaitement alerte. Il avait pris son arme dans la boîte à gants et la portait sous son polo. Dès qu'il était sorti de la voiture, il avait remarqué à quel point il était crispé. Il avait scruté instinctivement les environs et ne lâchait pas Claire d'une semelle.

— C'est quoi, au juste, cette cave où Dantec a été tué ? Un entrepôt ?

— Exactement. On y stocke une cinquantaine de bouteilles des vingt dernières années. Brian appelait cela sa réserve personnelle. Habituellement, on boit un muscadet dans les deux ans. Rares sont ceux qui gagnent à vieillir en bouteille, sauf les meilleurs, que l'on peut conserver jusqu'à vingt ans et qui se bonifient avec le temps. Leur fraîcheur diminue un peu, mais en contrepartie, le goût devient plus complexe. L'acidité est mieux incorporée aux saveurs, et tout devient plus harmonieux. La note florale persiste et les épices ressortent davantage.

— Ce sont donc des archives des deux dernières décennies du domaine, résuma Claire.

— En principe, oui. Mais ces bouteilles sont destinées à être bues. Chaque vigneron a une cave comme celle-là. Normalement, la pièce est verrouillée. Mais Dantec possédait une clé, comme toute l'équipe de direction.

— Donc rien d'extraordinaire à ce qu'il soit allé dans cette pièce ? demanda Dupin.

— Non. Peut-être qu'il voulait récupérer une bouteille en particulier, peut-être pour un client. Maintenant, faisons le tour de l'appartement. C'est ici que Brian organisait des dégustations privées, accompagnées de plats raffinés. Pour ses amis, ses connaissances, ses invités, ses meilleurs clients, surtout des restaurateurs.

Brian Katell avait fait abattre toutes les cloisons pour créer une sorte de loft occupant tout le rez-de-chaussée. Une cuisine ouverte donnait sur une salle à manger dont la longue table en bois pouvait accueillir une vingtaine de convives. Le plateau, probablement en noyer brut, pensa Dupin, était imposant. Deux caves à vin de hauteur moyenne, noir mat, étaient placées côte à côte.

Juste derrière la table, un ensemble de canapés formant une structure complexe, avec des housses en laine gris clair et des coussins de toutes formes et couleurs.

— Brian cuisinait toujours lui-même. Il adorait ça, surtout les cuissons à basse température. Agneau, bœuf, porc, veau, volaille, tout y passait.

Ce n'était certainement pas Dupin qui lui reprocherait cette passion.

— J'étais souvent présente. C'étaient des soirées merveilleuses, avec des moments de partage rares. Des nuits joyeuses qui, l'été, se terminaient souvent à l'aube. On finissait dans la cour.

Elle désigna les fenêtres donnant sur le patio. De la cuisine, une porte menait directement à l'extérieur.

Ses dernières paroles avaient éveillé en Cécile une

profonde tristesse, qu'elle ne cherchait pas à cacher. On sentait dans sa voix une affection sincère pour Brian Katell.

— Vous connaissez les films d'Éric Rohmer, n'est-ce pas ?

Cécile ouvrit le réfrigérateur et en sortit une bouteille de vin.

— Des amis autour d'une table, qui mangent, boivent et discutent de la vie, tout en profitant intensément du moment présent, le temps d'une soirée.

Dupin comprenait ce qu'elle voulait dire.

— À quand remonte le dernier dîner ? demanda-t-il.

— Il y a trois semaines. Avec le début des vendanges, il y avait toujours une pause. Brian comptait reprendre ces soirées au début du mois de novembre.

Cécile avait débouché la bouteille et sorti trois verres. Elle les remplit généreusement.

— Voici, pour compenser la dégustation annulée. L'un des meilleurs vins de Brian. Cuvée Le Grand, la plus prestigieuse. Les vignes qui sont au plus près du lac, là où la teneur en argile du terrain est la plus élevée, arrivent à pousser dans des conditions presque impossibles.

C'était avec une bouteille de ce vin qu'on avait tué Dantec.

— Après tout, c'est encore votre voyage de noces.

Un millésime exceptionnel. 2009. Une année sensationnelle pour tous les muscadets, mais surtout pour celui-ci.

Des larmes étincelèrent dans son regard.

— Vous savez, c'est par ses vins que vous apprendrez à connaître Brian de la manière la plus intime.

Dupin fut d'abord tenté de refuser. Le vin ne semblait guère approprié à la situation. Ils étaient là, entourés de policiers, pour fouiller l'appartement d'une victime de meurtre.

— D'habitude, les bons muscadets offrent des arômes de pomme et de poire, parfois aussi de muguet, de jasmin ou de violette. Mais Brian tenait absolument à ce qu'on retrouve des notes d'orange, de mandarine, de coing. Et, surtout, d'amande. Il y est parvenu. Il y a dans ce vin tout ce qu'il a voulu y mettre. Ça semblait irréalisable, mais il y est parvenu.

Claire et Dupin levèrent leurs verres.

— À Brian !

Ils trinquèrent, les verres s'entrechoquèrent.

Claire ferma les yeux, transportée.

— Incroyable. Ça surpasse tout.

— À cette soirée, il y a trois semaines, qui était présent ? demanda Dupin.

— C'était une fête pour Marchand. Pour ses cinquante ans de service. Tous les employés du domaine étaient invités. Brian lui a offert une bouteille d'un exceptionnel bordeaux. Un Château

Cheval Blanc, premier grand cru classé de Saint-Émilion, de l'année de naissance de Marchand. 1953. Vous imaginez ? Complètement fou. Mais typique de Brian. Rien qu'avec l'argent que vaut cette bouteille, Marchand pourrait s'acheter une nouvelle voiture. C'est peut-être ce qu'il fera. Brian n'ignorait pas qu'il devait beaucoup à Marchand, le domaine tout entier lui était redevable.

— Tu y étais, ce soir-là ? voulut savoir Dupin.

— Non.

— Pourquoi ?

La question de Dupin semblait légèrement déplacée.

— Comme je l'ai dit, il n'avait invité que ses employés.

— Pas sa compagne, Anne-Sophie Joly ?

— Si, elle, oui.

— Combien d'employés compte le domaine ?

— Dix-huit permanents, plus une soixantaine de vendangeurs en automne.

— Pas mal.

— Le domaine est à peu près de la même taille que ma Fontaine aux Bretons. C'est l'un des plus grands de la région.

— Ce qui fait que tu as doublé la superficie de tes terres.

Dupin prit une nouvelle gorgée de nectar.

— Je n'ai encore aucune idée de la manière dont

je vais m'y prendre. Mais bien sûr, le Domaine du Lac restera indépendant.

— Tu ne pouvais pas imaginer que Brian te léguerait tout, intervint Claire en jetant un regard entendu à Dupin.

— Brian n'avait jamais laissé entendre quoi que ce soit. Rien, absolument rien ! Comme je vous l'ai expliqué hier, j'étais persuadée qu'il n'avait même pas rédigé de testament.

— Le notaire t'a-t-il dit de quand il datait ?

— Ça fera deux ans en février.

— Était-il déjà avec Anne-Sophie Joly ?

— Oui, depuis presque un an.

— On monte ?

Cécile se dirigea vers l'escalier en colimaçon qui menait au premier étage.

Dupin et Claire la suivirent.

— Pourquoi ne t'en a-t-il pas parlé ? demanda Dupin.

— Aucune idée. Il pensait peut-être que j'aurais refusé, répondit-elle en montant les premières marches.

— Tu aurais refusé ?

Cécile peinait à garder le contrôle de ses émotions.

— À l'époque, j'aurais certainement dit non. Mais maintenant, c'est une mission. Un héritage à entretenir. Aujourd'hui, peu importe ce que j'aurais dit à l'époque.

— C'est une belle mission, acquiesça Claire, lançant un nouveau regard de mise en garde à son mari.

— Pourquoi est-ce toi qui hérites et pas sa compagne, ni Jules Marchand ou son ami d'enfance, avec qui il avait des projets communs ?

Cécile ne sembla pas gênée par la question.

— Peut-être parce qu'il savait que je ferais tout pour préserver le Domaine du Lac et sa tradition bicentenaire, selon ses souhaits. Comme une part importante de notre culture, comme une forme d'art, et pas simplement une entreprise.

Cela semblait cohérent.

— Y a-t-il une raison particulière pour laquelle Brian a rédigé son testament à ce moment-là ?

Cécile poursuivait son ascension.

— J'y ai réfléchi aussi. Je ne sais pas. C'était probablement à la période où il a décidé des travaux de rénovation et où Alain et lui ont eu l'idée du bar à vin. Cela représentait de gros investissements. Peut-être que ça l'a poussé à réfléchir. Ou alors c'était le cap des quarante ans. Je ne sais pas.

Dans tous les cas des raisons valables.

— Quelle était sa situation financière ? demanda Dupin.

Claire et lui suivaient Cécile, à quelques pas de distance.

— Parfaitement saine. Du moins à l'époque où j'en connaissais les détails. Pas de dettes, des revenus en hausse, des bénéfices légers mais réguliers, autour de trois cent mille euros annuels. Dont une bonne partie était réinvestie. Il avait aussi des réserves, des liquidités, même si elles n'étaient pas très importantes. Je ne sais pas trop ce qu'il en était au cours de ces dernières années, mais il me semble que c'était stable.

Ils avaient atteint le premier étage.

Dupin regarda autour de lui.

C'était une pièce magnifique. De grandes fenêtres s'élevaient jusqu'au plafond. On surplombait le vignoble, et Dupin croyait même apercevoir le lac scintiller entre les peupliers. L'autre côté offrait une vue charmante sur la cour intérieure. Les murs étaient tapissés de tableaux et de photographies.

Comme au rez-de-chaussée, l'espace, divisé en deux parties, faisait penser à un loft. Du grand lit recouvert d'une courtepointe bleu turquoise qui occupait une extrémité de la pièce, on pouvait admirer les vignes. Contre le mur donnant sur la cour intérieure, un grand placard encastré en bois clair.

L'autre partie, plus vaste, semblait consacrée aux passions de Katell. Un véritable bureau de collectionneur. Dupin fit le tour de la pièce en suivant les tables étroites qui longeaient les murs, sur lesquelles étaient posés divers objets. Il sentait les regards curieux de Cécile et Claire, comme s'il sacrifiait à un mystérieux rituel de détective.

Des bouteilles de vin, certaines pleines, d'autres vides. De grandes carafes, des verres à vin de toutes les formes et de toutes les tailles. Trois appareils photo professionnels. Deux paires de jumelles, également de qualité professionnelle. Des dizaines de petites fioles, ainsi que des récipients comme ceux des chimistes. Plusieurs récipients remplis de terre. Une grosse imprimante laser, ultramoderne. Des piles d'étiquettes vierges. Un énorme catalogue ouvert, avec des reproductions de David Hockney, intitulé *365 vues depuis la fenêtre du peintre*.

Un véritable cabinet de curiosités. Un désordre créatif. Le bois clair des tables ne ressortait qu'à quelques endroits, tant elles étaient encombrées. À côté des tables se trouvaient deux caves à vin, apparemment du même modèle que celles du rez-de-chaussée, mais avec des portes vitrées permettant de voir les bouteilles.

— Si vous saviez tout ce qu'il faisait ici... C'est lui qui concevait les étiquettes de ses vins. Il dessinait et peignait très bien.

Cécile désigna le mur.

— La plupart de ces œuvres sont de lui. Il passait aussi beaucoup de temps à faire de la photo.

Elle marqua une courte pause.

— Il en faisait toujours trop, pour tout. Dès qu'il se passionnait pour quelque chose, il se procurait du matériel. Un appareil photo encore plus performant, puis un autre, encore plus perfectionné. C'était pareil pour le domaine. Toujours les meilleurs pressoirs, les meilleurs fûts, etc. Faire en sorte que les choses soient parfaites était son obsession.

Dupin s'arrêta devant une grande toile, d'environ un mètre cinquante de haut sur autant de large. Abstraite. De multiples nuances de bleu, apposées en larges aplats, qui évoquaient une scène maritime.

Cécile montra une des rares zones dégagées sur la longue table de travail.

— La police a emporté les ordinateurs. Il en avait plusieurs. Lelouche m'a demandé si je connaissais les mots de passe. Comment le pourrais-je ?

— Le commissaire t'a certainement interrogée sur ta situation financière, non ? demanda Dupin en continuant à inspecter les tables.

— Il m'a littéralement harcelée à ce sujet.

— Et donc ?

— Georges ! intervint Claire.

— Non, non, Claire. Georges a raison. Il doit tout savoir. Mon entreprise fonctionne à merveille. Mon activité viticole n'est pas aussi lucrative que celle de Brian ; il peut vendre à des prix bien plus élevés. Mais mon hôtel et mon restaurant se portent très bien. Cela représente désormais la moitié de mon chiffre d'affaires, et une part encore plus importante de mes bénéfices. J'ai cependant dû contracter un prêt important pour agrandir l'hôtel.

— Que veux-tu dire par « important » ?

Cécile sembla légèrement agacée pour la première fois.

— Au total, quatre millions. Répartis en trois emprunts, que je rembourse sur vingt ans.

C'était effectivement une belle somme.

— Mais le projet est bien ficelé. Mon conseiller et moi avons élaboré un plan minutieux, qui a convaincu la banque. Ils n'ont émis aucune objection. Mon entreprise bénéficie d'une excellente solvabilité. J'ai moi-même investi un million de ma poche.

Dupin avait pris l'un des appareils photo en main, un Nikon Z7 II, et l'avait allumé. Il appuya sur le bouton de lecture. Rien. Il vérifia la carte. Tout semblait en ordre. Elle était simplement vide. Il vérifia de la même manière les deux autres appareils, également des Nikon. Eux aussi étaient vides.

— Que cherches-tu ? demanda Claire.

— Pas une seule photo… On les a toutes supprimées… Brian ou quelqu'un d'autre. La police a-t-elle vérifié les appareils ?

— Oui. Ils ont constaté la même chose que toi. Aucune image sur les cartes.

— Anne-Sophie a-t-elle dormi ici la nuit avant l'assassinat de Brian ? demanda Claire.

— Oui. Après la soirée d'anniversaire.

— Et s'est-il passé quelque chose d'inhabituel ce soir-là ? Nous n'en avons pas encore parlé.

Une très bonne question, pensa Dupin.

— Rien, non. C'était une fête joyeuse. Brian semblait un peu fatigué, mais il était de bonne humeur. Nous n'étions qu'en petit comité.

Un comité restreint, mais composé de tous les suspects, songea Dupin. À l'exception du père d'Anne-Sophie Joly.

— Et lors de la fête pour les cinquante ans de service de Marchand, y a-t-il eu un incident particulier ? continua Claire.

Cécile lui lança un regard interrogateur.

— Que veux-tu dire ?

— Tout le monde était-il heureux et satisfait ?

— Je n'en sais rien, je n'y étais pas. Je n'ai entendu parler de rien d'anormal, mais vous feriez mieux de demander à une personne invitée.

— Et il n'y avait vraiment aucun conflit entre Brian et l'un des dix-huit employés ? Mis à part Dantec, je veux dire.

— Brian était très impulsif. Très émotif. Bien sûr, il a dû y avoir quelques frictions avec l'un ou l'autre. Mais il ne se fâchait jamais, il n'était jamais agressif. Peu de temps après, il oubliait tout. Honnêtement, je ne me souviens pas qu'il m'ait jamais parlé d'une dispute, à part celle avec Dantec.

Cécile passa une mèche de cheveux roux derrière son oreille.

— Et maintenant, c'est lui qui est tué. Juste après Brian, dit Claire en regardant Dupin. Ce ne peut pas être une coïncidence, n'est-ce pas ?

— Brian avait-il son bureau dans la partie où se trouvent les autres ? demanda Dupin, ignorant la remarque de Claire.

— Oui, mais à l'étage. En vérité, il y allait rarement. Il travaillait surtout ici.

Dupin pouvait le comprendre.

— Et où conservait-il ses documents professionnels ?

Cécile réfléchit un instant.

— La plupart des affaires étaient gérées par Marchand. La comptabilité aussi. Les documents de la propriété sont dans son bureau. La majorité sur ordinateur, Brian avait tout numérisé. C'était une de ses manies.

— Il préférait communiquer comment ? Par téléphone ? Par mail ?

Dupin regardait les caves à vin. Sur la table, il y avait une bouteille. Visiblement ancienne, recouverte de poussière.

— Brian préférait les courriels aux appels téléphoniques. Il utilisait WhatsApp de temps en temps mais n'aimait pas les réseaux sociaux – seule la propriété avait un profil professionnel. Il avait un ami aux Caraïbes avec qui il échangeait beaucoup par écrit. Tous les deux ou trois ans, il allait lui rendre visite. Il comptait y retourner cet hiver.

— Est-ce qu'il écrivait un journal intime ?

Dupin fut interrompu par la sonnerie de son portable.

— Je vais faire vite, commissaire, je n'ai pas beaucoup de temps.

Nolwenn semblait essoufflée.

— Ça y est, le préfet nous a appelés. Guenneugues veut vous parler en personne. Lelouche s'est plaint de vous, et son préfet a appelé le nôtre.

— Et alors ?

— J'ai expliqué à Guenneugues que tout cela était un malentendu. Que vous ne faisiez qu'aider la meilleure amie de votre femme, l'ex-épouse de Brian Katell, sa plus proche confidente. Qu'elle était sous le choc et que vous vous contentiez de l'accompagner dans ses déplacements.

— Comment a-t-il réagi ?

— J'ai fait de mon mieux. Mais il veut tout de même vous avoir en direct. Il souhaite aussi vous toucher un mot de la lettre de menace. J'en avais informé Lelouche.

— Je comprends.

Le préfet devait certainement être encore en colère, ce qui vaudrait au commissaire de longucs remontrances.

— Cette menace l'a un peu adouci, il se montre inquiet pour vous dorénavant. Bonne chance, commissaire. Et n'oubliez pas : vous ne faites qu'accompagner l'amie de votre femme…

Nolwenn avait déjà raccroché.

La situation était grotesque. Dupin mit son téléphone en mode silencieux.

— Où en étions-nous ? Ah oui, un journal intime. Brian en tenait-il un ?

— Pas régulièrement, mais oui. Sur son ordinateur.

Le commissaire avait attrapé la bouteille sur la table. On avait essayé de l'épousseter, mais la poussière n'avait pas complètement disparu.

— Oh mon Dieu, s'exclama Claire à côté de Dupin, encore une bouteille de ce vin de 1953. Un Cheval Blanc.

— Vraiment ? Incroyable. Donc il en a acheté deux, dit Cécile en s'approchant. Il est fou. Mais ce n'est pas nouveau.

Dupin se pencha pour ouvrir la cave à vin. Il parcourut des yeux les bouteilles, rangées sur six niveaux, chacun en accueillant neuf. Il remarqua deux autres bouteilles tout aussi poussiéreuses, en bas. Les autres semblaient plus récentes. Du rouge, principalement du châteauneuf-du-pape, surtout des millésimes des années 2010.

— Il en a acheté quatre. Au moins, murmura-t-il. Il y a encore deux autres Cheval Blanc ici. De 1953 aussi. Deux dans la cave à vin, une sur le bureau, et une qu'il a offerte à Marchand. Au moins quatre.

— Je m'en souviens, Georges. Dans le magazine sur le vin que j'ai acheté il y a quelque temps, il y avait un long article sur les vins particulièrement onéreux. Avec un classement. Je te l'avais montré, tu te rappelles ? s'exclama Claire.

— Oui, bien sûr.

Dupin ne s'en souvenait pas.

— Il était cité dans l'article. Je reconnais l'étiquette.

Dupin avait ouvert la deuxième armoire à vin. Elle n'était qu'à moitié remplie. Toutes les bouteilles venaient également du Bordelais, mais étaient plus récentes. La plupart d'après 2010, sauf une rangée de saint-émilion de 2009, Château Les Grandes Murailles.

— Dans l'article, il était question de la cuvée 1947, ajouta Cécile. Une bouteille de six litres, une impériale, a été vendue pour plus de trois cent mille dollars chez Christie's. Le 1953 vaut beaucoup moins. Environ dix mille euros, je dirais.

Cécile leur avait pourtant affirmé qu'il n'y avait pas de biens de valeur dans la propriété.

— Nous…

Un son. Pas de doute. Ils se figèrent.

Le bruit venait d'en bas. On se déplaçait juste au-dessous d'eux, le plancher avait craqué.

Dupin sortit instinctivement son arme. C'était probablement une mauvaise idée d'être venu, même si la police était sur place.

Cécile et Claire le regardaient avec inquiétude.

Dupin posa un doigt sur ses lèvres et fit signe aux deux femmes de ne pas bouger. Puis il s'avança en silence vers l'escalier, vers lequel semblait également se diriger l'intrus.

— Bonjour ? Mesdames, monsieur ? fit une voix hésitante.

— Qui est là ? cria Dupin.

— Laurent Marchand. Je suis le fils de Jules Marchand.

Que faisait-il là ?

— Que voulez-vous ? demanda Dupin.

— Mon père m'a demandé de me présenter à madame et monsieur Dupin, dit-il après avoir brièvement hésité.

Dupin secoua la tête. C'était absurde.

— J'arrive.

Dupin descendit les marches, l'arme cachée dans son dos.

Il le vit alors. Il ressemblait trait pour trait à son père : des yeux verts éclatants, un nez marqué, des lèvres fines. Plutôt râblé, et un peu rond. Pourtant, il avait un certain charme, avec ses cheveux épais et foncés. Il faisait plus jeune que ses trente-deux ans.

Le commissaire rangea discrètement son pistolet dans la ceinture de son pantalon.

— C'est très aimable de vous présenter ainsi. Nous sommes avec Cécile Cast. Elle nous a demandé de l'assister.

Dupin s'efforça de garder une voix ferme et assurée.

Comme si c'était le signal convenu, Cécile et Claire descendirent l'escalier.

— Monsieur Marchand, bonjour, dit Claire en lui souriant. Nous avons entendu beaucoup de choses positives à votre sujet.

Dupin se demanda s'il était le seul à trouver la situation étrange.

— Oh, merci. C'est très aimable. Bonjour, madame Dupin ; bonjour, madame Cast.

Le jeune Marchand ne paraissait nullement embarrassé.

— Comment saviez-vous que nous étions ici, monsieur Marchand ?

— Mon père me l'a dit.

— Et comment le sait-il ?

— Il vous a vus entrer par la porte de derrière depuis sa fenêtre.

C'était vrai, les Marchand vivaient ici. C'était cependant une coïncidence que le vieux Marchand ait regardé à ce moment précis par la fenêtre. En tout cas, c'en était fini de l'opération clandestine. Il y avait des témoins.

— Bon, je vais vous laisser, alors.

Laurent Marchand se retourna lentement et Dupin comprit par où il était entré. Tout au fond de la pièce, près du canapé, se trouvait une porte. Le commissaire supposa qu'elle menait au bâtiment principal.

— Étiez-vous ici ce midi, quand monsieur Dantec a été tué ? demanda le commissaire.

— Oui, j'étais dans mon bureau. J'avais une

longue visioconférence. Je n'ai su ce qui se passait qu'à l'arrivée de la première voiture de police.

— Vous aviez terminé ce que vous deviez faire à Bouaye ?

Le jeune homme lui jeta un regard irrité.

— Votre père l'a mentionné ce midi.

— Je suis rentré vers quatorze heures.

— Que deviez-vous y faire exactement ?

Le visage du jeune homme s'éclaira d'un sourire.

— Mon père avait donc raison : vous enquêtez.

— Ma femme et moi apportons simplement notre soutien à Cécile Cast, rien de plus, répondit Dupin en regardant leur amie. Elle est désormais la nouvelle propriétaire du domaine. Elle est donc également votre nouvelle patronne, ajouta-t-il.

— Je leur ai demandé de m'aider, approuva Cécile. Je ne peux pas y arriver seule. La situation est trop difficile.

— Bien sûr, acquiesça Laurent Marchand sans la moindre ironie.

— Revenons à ma question : que faisiez-vous à Bouaye ?

— Je représente notre domaine dans l'association des vignerons de dix-neuf communes autour du lac, en Loire-Atlantique et jusqu'à la Vendée. Dans les années 1990, ils ont créé une appellation propre : muscadet-côtes-de-grandlieu. La région autour du lac de Grand-Lieu possède un microclimat tout à fait exceptionnel, et…

Laurent Marchand s'interrompit, visiblement embarrassé.

— Monsieur Katell était bien entendu le représentant officiel du domaine en tant que propriétaire. Je ne faisais que le remplacer. Et seulement pour les réunions ordinaires. S'il y avait des événements particuliers, il s'en chargeait lui-même.

— Qu'est-ce que...

Le téléphone de Dupin vibra. Il regarda le numéro. Le préfet.

Il ne répondrait pas.

— Quelle est la fonction de cette association ?

— Elle veille à maintenir la qualité des vins de notre région. Elle est également chargée du marketing national et international de notre AOC. Notre domaine s'implique particulièrement afin de maintenir des standards qualitatifs élevés. Les vignes de l'appellation doivent avoir au moins sept ans, et les parcelles ne peuvent dépasser une certaine taille. Ce sont deux des règles les plus importantes. Nous sommes également partisans d'une réduction des rendements, comme nous le pratiquons chez nous. Par exemple, en coupant certaines grappes au début de l'été, afin que toutes les substances se concentrent dans les raisins restants.

L'homme, si réservé il y a quelques minutes, devenait passionné et loquace.

— Cela renforce vraiment les arômes. C'est incroyable comme ils deviennent intenses. En résumé, nous ne voulons pas de muscadet de base dans notre appellation !

C'était une déclaration énergique.

— Le succès du muscadet-côtes-de-grandlieu est vraiment remarquable, confirma Cécile avec admiration.

— Y a-t-il eu des problèmes de qualité du vin ? demanda Dupin. Dans le domaine ?

Tous trois regardèrent le fonctionnaire, surpris.

— Pourquoi demandez-vous cela ? répondit Laurent Marchand, agacé.

— Était-ce le cas ?

— Pas chez nous ! Jamais !

— Et au domaine des Joly ?

Il hésita.

— Difficile à dire.

— Difficile à dire ?

— L'an dernier, on a détecté une bactérie dans un pressoir, à la fin des vendanges. De celles qui ne meurent pas pendant la fermentation et qui, dans certains cas, peuvent provoquer des irritations gastriques. Mais seulement si on en consomme en grande quantité. Cela dit, ils ont dû détruire la majeure partie de leur production.

— Vraiment ? s'exclama Cécile Cast, étonnée. Je n'en ai jamais entendu parler. En général, on est au courant de ce genre de chose.

— Nous avons choisi de ne pas en parler. Cela aurait nui à toute l'appellation. La contamination a été détectée avant que les bouteilles soient mises en vente. Ils ont rapidement résolu le problème et ont immédiatement acheté de nouveaux pressoirs. Tout est revenu à la normale, précisa le jeune Marchand.

— Donc un scandale a été évité, conclut Dupin délibérément.

— Il n'y en a pas eu.

Un silence s'installa.

— C'est typiquement le genre d'affaire qui peut ruiner la réputation d'un domaine pendant des années. Peu importe ce qu'il y a de vrai dans les accusations, ajouta Dupin.

Cécile haussa les sourcils.

— Pour le Château Joly, les conséquences auraient été dramatiques.

Dupin n'était pas sans savoir que certaines personnes sont disposées à commettre toutes sortes de crimes, y compris des meurtres, pour blanchir une réputation.

— Cela aurait mis fin à la rivalité entre les Katell et les Joly, fit remarquer Claire d'un ton sec.

— Je dois vous dire que Brian Katell lui-même a insisté pour que l'affaire soit traitée de manière extrêmement discrète. Précisément pour que le Château Joly n'en soit pas affecté.

Ce point semblait particulièrement important pour Laurent Marchand.

— Parce que cela aurait été préjudiciable à toute l'appellation autour du lac ? demanda Dupin.

— Ce n'était certainement pas la principale motivation de monsieur Katell, rétorqua Marchand.

— Plutôt parce qu'il voulait protéger sa compagne, Anne-Sophie Joly ? Elle était concernée au premier chef, ainsi que son père. D'autant qu'elle finira par hériter du château.

— Brian ne souhaitait jamais de mal à qui que ce soit, intervint Cécile Cast avec vigueur. Il avait choisi de dépasser cette rivalité.

— Ce n'est pas votre cas, n'est-ce pas ? demanda Dupin au jeune Marchand qu'il fixait intensément. Comme votre père, madame Pic, et toute l'équipe ici.

— Comment dire ? Oui, c'est vrai. Créer le meilleur muscadet est notre ambition. Faire du vin implique une certaine fierté. Et un esprit de compétition.

— Qui est au courant de cette contamination ?

— Les membres de l'association. Mais ils se connaissent tous. C'est un cercle solidaire. Personne ne veut nuire à personne.

Le genre de phrase que Dupin entendait dans chaque enquête.

— Si quelqu'un avait divulgué l'affaire, il se serait lui-même pénalisé. Certaines conséquences auraient affecté toute l'appellation. Heureusement, la contamination a été détectée à temps, grâce à un système de contrôle rigoureux. Pas une seule bouteille n'a été mise en vente.

— Où sont les documents sur cet incident, les analyses, etc. ?

Laurent Marchand réfléchit un instant.

— Il y en a plusieurs copies. Une au Château Joly, une au siège de l'association, et bien sûr une au laboratoire qui a fait les analyses.

— Avez-vous...

Un véhicule entra dans la cour. Le gravier crissa. Le Defender noir de cet après-midi.

— Anne-Sophie, remarqua Cécile. Que fait-elle encore ici ?

Son ton avait été un peu agressif, elle s'empressa d'ajouter :

— Je veux dire, elle était déjà là tout à l'heure pour récupérer son iPad.

Deux policiers se précipitèrent vers le véhicule.

— Peut-être qu'elle a oublié quelque chose ? Elle veut sans doute retourner dans l'appartement de Brian, conclut Claire.

Claire avait raison. Il fallait agir vite, le temps leur était compté.

— Au revoir, monsieur. Merci beaucoup. Nous nous reverrons sûrement bientôt, dit Dupin en prenant congé du jeune homme, qui semblait déconcerté.

— Au revoir, répondit celui-ci en s'éloignant lentement vers la porte.

Anne-Sophie Joly était descendue de voiture. Elle portait une robe bleu marine cintrée, ses cheveux noirs étaient attachés en queue de cheval, et elle arborait ses lunettes de soleil.

Elle engagea une conversation animée avec les fonctionnaires. On la voyait gesticuler.

Peu après, les deux policiers la suivirent en direction de la porte qui menait de la cour à la cuisine de Katell.

— Vite, montons, ordonna Dupin.

Tout alla très vite.

Claire, Cécile et Dupin avaient atteint le premier étage quand la porte s'ouvrit au rez-de-chaussée.

— Nous montons avec vous, madame, dit l'un des policiers.

Dupin se retourna et fit signe à Claire et Cécile de le suivre.

Il se dirigea à pas de loup vers le grand placard encastré. Les portes coulissaient facilement. Dupin les ouvrit, révélant ainsi la garde-robe de Brian Katell : chemises, vestes, manteaux…

Les deux femmes comprirent immédiatement et s'y glissèrent, suivies du commissaire. Il était temps ; on entendait les pas dans l'escalier, puis des voix.

— Je ne sais pas où je l'ai laissé. Madame Cast et moi sommes restées surtout ici, en haut.

Anne-Sophie Joly semblait réfléchir.

— Nous avons d'abord passé un moment entre les deux tables, puis nous nous sommes assises sur le lit.

— À quoi ressemble votre portefeuille ?

Son portefeuille ? Elle l'avait perdu ? C'était donc pour ça qu'elle était revenue ?

— Fin, en cuir, bordeaux. Je cherche du côté de la chambre, vous, vérifiez là-bas.

Elle dirigeait les policiers.

Dupin s'en voulait de n'avoir pas laissé la porte légèrement entrouverte, il aurait peut-être pu voir ce qu'Anne-Sophie Joly mijotait. Il trouvait ça louche, ou alors c'était un effet secondaire du muscadet. À moins, tout bonnement, qu'il n'apprécie pas cette femme.

Dupin, Claire et Cécile respiraient aussi discrètement que possible. Puis :

— Madame ! Je crois qu'il est ici ! Sur le bureau, regardez.

Un laps de temps.

— Oh ! Oui. C'est bien ça !

Le commissaire n'avait rien vu tout à l'heure.

— Je suis tellement soulagée.

La phrase était trop théâtrale aux oreilles de Dupin.

— Nous sommes ravis d'avoir pu vous aider, madame.

Anne-Sophie Joly et les deux policiers étaient redescendus, on les entendait dans l'escalier.

— chateaurayas1880 – tout en minuscules, chuchota soudain Cécile avec excitation.

— Quoi ?

Dupin n'avait aucune idée de ce qu'elle voulait dire.

— Ça pourrait être ça ! Le vin préféré de Brian, dit-elle, plus excitée encore, le Château Rayas, un châteauneuf-du-pape. Un vin mythique. Le domaine a été fondé en 1880. Brian était un ami d'Emmanuel Reynaud, descendant du fondateur.

— De quoi parles-tu ?

— De sa boîte mail.

— Elle parle du mot de passe de Brian, Georges, expliqua Claire.

Ce serait incroyable.

— Ça pourrait bien être ça, oui. Je m'en souviens maintenant. Il l'utilisait souvent.

La porte, au rez-de-chaussée, s'ouvrit puis se referma. Ils étaient seuls.

Ils sortirent de leur cachette, Dupin prit son téléphone.

— C'était quoi sa messagerie ?

— Apple. Une adresse iCloud. briankatell@icloud.com.

Dupin entra le nom d'utilisateur puis le mot de passe : c h a t e a u r a y a s 1 8 8 0.

— Mot de passe incorrect.

Cela aurait été trop beau.

— Zut, pesta Cécile.

C'était tout de même bien essayé.

— Tu ne vas pas gober cette histoire de portefeuille, n'est-ce pas ? demanda Claire en se campant devant son époux. C'est totalement invraisemblable. Pourquoi l'aurait-elle sorti ? Elle l'a délibérément laissé ici ! C'est certain. Pour pouvoir revenir. Pour prendre quelque chose ou le faire disparaître. C'est pour ça qu'elle a demandé aux policiers de chercher de l'autre côté de la pièce. Cécile, tu te souviens de son portefeuille ?

— Non. Mais elle a cherché ses lunettes de soleil pendant que nous étions là. Elle a fouillé dans son sac et en a retiré quelques affaires, c'est vrai.

— Je ne la crois pas. Je ne sais pas pourquoi, mais c'est comme ça.

Dupin s'était approché de la fenêtre donnant sur la cour intérieure.

Anne-Sophie Joly montait dans sa voiture.

— Les précieuses bouteilles de vin rouge sont toujours là, dit Claire devant les caves à vin.

— Georges, essaie chateaurayas1997. C'est l'année où son ami Emmanuel a repris le domaine. Brian l'a déjà utilisé, je crois. Il changeait juste d'année, ajouta Cécile.

— Je tente.

Dupin répéta la procédure.

— Encore faux.

C'était inutile, cela ne menait à rien.

— Alors, chateaurayas1989 – le millésime du siècle !

Cela prit un peu de temps, mais la boîte de réception de Katell apparut à l'écran.

— Ça y est ! On est dedans !

Cécile et Claire se précipitèrent pour regarder par-dessus l'épaule de Dupin.

— Maintenant, on peut accéder à ses mails. À ses documents aussi, il les garde tous dans le Cloud. On trouvera peut-être même son journal intime, dit Cécile avec excitation.

— Baissez-vous ! ordonna soudain Dupin.

Il avait aperçu quelque chose au loin, dans les vignes.

Dans un réflexe, il s'était accroupi.

— Il y a quelqu'un…

Il attendit un instant, puis releva doucement la tête.

— Je le vois.

Cécile et Claire avaient fait de même, tout aussi prudemment.

Un homme, seul, au milieu des ceps. Il marchait, puis s'arrêtait et regardait alentour.

— Lelouche ! Merde ! s'écria Dupin.

— Que fait-il ? demanda Claire.

— Il observe, répondit Dupin. Je ferais la même chose à sa place.

— Espérons qu'il n'a pas repéré nos voitures, fit remarquer Cécile.

Claire acquiesça en silence.

— Je ne le vois plus.

Il semblait s'être volatilisé. Il avait dû tourner à l'angle du bâtiment principal, disparaissant ainsi de leur champ de vision. C'était la seule explication.

— Peut-être a-t-il suivi les traces de notre promenade de cet après-midi, Georges, supposa Claire. Peut-être a-t-il repéré nos empreintes dans la terre argileuse, malgré la pluie.

C'était plausible. Ils étaient passés exactement à cet endroit-là cet après-midi.

— Dans ce cas, les traces le mèneront jusqu'à la cour intérieure, là où était garée ta Citroën, ajouta Claire.

Elle avait raison, malheureusement.

— Mais ce n'est pas grave ! Après le choc, nous avions besoin de prendre l'air. Lelouche ne pourra rien nous reprocher de plus.

Dupin inspecta de nouveau le vignoble. Il s'était lentement relevé.

Rien. Tout semblait en ordre.

— Dépêchons-nous ! Nous devons quitter cet endroit au plus vite, intima le commissaire.

Il était frustré, ils n'iraient pas loin ainsi. C'était comme s'il devait atteindre la Lune à bord d'un vieux coucou. Mais, après tout, n'était-ce pas le cas au début de chacune de ses enquêtes ?

La brasserie où ils allaient dîner ce soir s'appelait Marius – lieu qualifié d'épicurien. Elle se trouvait dans un bâtiment datant de la fin du XIXe siècle sur la promenade du port. Quelques palmiers en pot faisaient penser à Nice. Cécile avait raconté qu'il s'agissait autrefois d'un casino – bien que ses dimensions soient modestes. Des murs en pierres de taille claires, au premier étage un balcon avec une belle balustrade en fer forgé, et de hautes fenêtres dont l'encadrement était dessiné par une alternance de briques rouges et de pierres blanches. À droite de la façade, au-dessus de deux fenêtres cintrées à l'étage, MARIUS s'affichait en grandes lettres capitales. Sur le flanc gauche, une tour d'angle. Et, en façade, la structure en fer forgé de la terrasse comptait parmi les plus impressionnantes que le commissaire ait jamais vues.

Profitant des relations de Cécile, c'est à une des tables en terrasse, idéalement situées, qu'ils se trouvaient. La couleur dominante, voire omniprésente, du lieu était un somptueux bleu Atlantique.

Ils n'avaient pas mis longtemps à commander.

Cécile avait choisi le vin, un muscadet-sèvre-et-maine. Sans doute l'une des appellations les plus réputées, internationalement.

Dupin avait vidé son premier verre d'un trait, de plus en plus contrarié par le déroulement de leur enquête. Ils n'avaient que peu d'éléments alors que la gravité des faits était extrême. En outre, les deux Marchand étaient au courant qu'il enquêtait, au nez et à la barbe du commissaire Lelouche, et savaient qu'il pouvait prendre des risques, comme s'introduire dans un domaine surveillé par la police, et même dans les espaces privés de la victime…

— Les Marchand peuvent nous balancer à tout moment, grogna Dupin en posant son verre vide. Il leur suffirait d'un appel à Lelouche, et ce serait terminé.

— Ne sois pas si pessimiste. Ça pourrait même nous être utile, ajouta Claire avec un sourire. Réfléchis. S'ils appellent Lelouche, on pourra toujours s'expliquer. Mais s'ils ne le font pas, ça signifie sans doute qu'on peut les rayer de la liste des suspects. Si l'un d'eux ou tous les deux étaient coupables, alors ils t'auraient déjà dénoncé pour se débarrasser de toi au plus vite.

Dupin se resservit du vin.

— De toute façon, on ne peut plus faire machine arrière, ajouta Claire.

Elle sortit le tableau récapitulatif des suspects que Cécile avait préparé.

La terrasse offrait une vue phénoménale. Le bras de mer coupait la ville en deux. En face, de coquettes maisons blanches se dressaient, avec une colline en arrière-plan. De leur côté du port, on pouvait apercevoir le château médiéval, la vieille ville où s'enchevêtrent les maisons et, au loin, la mer.

— Le plus important, c'est certainement la messagerie de Brian. Comment procédons-nous ?

Claire avait raison, que ça plaise ou non à Dupin. Il ne restait qu'une seule solution : aller de l'avant.

— Vous pensez qu'on y trouvera la clé de l'affaire ? demanda Cécile, hésitante.

— Qui sait ? répondit Dupin qui avait déjà fini son deuxième verre.

En route vers Pornic, ils l'avaient consultée une première fois. Katell recevait des dizaines de mails chaque jour, il leur faudrait du temps pour tout passer en revue. Ils avaient aussi jeté un œil à ses dossiers – aucune trace d'un journal intime, du moins à première vue.

Pendant le trajet, le commissaire avait tenu Nolwenn au courant de leurs avancées. Il ne voyait toujours pas d'un bon œil l'arrivée de Le Ber et Le Menn, mais il n'avait pas relancé la discussion. Ils seraient là vers vingt et une heures. Nolwenn n'avait rien découvert de plus concernant l'incident lors du concours à Nantes. Tous ceux et celles avec qui elle avait parlé s'étaient contentés de souligner le caractère atrabilaire du vieux Joly, n'y voyant rien de suspect. « Rien de plus qu'une vieille carne », tel était le refrain. Toutes les sympathies allaient à Brian Katell.

— Je propose qu'on mange rapidement, qu'on discute de notre situation et qu'ensuite, on commence à lire les mails de manière systématique, suggéra Claire.

Ce n'était pas une perspective très romantique, mais c'était le plus raisonnable, pensa Dupin.

Un vent agréable s'était levé, chassant les nuages. Le soleil descendait à l'horizon, sans perdre de sa puissance.

— Tu devrais appeler Lelouche, dit Dupin à Cécile. Tu dois lui donner le mot de passe. Dis-lui que tu t'en es souvenue.

— Tu es fou ? répliqua Claire, visiblement en désaccord.

— Sinon, on entrave délibérément son enquête. Pas seulement la sienne, mais celle de toute la police. Il y a peut-être effectivement un indice dans un de ces mails, quelque chose qui permettrait de résoudre l'affaire. Et nous, nous pourrions passer à côté, car il nous manque des pièces du puzzle. Des informations que Lelouche peut avoir.

— Mais c'est nous qui avons découvert ça. Cécile, plus précisément. Ce sont nos informations ! insista Claire.

— Nous n'avons pas le choix, Claire. Et tu le sais bien.

Elle semblait hésiter.

— D'accord, fit-elle à moitié convaincue.

— Georges a raison, Claire. Ça va trop loin. Je l'appelle, dit Cécile en se levant. Je vais chercher un endroit plus calme.

Chaque table en terrasse était maintenant occupée. Claire attendit que Cécile se soit éloignée.

— Tu ne peux pas continuer à soupçonner Cécile, Georges ! C'est absurde ! Elle collabore avec nous. Pourquoi ferait-elle tout cela si elle était coupable ? Pourquoi t'aurait-elle demandé de l'aide ?

— Parce qu'elle évite ainsi qu'on s'intéresse à

elle. Parce qu'elle sait exactement ce qu'on sait et ce qu'on pense. Et si elle était la coupable, elle voudrait précisément nous faire croire ce que tu dis.

— Ça n'a pas de sens. Elle…

Le téléphone de Dupin l'empêcha de continuer.

— Le préfet, dit le commissaire en remettant l'appareil dans sa poche.

— Tu laisses sonner ?

— Je laisse sonner.

Claire attendit que la sonnerie cesse.

— Donc, je voulais dire…

Le bip strident retentit à nouveau.

Cette fois, c'était Labat qui apparaissait à l'écran. Dupin l'avait complètement oublié, de même que ce satané pivert.

Claire aussi, apparemment.

— Oui ?

— Commissaire… ?

— Qu'y a-t-il, Labat ?

On peinait à le comprendre, il y avait un bruit sourd en arrière-fond.

Dupin mit le téléphone sur haut-parleur avant même que Claire ne lui fasse signe.

— Je viens de récupérer ma tente chez moi. Juste à temps. Il commence à y avoir une grosse averse ici.

— Pardon ?

— Eh bien, à Concarneau. Sur la corniche. Je campe dans votre jardin.

— Pourquoi ? Vous faites quoi ?

— J'ai monté ma tente dans votre jardin. Je m'occupe des oiseaux. C'est le seul moyen. Présence constante. Défense stratégique. Si ça vous dérange, vous n'avez qu'à me le dire, ajouta-t-il d'un ton faussement vexé. Mais ce serait la fin de votre maison...

Claire fit de grands gestes et leva le pouce avec énergie.

— Non, non. Restez, bien entendu. C'est très gentil de votre part.

Il se montrait en effet très serviable. Après tout, ce problème ne le concernait pas. Il agissait de son propre chef.

— J'ai aussi apporté une super fronde. La nouvelle WASP Devil, avec une structure compacte et rigide en PEHD, c'est...

— Ça a l'air parfait, Labat. Comme je l'ai dit, nous vous sommes vraiment très reconnaissants. Et nous ne manquerons pas de vous remercier.

Dupin pensa à une caisse de bon muscadet.

— Je n'en doute pas, je...

— À bientôt, Labat.

Dupin raccrocha. Sa patience avait des limites.

— C'est peut-être vraiment la seule solution. Avoir quelqu'un sur place jusqu'à ce que le menuisier arrive, soupira Claire.

— C'est grotesque.

Le lieutenant ne pouvait tout de même pas camper

plusieurs jours dans leur jardin, pensa Dupin en buvant une gorgée de vin.

— Et voilà.

La serveuse apportait les entrées.

— Nous prendrons une autre bouteille de cet excellent vin, dit Dupin en guise d'accueil.

Claire attrapa sa fourchette avant même que son assiette ne soit posée.

— Il faut que je mange, sinon je vais tomber de ma chaise.

Le plat avait l'air fantastique. De la raie sur une tartelette de pâte sablée, accompagnée d'une purée d'artichauts avec des zestes de citron vert. Dupin ressentait la même impatience que Claire. Il avait opté pour le carpaccio de bœuf, servi avec des herbes fraîches du jardin et, selon le menu, une crème d'huîtres iodée. Le commissaire raffolait de tous les accords terre-mer. L'épithète « épicurien » convenait parfaitement au restaurant Marius.

Ils savouraient en silence lorsque Cécile revint à table.

— Lelouche était en colère. Il m'a demandé pourquoi ça ne m'était pas venu à l'esprit hier…

Elle semblait pressée de s'asseoir et commença à manger sans tarder : un carpaccio de maigre avec des câpres, de la ricotta et des tomates confites.

— N'est-ce pas délicieux, ici ?

L'humeur de Cécile s'était soudainement

améliorée. Claire et Dupin avaient déjà terminé leurs entrées.

— Le vin…

La serveuse apporta la deuxième bouteille et la plaça dans le seau à glace à côté de la table.

Cécile leva son verre.

— Un timing parfait. Venons-en à l'essentiel, à la raison pour laquelle vous êtes dans notre région.

— Ce muscadet issu de melon de Bourgogne s'appelle Terre de Pierre. De bons amis à moi le produisent, ils dirigent le domaine Luneau-Papin. Une bouteille de 2009.

Claire et Dupin levèrent leurs verres.

— À l'amour ! À vous !

Un toast bref, mais parfait.

— Et je vous suis infiniment reconnaissante de m'accompagner dans cette épreuve.

Ils trinquèrent.

— Incroyable, commenta Claire, qui suivait consciencieusement les quatre étapes d'une dégustation. Un vin encore très différent de celui de Brian, la cuvée Le Grand. Je ressens quelque chose de très minéral.

Elle but une autre gorgée.

— C'est doux et onctueux.

Cécile acquiesça. Elle avait terminé son entrée.

— Les vins des deux domaines reflètent bien la richesse de nos sols. Granit, schiste, serpentinite, gneiss… Cette région est née d'énormes bouleversements géologiques, un véritable chaos. Dans ce vin, on peut savourer chacune de ces roches, ça me rend toujours admirative. C'est ça, les bons vignerons. Ils font plonger les racines de la vigne à plusieurs mètres de profondeur dans la terre pour en extraire les qualités minérales les plus remarquables. Les grains apportent les arômes fruités, mais c'est la terre qui constitue l'essence du vin.

Avec cette image en tête, Dupin trouvait que le vin avait encore meilleur goût. Oui, les minéraux semblaient vraiment faire la différence.

La serveuse débarrassa les assiettes vides.

Dupin sortit son carnet et récapitula :

Conflit Katell-Dantec
Liaison Pic-Dantec
Accusations de manipulation au concours de vin, Joly-Katell
« Roméo et Juliette », Brian K. et A.-S. Joly
Bar à vin, projet commun Katell-Chevrier, investissements
Contaminations au Château Joly
Visites d'A.-S. Joly au domaine, iPad, portefeuille
Menace anonyme

Difficile de juger si chacun de ces points était bien en lien avec l'affaire.

— Il est important que nous puissions bientôt parler à Anne-Sophie Joly. Et aussi avec son père.

Dupin regarda Cécile et ajouta :

— Nous verrons Anne-Sophie Joly demain matin. Mais comment approcher Jérôme Joly sans attirer l'attention ?

— Je trouverai quelque chose.

— Bien.

— Nous devrions... commença Claire, interrompue par la sonnerie du téléphone portable de son mari.

Un numéro inconnu.

Il se leva et chercha un coin tranquille sur la terrasse.

— Oui ?

— Lelouche à l'appareil.

— Bonjour, commissaire, dit Dupin en s'efforçant d'adopter un ton amical. Que puis-je...

— Deux choses, Dupin : restez en dehors de cette affaire. Et prenez ces menaces au sérieux, je n'aurai pas le temps de jouer les nounous.

— Vous savez, Cécile Cast est la meilleure amie de ma femme, et nous...

Lelouche avait déjà raccroché.

Pour être honnête, lui-même aurait fait pareil.

Il revint auprès de Claire et Cécile.

— Alors ? Qui était-ce ?

Dupin raconta la brève conversation.

— Est-ce qu'il savait que nous étions allés chez Brian ? demanda Cécile. Les Marchand nous ont-ils dénoncés ?

— Je ne pense pas, non.

Mais Dupin n'en était pas certain.

— Et voilà, je suis de retour, dit la serveuse accompagnée d'un jeune serveur. La parrillada pour ces dames.

Elle déposa devant Claire et Cécile deux plats ovales en fonte.

— Aujourd'hui, on a de la dorade, de la sardine, du saumon, des crevettes roses, des moules et, ajouta-t-elle avec insistance, bien évidemment du poulpe. Nous aussi, nous participons à la lutte contre l'invasion. L'ensemble est servi avec de la grenaille bretonne, beurre et persil.

De célestes effluves leur montèrent aux narines.

— Et pour monsieur, les sardines grillées de Saint-Gilles-Croix-de-Vie avec leur pesto aux herbes maison. Pour vous aussi, de petites pommes de terre.

Jadis, à l'instar du maquereau ou du cabillaud, on méprisait la sardine, considérée comme un poisson trop commun. Mais voilà quelque temps qu'elle avait retrouvé ses lettres de noblesse et comptait parmi les mets raffinés. Dès qu'elle figurait à la carte d'un restaurant, Georges Dupin s'en régalait.

— J'ai entendu que vous parliez des meurtres, leur lança la serveuse avec un regard de conspiratrice. Il y aurait deux coupables, un couple. On a retrouvé les empreintes d'un homme et d'une femme en plein milieu des vignes… Mais on ne sait rien de plus.

Les époux échangèrent un regard. Claire semblait avoir du mal à ne pas éclater de rire.

— Intéressant, répondit rapidement Dupin.

La serveuse s'en alla, déçue de n'avoir pas suscité plus d'attention.

Ils étaient assis dans le jardin de La Fontaine aux Bretons, là où l'avant-veille avait commencé ce qui aurait dû être un voyage de noces heureux et sans aléas. Ce soir, le parfum que dégageaient les herbes aromatiques était si puissant qu'il en devenait presque enivrant. Le vin consommé durant la journée contribuait sans doute à intensifier leur sensibilité olfactive.

Mais au lieu de se laisser apaiser par l'atmosphère rosée du coucher de soleil et la douce ivresse provoquée par le muscadet, Claire et Dupin, penchés sur leur téléphone, épluchaient les courriels de Katell.

Cécile s'était brièvement excusée pour aller chercher quelque chose.

— Des tonnes de messages d'autres vignerons, dit Claire avec un peu de frustration. Brian semblait être membre de dizaines d'associations. Tu as vu qu'il en avait créé une lui-même ? Au printemps. Les Amis du petit grain. Si je comprends bien, elle concerne de vieux vignobles en friche, qui n'étaient pas assez rentables par le passé. Des sols difficiles.

Dupin n'en était pas encore arrivé là.

— Et chaque jour, trois, quatre, cinq courriels d'Alain Chevrier, poursuivit Claire. Il...

— Chut !

Dupin avait reconnu une voix d'homme à l'entrée du domaine.

C'était Le Ber.

Le lieutenant se tenait en effet à l'entrée principale. À son côté, Le Menn, qui le dépassait de presque une tête. Ils regardaient en direction de la mer. Les deux nouveaux venus, qui avaient aperçu le commissaire, ne le saluèrent pas, tout entiers à leur mission d'anges gardiens.

— Nos gardes du corps sont là, dit Claire en jetant un coup d'œil par-dessus les buissons épais.

— C'est parti, suivez-moi !

Cécile se tenait soudain devant eux, un sac en bandoulière à l'épaule.

— Où allons-nous ? demanda Claire, curieuse.

— Tu verras.

Elle partit en direction de la mer. Claire et Dupin peinaient à la suivre.

Cécile franchit le portail, passa les vignobles, puis prit le chemin qui menait au rivage. Elle emprunta ensuite le sentier côtier, avant de bifurquer dans une petite sente.

Là, elle s'arrêta, sortit une clé de son sac et ouvrit l'étroit portail en bois qui empêchait le passage. Il fallait ensuite traverser des buissons de laurier, toujours en direction de la mer, qu'on ne voyait pas encore.

— Faites attention, les avertit-elle d'un ton ferme.

La falaise à pic d'environ quinze mètres de hauteur n'arrêta pas Cécile – elle semblait voler sur l'étroite passerelle, juste assez large pour accueillir une seule personne, qui franchissait le vide sur une dizaine de mètres jusqu'à l'une des pêcheries. Pour seule sécurité, un garde-fou à main droite.

— Et voilà. La pêcherie de La Fontaine aux Bretons, dit Cécile avec fierté. Ici, on trouve tout ce que nous servons à nos invités, du moins ce que les poulpes daignent nous laisser. Venez, suivez-moi. J'en ai fait mon refuge. C'est mon petit bonheur.

Les pilotis donnaient l'impression d'être très élevés. Juste au bord de la rambarde du balcon qui prolongeait le cabanon, se trouvait une vieille table en bois usée par le temps, quatre chaises pliantes étaient disposées autour. La seule vue que l'on avait, c'était celle de la vaste baie de Bourgneuf.

— Un endroit paradisiaque.

Claire et Dupin étaient émerveillés.

Ce soir, le ciel offrait un spectacle incroyable. Certes, le soleil était déjà couché, mais à l'horizon, là où il avait disparu, brillait une lumière blanche aveuglante, plus éclatante que le soleil lui-même, si intense qu'elle effaçait tout. Comme un trou blanc, autour duquel un halo orange pâle allait, dans ses confins, jusqu'à prendre une teinte d'un rouge flamboyant, comme de la lave en fusion. Les quelques cirrus dans l'azur scintillaient d'un rose éclatant.

Quant au reste du ciel, ignorant ces teintes vives, il restait d'un bleu cristallin. C'était irréel.

— Allez, venez !

Cécile les ramena à la réalité. Elle posa son sac, disposa trois chaises côte à côte, puis plaça la table devant elles. Ensuite, elle sortit une bouteille de vin et trois verres.

— Et voilà ! Vous n'avez pas encore vraiment goûté notre chenin.

Sans hésiter, elle ouvrit la bouteille, remplit les verres et s'assit. Claire et Dupin firent de même, tout en regardant la mer.

— Bon, passons aux mails !

Cécile avait déjà son téléphone en main.

— Avez-vous trouvé quelque chose d'intéressant ?

— Non, il y en a des dizaines, liés à diverses associations de vignerons.

— Nous nous concentrons sur les trois derniers mois, dit Dupin. Donc à partir de la mi-juin.

— Les experts de la police peuvent sûrement voir qu'une autre personne se connecte au compte, non ? fit Claire d'un ton pragmatique.

— Sans aucun doute, mais il faudrait qu'ils contrôlent activement.

Dupin y avait pensé. Ce serait un gros problème…

— Regardez. J'ai filtré par expéditeur, expliqua Cécile. Le 30 juillet, il y a un mail étrange, entre Brian et Dantec.

— Un mail reçu ?

Dupin cherchait.

— Non, envoyé, reprit Cécile, visiblement excitée. Brian dit, entre autres : « Je vais transmettre l'affaire à un avocat et porter plainte si vous ne pouvez pas clarifier cette situation. Vous avez détruit la confiance que j'avais placée en vous, ce que vous avez fait est criminel. »

Dupin finit par retrouver le courriel.

— Mais de quoi parle-t-il ? demanda Claire. Je ne trouve pas de mail précédent auquel il ferait référence.

Le message se résumait presque uniquement à ces deux phrases, précédées d'un formel « Monsieur Dantec » et signées d'un simple « Brian Katell ».

Trois bips retentirent, un SMS. Dupin jeta un coup d'œil à son téléphone. C'était Le Ber. « Nous sommes tout près, nous avons pris position, soyez tranquille. »

Son lieutenant était dans son élément.

— Regardez, j'ai trouvé autre chose, dit maintenant Claire.

— Le 5 août. Brian a envoyé un lien à Damien Dantec avec le message : « Et ça, alors ???? » Quatre points d'interrogation. Le lien mène, ajouta-t-elle après une pause, à un site de vins britannique, Finestine.com. On y vend le Grand de Brian, son meilleur muscadet. Celui que nous avons bu hier. En caisses de six bouteilles pour trois cents livres.

— Le prix est correct, commenta Cécile. Ici, une bouteille coûte déjà quarante euros.

— Qu'est-ce que ça signifie ?

Dupin ouvrit le mail en question. La conversation était difficile à suivre. La majeure partie de l'échange avait visiblement eu lieu ailleurs, probablement de vive voix puisqu'ils se voyaient tous les jours. Ce qu'ils lisaient ici ne semblait être que des fragments de la discussion.

— Ah ! dit Cécile, tout semble être dans le mail de Dantec daté du lendemain : « Je n'ai simplement pas eu le temps d'émettre les factures. La semaine prochaine, quand je rentrerai de chez mes clients, je m'en occuperai. Mais je me défendrai contre ces accusations insensées. »

— Dantec a vendu du vin pour son propre compte, conclut Cécile. C'est ce que cela laisse entendre, du moins.

— Cela correspond au mail de Brian du 9 août, dit Claire en lisant à haute voix : « J'ai appelé le marchand. Ils ont déjà vendu trente-six bouteilles cette année. Dès le 26 janvier, ils avaient écoulé une caisse entière. Mais il n'est même pas enregistré dans notre système. C'est incroyable. C'est bien simple, je vais contacter mon avocat et je veux vous voir lundi prochain pour une réunion officielle. »

— Brian n'avait pas d'avocat, il a inventé cela, répondit Cécile en fronçant les sourcils. Il n'avait aucune idée de la façon de s'y prendre avec une personne qui lui faisait du tort.

— Cinquante livres la bouteille, multiplié par

trente-six, cela fait mille huit cents livres, calcula Claire. Environ deux mille euros. Et peut-être que Dantec ne l'a pas fait qu'avec ce marchand.

— Pas en grandes quantités, expliqua Cécile, sinon cela aurait été repéré rapidement. Mais peut-être par-ci, par-là, quelques caisses. Cela permet de se constituer un petit revenu supplémentaire. Son poste lui donnait accès à tout.

— Il semble que Dantec n'ait pas été très malin. Brian s'est rendu compte de quelque chose, puis il est devenu méfiant.

Ils continuèrent leurs recherches.

— Ici ! Le mail suivant date du 28 août. Cela fait seulement deux semaines : « Ci-joint, les termes de notre accord. Cordialement. »

— Le document est-il joint ?

— Il devrait l'être. Mais je n'arrive pas à l'ouvrir.

— Je vais essayer.

Dupin essaya également, sans succès.

— Voici la réponse de Dantec, du même jour, continua Claire. Je... Bizarre, je viens de me faire éjecter, dit-elle en tapant rapidement sur l'écran. Du compte, je veux dire.

— Moi aussi, dit Cécile.

Dupin également.

— Je vais me reconnecter. Quoi ? Mauvais mot de passe ? s'écria Claire.

Elle essaya encore une fois.

— C'est pas possible. Ça ne fonctionne plus.

— Le système a sans doute déclenché une alerte de sécurité, la police examine le compte, l'aura remarqué et a changé le mot de passe, dit Dupin avec un soupir de résignation. Pour nous, c'est fini.

Exactement ce qu'il redoutait.

— Oh non, on est grillés ? demanda Claire, alarmée.

— Oui, on est grillés.

— On reçoit une notification informant qu'un nouvel appareil s'est connecté, mais on n'a que des informations générales : ordinateur, téléphone, tablette, et le système d'exploitation, Android, Windows. Mais pas l'adresse IP.

Cécile semblait s'y connaître.

— On nous a tout de même déconnectés, grommela Claire.

— Mais on a eu le temps d'apprendre quelque chose d'important, rétorqua Cécile avec enthousiasme. Dantec a volé Brian sans vergogne. Brian l'a découvert et l'a viré. Comme il était gentil, il a conclu un accord avec lui et a renoncé à porter plainte.

Dupin s'était levé. Il se tenait à quelques centimètres du vide.

La trame qui s'esquissait aurait bien pu mener au meurtre de Brian Katell. Mais qu'était-il arrivé à Dantec ?

— Si Dantec a commis le premier meurtre, qui

a tué Dantec ? Ce n'est sûrement pas le fantôme de Brian qui s'est vengé de son meurtrier, lança Cécile.

— Peut-être qu'il y a deux meurtriers, deux mobiles, deux affaires, répondit Claire.

Elle réfléchit un instant.

— C'est vrai, reprit-elle. Ou alors il y a deux meurtriers, deux mobiles, mais bien une affaire commune, qui reste floue. Je veux dire qu'il s'agit peut-être d'une seule et même histoire, mais on ne perçoit pas encore les liens.

Claire regardait Dupin intensément.

— Par exemple, si quelqu'un te tuait, je tuerais cette personne. Du moins, j'essaierais.

C'était une déclaration d'amour pour le moins risquée.

— Tu penses qu'Anne-Sophie Joly a tué Damien Dantec après avoir découvert qu'il avait tué son compagnon ? spécula Cécile.

— Anne-Sophie Joly était présente au domaine au moment du meurtre, en tout cas. Il n'a probablement pris que quelques minutes. As-tu vu à quelle heure elle est arrivée et quand elle est repartie ?

— Non, répondit Cécile d'un ton ferme.

— Alors, si elle savait que Dantec était dans la cave, elle aurait pu tout faire en trois ou quatre minutes.

— Et comment l'aurait-elle su ? demanda Cécile.

— Elle appelle Dantec et lui dit qu'elle doit absolument lui parler. Tout de suite. En privé, en toute confidentialité. Ainsi, elle peut déterminer précisément le moment. Il craint qu'elle ne sache quelque chose, alors il accepte. Peut-être juste pour découvrir ce qu'elle sait. Elle l'attend dans la cave avec la bouteille cachée derrière son dos et frappe dès qu'il arrive. Il tombe et meurt. C'est aussi simple que ça.

Claire semblait s'être tout imaginé dans les moindres détails. Dupin devait admettre qu'elle lui faisait un peu peur en cet instant.

— Ou bien elle a dit à Dantec qu'elle soupçonnait ou savait quelque chose, et il lui a demandé de le rejoindre à la cave. Pour la tuer. Mais elle a été plus rapide.

— Qu'en penses-tu, Georges ? demanda Cécile.

— Je ne sais pas.

Il fixait le rouge incandescent du ciel, se demandant si la chaleur qui le prenait aux joues était due au soleil ou au vin.

Ç'avait été une longue et folle journée.

— Il faut vraiment que j'aille me coucher.

Claire était dans le même état qu'après de longues gardes à la clinique. Quand elle disait cela, c'est qu'il était déjà trop tard. Il fallait agir vite. Elle pouvait s'endormir dans la seconde, peu importe où elle se trouvait.

— Que faisons-nous de ces informations sur les vols de Dantec ? s'enquit Cécile.

— Lelouche est au courant, maintenant. Il va enquêter.

Dupin était également fatigué.

Claire se leva.

— D'où Brian Katell tenait-il ces vins anciens ? Était-il collectionneur ? Avait-il une cave remplie de bouteilles rares ? demanda Dupin à Cécile.

— Il n'était pas un vrai collectionneur, il achetait ces bouteilles une par une, de manière ciblée. Des vins exceptionnels qui l'intriguaient. Ce n'était pas de l'esbroufe, seulement de la curiosité et la passion du vin. Il voulait connaître le goût de ces vins légendaires. Pour lui, c'était une sorte d'expérience ; scientifique, sensorielle et esthétique. Il partageait les bouteilles avec ses amis les plus proches. Jamais seul. Avec moi, avec Alain, avec Anne-Sophie aussi, je suppose.

— Où achetait-il ces vins ?

Dupin s'était lui aussi levé. Il était pris de vertige.

— Il préférait les acheter aux enchères. Ils étaient moins chers que dans le commerce. Bien moins chers même, si vous aviez de la chance. Il pouvait aussi lui arriver d'acheter une bouteille précieuse chez un marchand, si c'était le seul endroit où la trouver. Son grand-père disposait d'une cave impressionnante de ce type de vins. Ce n'était pas le cas de Brian. Je dois bien admettre que je craignais toujours un peu qu'il ne se lance corps et âme dans une vraie collection.

Un sourire chaleureux apparut sur le visage de Cécile.

— Cela aurait signé sa ruine. Il n'aurait eu aucune limite, ça aurait ouvert la porte à tous les excès.

Claire s'était engagée en silence sur le ponton de bois, unique accès au monde ordinaire.

— Tiens-toi bien à la rambarde ! lui cria Cécile.

Dupin la rejoignit rapidement. Ensemble, ils traversèrent ce qui ressemblait à un abîme.

Arrivés de l'autre côté, Dupin se retourna vers Cécile qui rangeait ce qui restait sur la table.

Le bleu céleste devenait de plus en plus sombre, le contraste entre la mer et le ciel disparaissait dans la nuit naissante.

LE QUATRIÈME JOUR

Un coup de tonnerre réveilla Dupin, l'orage était de retour.

Claire fut également tirée du sommeil.

— Ça a résonné jusque dans mes os, comme hier. Tout proche.

Ils se tournèrent vers la fenêtre et virent une lune blanche étincelante, presque ronde, entourée d'une myriade d'étoiles scintillantes. Aucune trace de nuages. Rien. Le ciel était dégagé.

— Ce n'est pas un orage.

Instinctivement, Dupin attrapa l'arme posée sur la table de nuit. Son esprit était tout à fait alerte.

Le même bruit. De violents coups contre la porte, vers laquelle se rua Dupin, pistolet dans la main droite.

— Qui est là ?

— C'est moi, chef.

Le Ber.

Dupin ouvrit la porte.

— Chef, quelqu'un était dans le jardin. Il se dirigeait vers votre chambre, j'en suis sûr.

Le lieutenant parlait à voix basse. Claire et Georges avaient une chambre au rez-de-chaussée, avec une terrasse privée. Dupin avait lui-même verrouillé la porte.

— Vous rêvez, Le Ber. Savez-vous quelle heure il est ?

Dupin jeta un coup d'œil à l'horloge.

— Quatre heures et quart.

— Non, je ne rêve pas. La personne a pris la fuite dès qu'elle m'a vu, chef. Le Menn est maintenant postée devant votre terrasse dans le jardin. Vous êtes en sécurité.

— C'était peut-être l'un des jardiniers. Il y en a sûrement plusieurs qui travaillent ici.

— À cette heure-ci ? Peu probable.

Le Ber avait raison.

— Et vous êtes certain d'avoir vu quelqu'un ?

— Absolument.

— Alors nous devrions…

Ils furent interrompus par des cris.

— Georges ! Claire !

Cécile accourait vers eux, en short et débardeur, visiblement très agitée.

— Tout est sous contrôle, Cécile !

— Le Château Joly, Georges ! Il y a un incendie. Deux bâtiments sont en flammes.

— Quoi ? Le domaine des Joly ?

Dupin avait bien entendu, mais il avait du mal à y croire.

— Lelouche vient de m'appeler de là-bas, dit Cécile en reprenant son souffle. Il pense que c'est un incendie criminel, il y a des preuves manifestes.

Dupin se passa la main dans les cheveux. L'affaire prenait une tournure encore plus grave.

— Lelouche veut me parler. Il m'a demandé de venir au château immédiatement.

— On t'accompagne, Cécile, réagit Dupin sans hésiter. Rendez-vous dans deux minutes au parking.

Cécile acquiesça et fit immédiatement demi-tour.

Dupin donna ensuite des instructions à son lieutenant :

— Vérifiez avec Le Menn s'il y a des traces dans le jardin. Mais restez discrets, Le Ber.

— Bien, chef. Allez-vous seulement déposer Cécile Cast au Château Joly et l'attendre ? Ou avez-vous autre chose en tête ?

Le Ber connaissait bien le commissaire.

— Je pourrais vous accompagner. Discrètement, avec ma voiture.

— Pas nécessaire, Le Ber. Nous allons déposer Cécile au château, attendre un peu, puis nous reviendrons ensemble.

— Vous ne voulez pas voir par vous-même ?

— Il vaut mieux que l'on ne me reconnaisse pas là-bas.

Le Ber hocha la tête mais il semblait loin d'être convaincu.

— Je vous appellerai, Le Ber.

— Faites-le dès que vous êtes arrivés.

Lorsque Dupin revint dans la chambre, Claire était déjà habillée et prête.

— Allons-y.

Dupin enfila rapidement son jean, garda son tee-shirt, et glissa ses pieds dans ses chaussures.

— Un incendie criminel contre le Château Joly maintenant ? Qu'est-ce que ça signifie ?

Cécile était assise à l'arrière. Elle avait enfilé une longue robe noire.

— Quel rapport avec les meurtres ?

— Je n'en ai aucune idée.

C'était vrai, Dupin n'avait pas la moindre piste.

— Où se trouve exactement le château ?

— Sur la rive ouest du lac. Tu prends d'abord la direction du Domaine du Lac, expliqua Cécile, mais tu restes sur la D 751 et tu ne tournes pas vers Bouaye. Tu bifurques quelques kilomètres plus loin. Je te dirai quand.

— Qui connais-tu personnellement au Château Joly ? De la famille, je veux dire, à part Anne-Sophie.

— Son père. Jérôme Joly. Comme je vous l'ai dit, c'est le genre patriarche détestable. Il traitait sa femme comme une domestique. Un vrai sale type, selon moi. Il se prend pour le meilleur. L'année dernière, j'ai été invitée avec d'autres vignerons et vigneronnes à une réunion au château. Vous auriez dû voir ça. Quand j'étais mariée à Brian, bien sûr, je n'étais jamais conviée.

— Cette réunion, c'était pour l'appellation muscadet-côtes-de-grandlieu ?

Ils venaient d'arriver sur la D 751, Dupin accéléra.

— Non. C'était autre chose. La réunion portait sur toute la région viticole autour de Nantes. Région Ouest.

Dupin se souvenait d'avoir vu une carte de l'estuaire de la Loire dans le grand livre de Claire sur le vin. Il y avait des dizaines de zones avec autant d'appellations différentes, un vrai casse-tête.

— Tu as dit que Brian ne ressentait aucune rivalité envers le Château Joly. C'était vraiment le cas ?

— Oui. Brian appréciait beaucoup leurs vins et il l'avait même dit publiquement. Il voulait mettre fin à une vieille querelle qui n'avait vraiment plus de raisons d'être. Anne-Sophie aussi. Je veux dire qu'ils formaient un couple. Et je crois, dit-elle en hésitant à peine une fraction de seconde, ce qui n'échappa pas à Dupin, qu'ils étaient plutôt heureux ensemble. Ce qui rendait évidemment le vieux Joly furieux. Il critique le Domaine du Lac dès qu'il le peut.

La route était droite. Il n'y avait personne. Dupin roulait beaucoup trop vite.

— Tu connais des employés du Château Joly ?

— Une jeune vigneronne. De l'Association des femmes vigneronnes. J'en fais partie aussi. Nous nous battons pour améliorer la place des femmes dans notre métier. Elle a un vrai talent, comme Emily Pic, mais sans cette ambition dévorante.

— Sais-tu si Emily Pic a des projets personnels ? Fonder un domaine viticole, peut-être ? Dupin voulait lui poser cette question depuis un moment déjà.

Un autre court silence.

— Non, fit-elle d'un ton assuré.

— Cette jeune vigneronne a-t-elle des liens avec quelqu'un du domaine de Brian ? Tu lui connais des relations personnelles ?

— Je ne sais que pour Emily Pic, qui est aussi membre de notre association.

— Elles sont amies ?

— Aucune idée.

— Tu connais bien Anne-Sophie Joly ?

— On ne s'est jamais vues en tête à tête, jamais de rendez-vous privé, si c'est ce que tu veux dire. On se croisait en société. Et parfois au domaine de Brian, quand je lui rendais visite. Mais à chaque fois on s'est bien entendues. Même avant que Brian et elle soient ensemble. Elle est parfois un peu… arrogante. Mais c'est normal, le vieux Joly l'a préparée depuis l'enfance à endosser le rôle de l'héritière. Il a toujours dit qu'elle seule en avait l'étoffe.

Claire se retourna vers Cécile.

— Tu l'aimes bien ? Sois honnête !

— Honnêtement ? Non. Elle se croit la plus belle, la plus intelligente, la meilleure. Elle tient ça de son père. Mais, ajouta Cécile, que sa propre franchise mettait visiblement mal à l'aise, elle est malgré tout gentille. À sa manière.

Dupin n'était pas surpris. Derrière la sympathie qu'affichait Cécile pour la nouvelle compagne de son ex-mari, se cachaient forcément d'autres sentiments, au moins une certaine ambivalence. Il ne pouvait en être autrement. Surtout parce que Cécile semblait encore nourrir des sentiments pour Brian.

— Anne-Sophie Joly était-elle vraiment amoureuse de Brian ? demanda Claire.

— Oui. Je pense que oui. Certainement. Je veux dire, pourquoi aurait-elle été avec lui, sinon ? Brian n'avait pas l'intention de se remarier, il le lui avait sûrement dit. Et de toute façon, elle va hériter d'un grand domaine.

Cécile sembla réfléchir un instant.

— Anne-Sophie adore les vêtements chers, les bijoux coûteux, les sacs de luxe. Mais elle peut se les offrir elle-même. Brian n'était pas du genre à offrir ce type de cadeaux. Ce qui ne veut pas dire qu'il n'était pas généreux. Il l'était même à l'excès. Pour un de mes anniversaires, nous sommes partis à Barcelone à midi, parce qu'il y avait réservé une table pour le dîner. C'était ce genre de chose qu'il faisait. Il était complètement fou – mais aussi follement séduisant.

— C'est Lelouche qui t'a réveillée tout à l'heure ?

Dupin gardait les yeux fixés sur la route. Dans la lumière des phares, les arbres défilaient rapidement de chaque côté.

— Oui. Je dormais comme une pierre.

Cécile ne semblait pas perturbée par ce brusque changement de sujet, contrairement à Claire, qui lança un regard désapprobateur à Dupin.

— On a un peu trop forcé sur le vin hier soir, dit Cécile en souriant, mais mes nerfs en avaient besoin. Ce furent des jours… je veux dire, ce sont des jours d'émotions extrêmes.

Elle se tut. Puis, d'une voix lente et hésitante, elle reprit :

— Je n'arrive toujours pas à y croire. La mort de Brian m'a profondément bouleversée.

— C'est bien compréhensible, répondit Claire en lui prenant la main.

— Je crois… Brian comptait encore bien plus pour moi que je ne voulais l'admettre.

— Où est située exactement ta maison à La Fontaine aux Bretons ?

Claire lança un autre regard réprobateur à son mari.

— C'est la petite maison blanche, au bout des prés.

Dupin la voyait bien. C'est là que paissaient les ânes qu'il aimait tant. Charmante, tout en bois et plutôt petite, en effet.

— Où gares-tu ta voiture ?

— Il y a un parking devant la maison. On accède directement à la route pour Pornic par un chemin privé.

— Combien de temps faut-il pour aller du Château Joly à ta maison ?

— Georges ! Ça suffit maintenant ! intervint Claire.

— Ces questions ne me dérangent pas du tout, Claire, vraiment. Je comprends Georges. Il doit les poser, il n'a pas le choix. Et le commissaire Lelouche me posera exactement les mêmes, c'est évident.

Elle avait raison.

— Peut-être cinq minutes de plus que pour aller au domaine de Brian, répondit finalement Cécile.

Soit environ trente-cinq minutes.

— Nous devrions plutôt nous demander pourquoi on a incendié le domaine des Joly. Comment cela pourrait-il être lié aux meurtres ?

Claire semblait impatiente.

— Peut-être, répondit Dupin d'un ton vague, que cela a un rapport avec ces cuves contaminées. L'incident chez les Joly, l'année dernière. Et peut-être que cette affaire est bien plus importante que ce que nous pensons.

— Comment ça ? Qu'est-ce que tu veux dire ? demanda Claire.

— Cela date d'un an, rétorqua Cécile, et il ne s'est rien passé, au final. Aucun vin contaminé n'a été vendu, et personne en dehors de l'association n'a jamais rien su. J'en suis la preuve vivante : je n'en avais jamais entendu parler, et Brian ne m'en a pas touché un mot. Aucun membre de l'association n'a intérêt à ébruiter l'affaire, car une tache sur la réputation de l'appellation leur porterait préjudice aussi. L'appellation muscadet-côtes-de-grandlieu a toujours été un peu dans l'ombre de l'appellation muscadet-sèvre-et-maine, sauf pour le domaine de Brian et le Château Joly. Mais ces dernières années, ils ont réussi à se hisser à égalité. Ce qui signifie qu'ils ont pu augmenter les prix. Aucun d'eux ne se risquerait à un scandale.

— Peut-être s'agit-il d'un chantage, tenta Claire. Ou peut-être que des bouteilles contaminées ont été vendues, contrairement à ce qu'affirme le château. Peut-être qu'ils n'ont pas détruit le vin contaminé et l'ont quand même mis en bouteilles. Et quelqu'un l'a découvert.

Le scénario de Claire paraissait plausible à Dupin.

— Il est évident qu'il s'agit de quelque chose qui concerne les deux domaines viticoles. Georges, qu'en penses-tu ? l'interrogea-t-elle.

Les deux femmes le regardaient avec espoir, comme s'il avait la capacité d'élucider le mystère.

— Il ne faut jamais chercher à comprendre trop tôt, il faut continuer à enquêter. Avancer, toujours. Jusqu'à ce que la vérité apparaisse.

Puis il ajouta rapidement :

— Si elle apparaît…

Dupin détestait ce genre de phrases sages, surtout quand elles venaient de lui.

— Tu veux dire que nous devrions…

Le téléphone de Dupin bipa. Il l'avait rangé dans le compartiment entre les sièges. Un SMS.

C'était Le Ber. Dupin lut : « Tout va bien, chef ? Merci de me prévenir quand vous serez sur zone. »

— Je voulais dire… reprit Claire, avant d'être à son tour interrompue par un appel via le kit mains libres de la voiture.

C'était Nolwenn.

— Oui ? répondit Dupin.

— Commissaire, répondit la voix forte de son assistante, nous sommes au courant. On a essayé de s'en prendre à vous, mais ça n'a pas marché. En revanche, pour le Château Joly…

— Nolwenn, il est prématuré de dire qu'il s'agissait vraiment d'une tentative…

— J'ai passé quelques appels, commissaire. Deux bâtiments sont en feu, le hangar de production et la résidence des Joly. Il y a deux blessés, apparemment gravement intoxiqués par la fumée, donc Jérôme Joly. Il a été transporté à l'hôpital de Nantes.

— Le père d'Anne-Sophie ? s'écria Claire.

— Exactement. La fille est indemne, reprit Nolwenn. Elle ne vit pas dans le bâtiment. C'est elle qui a découvert l'incendie. Elle est actuellement auprès de son père à la clinique. Lelouche a lancé une opération d'envergure et mobilisé toutes les unités disponibles. Ils fouillent les parties du château qui ne sont pas en feu. Heureusement, Nantes n'est pas loin, plus d'une demi-douzaine de véhicules sont sur place.

— Et c'est bien un incendie criminel ? demanda Dupin.

— On a trouvé des bouteilles remplies d'essence, au moins deux. Des cocktails Molotov, tout simplement. Je vous tiendrai informé dès que j'en saurai plus, patron. Faites bien attention à vous. Et surtout à Claire ! À plus tard.

Elle raccrocha.

— Le pauvre ! C'est terrible, dit Claire, bouleversée. Même si c'est un tyran, personne ne mérite ça.

— Tout se passe autour du lac, vous avez remarqué ? Il est entouré de légendes…

La voix de Cécile avait pris un ton étrange.

— Quel genre d'histoires ? demanda Claire, curieuse.

— Par exemple, celle d'un baron maudit. On peut encore visiter les ruines de son château, non loin de Pornic. Poussé par l'avidité, il s'adonnait à la magie noire. Sa barbe prit une teinte mystérieusement bleutée, et les gens commencèrent à l'appeler Barbe-Bleue. Il devint obsédé par l'idée de fabriquer de l'or. Le diable lui proposa de lui enseigner ce secret. Il le conduisit au lac, où se trouve l'une des portes de l'enfer. Ici, au lac de Grand-Lieu.

Cécile s'arrêta un instant, scrutant la nuit à travers la vitre, comme si elle cherchait quelque chose.

— Lors d'une nuit de pleine lune, le diable fit un pacte avec Barbe-Bleue : s'il lui offrait du sang humain, il lui révélerait le secret de l'or. C'est ainsi que tout commença. L'or s'amassa, et Barbe-Bleue devint l'homme le plus riche du monde. Mais avant qu'on ne le démasque, d'innombrables vies furent fauchées.

— Quelle horrible histoire, commenta Claire en frissonnant.

Malgré la distance, on apercevait de hautes flammes dans le ciel nocturne. L'incendie faisait rage.

— Dans un instant, prends à gauche, une petite route qui mène au lac, réservée aux pêcheurs. On rejoindra le parking du personnel. Le mieux, c'est qu'on laisse la voiture là. Personne ne vous verra, dit Cécile.

— Très bien.

Ils arrivèrent à la route, Dupin bifurqua. Ils n'auraient pas pu aller beaucoup plus loin, une voiture de police barrait le passage à quelques centaines de mètres.

— C'est un véritable château. Pas très grand, mais charmant. Les Joly y tiennent également une maison d'hôtes – tout ce qu'il y a de plus chic. Trois cents euros la nuit. Avec une immense piscine. La propriété forme un U, comme celle de Brian, mais à une échelle différente. En son centre s'élève le château, d'une architecture typique des bords de Loire.

— Où se trouve la maison d'Anne-Sophie ? demanda Claire, curieuse.

— Juste de l'autre côté, dans un petit bois. Le domaine des Joly s'étend jusqu'aux prairies humides, presque au lac. En hiver, les premiers rangs de vignes sont à moins de cent mètres du lac. Au nord, elles approchent Passay.

— Quel est cet édifice ?

Dupin désignait l'une des deux ailes en flammes, devant laquelle se trouvaient deux imposants camions de pompiers.

— C'est l'aile sud du domaine. C'est là qu'on fait le vin. Jérôme Joly a fait entièrement rénover les installations il y a quinze ans, tout est désormais très moderne.

Le feu éclairait le parking de sa lumière infernale. Dans le ciel, des myriades d'étoiles. On les voyait scintiller malgré l'épaisse fumée.

— Le château se divise en deux parties, les bureaux, puis les chambres d'hôtes. Les Joly habitent l'aile nord depuis des générations. C'est là qu'on a allumé le second incendie, ajouta Cécile.

Dupin gara la voiture.

— Où dois-tu retrouver Lelouche ?

— Dans la salle de petit déjeuner de la maison d'hôtes.

Il y avait quelques voitures sur le parking. Dupin les observa attentivement.

— Certains employés habitent sur place, le renseigna Cécile.

Ils descendirent du véhicule.

Une odeur âcre les assaillit.

— Je t'accompagne, Cécile, annonça Claire.

— Ce n'est probablement pas une bonne idée.

Dupin partageait cet avis.

— Je ne te laisse pas seule. Même pas en rêve.

Dupin lui connaissait ce ton. Il aurait été vain d'argumenter.

— Lelouche n'appréciera probablement pas ta présence lors de la conversation, insista encore Cécile.

De toute évidence, cela n'impressionnait guère Claire.

— On verra ce qu'on verra.

Ils étaient restés près de la voiture.

La brise était faible, ce qui facilitait le travail des pompiers, même si, dans les vieux bâtiments, un incendie pouvait se propager rapidement. Ce qui était le cas : le feu était plus fort, plus combatif que les hommes. Il n'était plus question de l'éteindre mais de le contenir.

Dupin se tourna vers Cécile :

— Le domaine de Brian est à cinq minutes d'ici, n'est-ce pas ?

— Environ, oui. Pourquoi ?

— Tu aurais les clés de son appartement sur toi ?

— Oui.

— Peux-tu me les donner ?

Si Lelouche avait effectivement rassemblé ici tous les hommes disponibles, il ne devait plus rester grand monde au Domaine du Lac. Dupin aurait ainsi l'opportunité d'examiner de plus près quelques bureaux et le sous-sol. Il avait oublié de vérifier un détail la veille, il comptait se rattraper.

Cécile sortit un impressionnant trousseau de sa sacoche. Elle en détacha une clé.

— Tiens.

— Mais ne restons pas ici…

Le bip strident du portable de Dupin interrompit Claire.

Encore un SMS de Le Ber.

« Arrivé en sécurité au château, chef ? »

Dupin poussa un profond soupir. Il valait mieux répondre rapidement, sans quoi son lieutenant aurait tôt fait de se mettre en route.

« Oui. Tout va bien. »

— Ne restons pas ici, Georges, dit Claire. Lelouche n'aura probablement pas beaucoup de temps à accorder à Cécile.

— C'est vrai.

— D'un autre côté, continua Claire après réflexion, c'est peut-être une occasion unique. Je veux dire, si jamais tu parviens vraiment à te faufiler dans le sous-sol.

Elle savait ce qu'il avait en tête.

— Claire a raison, Georges. Prends le temps qu'il te faut. Si nous finissons avant toi, nous trouverons bien un moyen de rentrer. Nous nous débrouillerons.

— On se tient au courant par SMS.

Dupin mit son téléphone en mode vibreur.

— Fais attention au vieux Marchand.

Dupin l'avait complètement oublié.

Déjà, il remontait dans la voiture et remettait le moteur en marche.

Claire lui fit un signe de la main, puis Cécile et elle se mirent en route.

Dupin s'était arrêté peu avant Bouaye pour étudier la carte des environs du domaine de Katell. Il n'avait surtout pas voulu garer sa Citroën là où ils s'étaient arrêtés la veille. Cela aurait été bien trop risqué. Il avait donc choisi un chemin de terre dans la direction opposée.

Non sans précaution, il avait traversé les vignes jusqu'à l'arrière de la maison de Brian. Tout était silencieux. Dupin déverrouilla la porte. Il jeta un coup d'œil dans la cour du domaine depuis une fenêtre. Deux plantons montaient la garde, exactement comme la veille. Ils étaient assis sur les marches, devant l'entrée principale, lampes torches en main. De l'autre côté, dans l'aile des bureaux, aucune lumière. Personne. Lelouche avait-il réduit la présence policière à ces deux fonctionnaires ?

Dupin gravit l'escalier jusqu'au premier. Il voulait jeter un coup d'œil aux trois bouteilles de valeur. Doué d'une excellente mémoire photographique, il remarqua qu'elles n'avaient pas bougé. Il redescendit rapidement au rez-de-chaussée où il se mit en devoir de faire l'inventaire des deux caves à vin.

Prudemment, il en ouvrit les portes. Il y avait du rouge, des bordeaux, plutôt des millésimes récents, à partir de 2003 : médoc, pomerol, saint-émilion. Une bouteille poussiéreuse, tout en bas, attira son attention. La même poussière, légèrement collante, que sur les bouteilles de Cheval Blanc.

Dupin se pencha et la sortit. Nul besoin d'être expert ; un Château Margaux de 1959, premier cru classé, qui valait une petite fortune. Il prit une photo. Il vérifia encore : c'était la seule bouteille ancienne. Rien de tel dans la seconde armoire ; seulement d'honnêtes et accessibles bordeaux.

Le commissaire devait se hâter, il n'avait pas beaucoup de temps. Il se dirigea vers la porte au bout du canapé qui menait à la maison principale, là où habitaient les Marchand et où se trouvaient les chambres d'hôtes.

Il tourna la clé avec précaution et poussa la porte. Un long couloir s'étirait devant lui, avec son parquet ancien. Dupin retira ses chaussures et les prit dans sa main gauche.

Il atteignit le hall, qui donnait aussi accès à l'entrée principale. Sur la gauche, l'escalier en bois menait au premier étage. C'est là que Marchand l'avait accueilli la veille à midi.

Dupin devait redoubler de vigilance : les deux policiers n'étaient qu'à quelques mètres. S'ils savaient qu'un commissaire de Concarneau furetait sous leur nez…

Les deux Marchand n'étaient pas loin non plus. Pourvu qu'ils soient profondément endormis !

Dupin atteignit rapidement la porte de l'aile des bureaux, barrée par de la rubalise, qu'il ouvrit avec une lenteur exagérée. Il poussa un soupir de soulagement. Aucune trace de policiers dans cette partie du domaine.

Une fois dans le bureau de Dantec, il jeta un rapide coup d'œil par la fenêtre. La vue donnait sur le chantier du futur bar à vin. Toujours aucun policier.

Dupin ouvrit un meuble bas.

Il était vide.

Soit la police avait tout emporté, soit Damien Dantec avait lui-même débarrassé le bureau après son licenciement.

Il quitta la pièce.

Le bureau d'Emily Pic se trouvait juste à côté. Il était un peu plus grand, et aménagé de manière plus personnelle. Dupin alluma la lampe de son téléphone. Sur le bureau, quatre photos ; Emily Pic au ski, bronzée, dans un chalet, puis sur une jolie plage, allongée sur une serviette colorée, un cocktail à la main. Une autre encore la montrait avec son diplôme d'œnologie. Sur la dernière, datant de l'année précédente, elle apparaissait avec un trophée en forme de bouteille : *Jeune vigneronne de l'année.*

Au centre du bureau se trouvait une brochure : « Le génial diable de Rodallec », avec une annotation manuscrite sur la couverture : *Regarde ça, ce serait parfait pour nous. Amitiés, Damien.* La recommandation d'un défunt. Dupin parcourut rapidement la brochure. Il s'agissait d'une sorte de diable motorisé, destiné à faciliter le transport de lourdes charges.

Son téléphone vibra.

Un SMS de Claire : « En attente de Lelouche, on discute avec des employés. Ça peut prendre du temps. »

Parfait. Dupin était soulagé. Il reprit son exploration. Une pile de documents était posée sur le coin droit du bureau.

Il examina les premières pages. Des analyses chimiques provenant d'un laboratoire. *Échantillons de tonneaux, Domaine du Lac.* Les abréviations et valeurs mentionnées ne disaient rien à Dupin. Il les prit en photo, Cécile saurait sûrement les interpréter.

Puis il feuilleta les autres papiers. Une copie d'un long article : « Comment la musique influence le goût du vin ». Cela plairait à Claire. « Des chercheurs français ont montré, dans une étude, comment la musique que nous écoutons pendant une dégustation peut influer sur la saveur du vin. » Quelle belle étude ! « Les scientifiques estiment que les arômes peuvent être plus intenses de vingt pour cent. » Que la musique rende les choses agréables, soit, mais de là à le quantifier si précisément… voilà qui semblait douteux au commissaire. « Naturellement, les caractéristiques de la musique doivent correspondre à celles du vin. Écoutez du Chopin avec un rosé de Provence, la mélancolie d'un fado avec un rouge portugais du Douro, un Debussy pour accompagner un sublime châteauneuf-du-pape, une puissante symphonie de Beethoven avec un bordeaux… »

Dupin prit également une photo de cet article.

La plupart des autres documents étaient d'ordre administratif. Quelques factures, notamment pour une formation à Bordeaux.

Tout en bas, un numéro de *La Revue du vin de France*, avec un article surligné à plusieurs endroits : « Les arômes tertiaires : bien plus qu'une simple touche finale ! » Dupin se souvenait des enseignements de Claire avant leur départ : les arômes primaires viennent du fruit. Les arômes secondaires se développent au chai, pendant le processus de vinification, là où les vignerons déploient tout leur savoir-faire, notamment leur maîtrise de la fermentation. Les arômes tertiaires, eux, se forment lors du vieillissement et de l'élevage. Le type de fût, notamment, joue un rôle crucial. Cet article était technique, rempli de jargon, Dupin n'y comprenait rien. Il en fit aussi des photos.

Dans le bureau d'Emily Pic se trouvait un meuble bas, fermé à clé.

Dupin jeta un dernier coup d'œil autour de lui.

Aux murs, des cartes agrandies des parcelles du domaine. Emily Pic avait annoté certains endroits. Principalement avec des abréviations que Dupin ne comprenait pas. Il parvint toutefois à lire une note : « Trop humide ! »

Sur l'une des cartes, on voyait tout le domaine – y compris l'aile où il se trouvait.

Rien de suspect.

Il quitta le bureau.

Dupin se trouvait maintenant à l'endroit précis où on avait retrouvé le corps de Dantec. Le sang coagulé était encore visible. On avait marqué l'endroit où la bouteille brisée avait été retrouvée. Dupin ne se souvenait pas d'avoir passé autant de temps dans des caves au cours de sa vie. Mais il n'avait pas le choix. Il regarda autour de lui. Des étagères en brique, remplies de bouteilles de vin, tapissaient toutes les parois de la pièce en forme de couloir, du sol au plafond.

Dupin détailla lentement l'étagère de droite, son regard balayant chaque rangée. La pièce était sombre. Sa lampe de téléphone ne l'aidait guère. Il ne remarqua rien, absolument rien de suspect. Les bouteilles semblaient classées selon leur millésime. Il atteignit la section des plus anciennes. Il y en avait cinq, datant de vingt-deux ans. Plus le millésime était récent, plus il y avait de bouteilles. Quand ces cinq dernières seraient parties, le nouveau millésime prendrait leur place, et ainsi de suite.

Dupin atteignit la paroi du fond et la suivit jusqu'au côté gauche de la pièce. Il y avait deux étagères en bois, montant également jusqu'au plafond, à côté des étagères en brique dont les joints au mortier clair étaient récents. On devinait combien la rénovation minutieuse de ce type de cave devait être coûteuse. Dupin estima la température à douze ou treize degrés, avec une humidité modérée. Aucune odeur, pas même celle d'une cave. C'était l'avantage des briques poreuses. Les bouteilles n'étaient recouvertes que d'un très léger voile de poussière.

Le commissaire retourna à l'endroit où Dantec avait été retrouvé mort. Les vins de l'étagère voisine dataient de 2015 – il en restait une vingtaine de bouteilles. Pourtant, l'étiquette de la bouteille qui avait servi d'arme datait de l'année 2007.

Quelques étagères plus loin, Dupin trouva cc millésime. Il restait six bouteilles de Le Grand, et dix autres de différents vins du domaine. Le ou la coupable avait dû se servir ici. Dupin inspecta une nouvelle fois les étagères. Rien.

— Quelle poisse, murmura-t-il.

Il n'était pas satisfait. Il n'avait aucun élément

tangible, il avançait à tâtons. Il n'avait encore parlé ni à Anne-Sophie Joly ni à son père, maintenant hospitalisé. Rien ne se passait comme il le souhaitait. Et surtout : sans café, rien ne fonctionnait. Ils étaient partis précipitamment après avoir appris la nouvelle de l'incendie criminel, et il n'avait pas pensé à en prendre un. Ce qu'il regrettait amèrement. Claire lui avait récemment apporté un article d'un célèbre magazine scientifique, où des chercheurs expliquaient les effets incroyables du café sur le cerveau ; le fameux « boost neuronal » que provoquait la caféine. Dupin avait retenu ce terme, ne serait-ce que pour narguer son médecin traitant.

D'humeur maussade, il quitta la pièce et se rendit dans la salle voûtée principale, où trônait la table destinée aux dégustations et d'où cinq couloirs partaient. L'un conduisait à la sortie, là où l'escalier en pierre menant au perron était abrité par une marquise. Le deuxième menait à la cave où Dantec avait été assassiné. Dupin connaissait aussi le troisième, qui conduisait à l'escalier en colimaçon. Mais il n'avait encore exploré ni le quatrième ni le cinquième couloir.

Il emprunta le premier des deux.

Le couloir allait tout droit, puis à gauche, et encore à gauche. Théoriquement, s'il ne se trompait pas, il devait se trouver sous les salles de production. Un autre long couloir se dévoila devant lui, aux murs et au sol en brique. Le plafond n'était pas très haut, à quelques centimètres à peine du crâne de Dupin. D'un côté, de grands fûts en bois lui arrivaient à la poitrine. De l'autre, des cuves sur quatre pieds en acier inoxydable. Cette pièce servait probablement à la maturation des vins, supposa-t-il.

Au fond, un monte-charge à côté duquel se trouvait un escalier en acier en colimaçon. Il le prit et réalisa vite qu'il ne s'était pas trompé : celui-ci menait directement aux salles de production. Cela signifiait qu'il y avait donc un autre accès à la cave.

Dupin redescendit.

Il allait jeter un dernier et rapide coup d'œil dans le cinquième couloir, avant de retourner au Château Joly.

Le couloir tournait deux fois, une fois à droite, une fois à gauche, puis continuait tout droit sur une bonne distance. Il devait passer sous la maison principale. Sur la droite, plusieurs portes. Dupin ouvrit la première et éclaira l'intérieur de la pièce. Le sol était en terre battue, mais, étonnamment, cette pièce ne dégageait aucune odeur de moisissure. Contre les murs, des étagères en acier regorgeaient de provisions. Une sorte de garde-manger. Des caisses en bois contenant des pommes de terre, des pommes et des oignons. Des bouteilles d'huile, des conserves.

Dupin referma la porte.

Dans la pièce suivante, quelques vieux tonneaux étaient entreposés. Puis une autre pièce, apparemment utilisée comme débarras : un grand réfrigérateur professionnel hors d'usage, une cuisinière à gaz tout aussi imposante, deux cadres de lit, plusieurs lampadaires, une table de couleur orange, plusieurs pneus. La dernière cave était vide.

Dupin se hâta de retourner sur ses pas.

Son humeur s'était encore assombrie. Deux personnes avaient été sauvagement assassinées, le Château Joly était en proie aux flammes, deux autres personnes étaient hospitalisées, sévèrement intoxiquées par les fumées, et il errait dans des caves à vin, sans avoir la moindre idée de ce qui se tramait.

Une fois de plus, il déjoua l'attention des policiers tel un malfrat – non sans un certain plaisir. Puis il traversa les vignes, contourna un champ, revint à sa voiture et démarra doucement tout en appuyant sur la touche de rappel de son téléphone de bord.

— Ah, commissaire, le disparu, lança Nolwenn sans même essayer de cacher son ton sarcastique. Le Ber a tenté en vain de vous joindre. Nous étions sur le point d'envoyer la cavalerie. Et si vous pensez que je plaisante, sachez que vous vous trompez.

— Je suis allé au Domaine du Lac.

— Nous le savons. Le Ber a eu Claire.

— Que voulait-il ?

— Savoir si tout allait bien. Je dois aussi vous dire que Cécile a fini par parler au commissaire. Elles vous attendent au parking, là où vous les avez déposées.

Pourquoi Claire ne lui avait-elle pas envoyé de SMS ?

Dupin se fit violence pour ne pas appuyer sur l'accélérateur sur cette petite route.

— Le Ber prend son travail un peu trop à cœur, Nolwenn. Mais autre chose : Brian Katell a récemment acheté quatre bouteilles d'un vin rouge rare et vieux, un Château Cheval Blanc de 1953. Cécile Cast estime que chaque bouteille vaut dans les dix mille euros. J'aimerais savoir où et quand il les a achetées. Il les aura probablement acquises lors de ventes aux enchères… mais peut-être aussi chez des marchands spécialisés.

— On va creuser ça.

Dupin avait atteint une route plus large et il s'élança plus fermement, sa vieille machine fit un bond surprenant.

— Encore une chose : voyez si vous pouvez trouver quelque chose au sujet d'une contamination du vin dans la région de l'appellation muscadet-côtes-de-grandlieu. Des irrégularités dans ce secteur, des incidents, peu importe. Surtout en ce qui concerne le Château Joly.

— Je pense savoir où chercher.

Nolwenn semblait confiante.

— J'aimerais aussi en savoir plus sur Anne-Sophie Joly. Tout ce que vous pourrez découvrir.

— Je vais faire de mon mieux. Le pauvre vieux…

On dit que Joly est désagréable, mais on ne souhaite cela à personne.

— Vous connaissez son état ?

— Non. Mais s'il était mort, nous le saurions.

— Enfin, j'aimerais connaître la situation financière de Cécile Cast.

Silence.

— Cela ne plaira pas à Claire.

Nolwenn n'en avait pas fini.

— Mais vous avez raison. Je vais voir ce que je peux faire. Ce ne sera pas facile. Et Lelouche aura sûrement déjà vérifié. S'il y avait quelque chose de suspect, il s'en serait déjà occupé.

— Faites de votre mieux.

— L'impossible, c'est ma spécialité, vous le savez bien. À plus tard. Ramenez Claire et Cécile en sécurité à la maison.

— Je m'en charge.

Nolwenn raccrocha.

Au même moment, trois SMS arrivèrent. Visiblement, il n'y avait pas de réseau dans la cave.

Deux messages de Le Ber, un de Claire.

Dupin accéléra. Il y serait dans deux minutes.

Dupin avait arrêté la voiture sans couper le moteur, Cécile et Claire avaient embarqué. Sur la longue ligne droite menant au château, Dupin avait eu l'impression que les pompiers venaient à bout de l'incendie.

— Comment ça s'est passé ? demanda-t-il.

Claire se trouvait à l'avant et Cécile à l'arrière. Dupin brûlait d'envie de savoir comment Lelouche s'était comporté et quelles questions il avait posées à Cécile.

— Alors, tu as la solution ? demanda Claire à son tour.

— La solution ?

— Oui, la résolution de toute l'affaire. Qui est le coupable ?

Ils quittèrent le parking. Cécile, que Dupin apercevait dans le rétroviseur, le regardait également avec curiosité.

Dupin soupira.

— J'ai un peu fouillé dans les bureaux de Dantec et de Pic, répondit-il d'une voix morose, et surtout dans la cave. Mais je n'ai rien trouvé de suspect.

Puis il déverrouilla son téléphone et sans se retourner le tendit vers Cécile :

— Regarde les dernières photos, ce sont des analyses qui se trouvaient sur le bureau d'Emily Pic. Est-ce que ça te dit quelque chose ?

Cécile examina les images, puis répondit, déçue :

— Ce sont des analyses standard réalisées à la fin du processus de fermentation. Pour le dernier millésime. Elles indiquent les paramètres les plus importants pour le vigneron. Tout semble parfaitement normal. Aucun des résultats n'est suspect.

Rien de significatif de ce côté non plus.

— Regarde la photo suivante, ajouta Dupin.

— Oh ! Un Château Margaux ! Un des vins préférés de Brian. Et en plus, un millésime extraordinaire, dit Cécile avec enthousiasme. 1959. Mon Dieu.

— Combien coûte une bouteille comme celle-ci ? demanda Dupin.

— Je dirais quinze mille euros.

— Vraiment ? répondit Dupin, surpris.

Cela dépassait largement ses attentes.

— Incroyable ! s'exclama Claire.

Avec les trois autres bouteilles, ils parlaient de plus de cinquante mille euros.

— Qu'est-ce que Lelouche t'a demandé ? De quoi s'agissait-il précisément ? demanda enfin Dupin à Cécile.

— Il m'a demandé où j'étais ce matin entre trois et quatre heures. Et si j'avais un alibi. Très amusant. Il m'a dit aussi que je devais me rendre au commissariat demain matin à huit heures pour d'autres questions, et que je ne devais pas quitter Pornic entre-temps.

— Les pompiers, ajouta Claire, pensent que l'incendie a été déclenché vers trois heures et quart. À trois endroits, pas seulement deux. Avec des bouteilles de vin remplies d'essence – plutôt ironique. Anne-Sophie a découvert l'incendie vers quatre heures moins le quart. Il s'est propagé très rapidement, en raison des structures en bois.

— Est-ce que tu as assisté à leur entretien ? demanda Dupin à Claire.

— Non. J'ai attendu devant la maison d'hôtes, près de la piscine. Lelouche ne m'a même pas vue. Il y avait trop de monde. Mais j'ai échangé quelques mots avec le sympathique capitaine des pompiers. Mis à part un employé et Jérôme Joly, personne n'a été blessé, même si d'autres personnes dormaient encore dans le château. Des employés et deux invités, des amis de Jérôme Joly, des vignerons du Bordelais.

Ils avaient dépassé Bouaye et roulaient sur la D 751.

— Qu'est-ce qu'il t'a demandé d'autre, Lelouche ?

— Pas grand-chose. C'était assez insultant de me convoquer comme ça. Je pense qu'il voulait juste me faire comprendre que j'étais devenue plus suspecte encore. Selon lui, je suis actuellement la seule personne à qui profiterait l'incendie du château.

— Quel idiot ! s'emporta Claire.

— D'après lui, le principal concurrent du Domaine du Lac est affaibli pour des années, ce qui me serait favorable en tant que nouvelle propriétaire. Il pense sérieusement que j'ai tué Brian et Dantec, et que j'ai en plus incendié le château.

— Il est complètement fou, répondit Claire avec indignation.

— Et en prime, selon lui, j'aurais voulu me venger de la compagne de mon ex-mari, parce qu'elle est plus jeune et plus jolie. Une vengeance froide, deux pierres d'un coup.

— Pourquoi, selon toi, pense-t-il que tu as tué Dantec ? demanda Claire.

— Lelouche suppose que Dantec a découvert quelque chose qui m'aurait mise en danger. Il pense que c'est pour cette raison.

— Quelles accusations scandaleuses, protesta Claire.

Dupin aurait aimé être aussi catégorique.

— Tu devrais vraiment dire quelque chose, Georges. Ça ne peut pas continuer ainsi. Il va finir par arrêter Cécile !

— Nous n'avons aucun contrôle sur l'enquête de Lelouche, Claire, répondit calmement Cécile.

— Y a-t-il un endroit sur le chemin où nous pourrions prendre un café, Cécile ?

C'était la priorité de Dupin. Depuis qu'ils étaient sur la D 751, il cherchait en vain une station-service.

— Pas sur cette route, mais à l'entrée de Pornic, dans la ville haute. Ils ouvrent très tôt.

— Parfait, répondit Dupin, soulagé.

Il se sentait les idées brumeuses.

— Lelouche t'a-t-il dit quel serait ton mobile ?

— Non, pas vraiment. Je dirais qu'il pense à un mélange de cupidité, de ressentiment personnel et de carriérisme démesuré.

— T'a-t-il posé des questions sur tes finances ?

— Il l'a déjà fait hier. Mais aujourd'hui, il m'a

interrogée sur les bactéries du pressoir du Château Joly, l'année dernière. Il voulait savoir ce que j'en savais. Je lui ai dit la vérité : que je n'avais absolument pas été mise au courant de cette affaire. Que je n'avais rien entendu à ce sujet. Il ne m'a pas crue. Il m'a également demandé ce que Brian en savait, ainsi que Dantec, Pic et Marchand. Une question grotesque : si j'avais été au courant de ce qu'ils savaient, alors moi-même j'aurais eu des choses à lui révéler.

— Il t'a explicitement dit qu'il ne te croyait pas ? s'indigna à nouveau Claire.

— Oui.

Cécile sembla se souvenir de quelque chose.

— J'avais presque oublié, bien que ce soit très étrange : Lelouche a mentionné des bouteilles contaminées, qu'on aurait détruites. Mais le fils Marchand a pourtant dit que le vin n'avait jamais été mis en bouteille. Selon lui, les contaminations avaient été détectées bien plus tôt : dans les fûts, pendant la maturation.

C'était effectivement une nouvelle intéressante, mais Dupin n'était pas vraiment surpris. Il avait toujours eu le sentiment diffus que cette histoire cachait quelque chose de plus grande ampleur, qu'on avait voulu étouffer.

— As-tu demandé des précisions ? questionna Dupin.

— Non. Peut-être qu'il s'est tout simplement

trompé. Lelouche n'a vraiment aucune idée du processus de vinification.

C'était une explication plausible.

— J'ai pensé que poser des questions à ce sujet pourrait sembler suspect, expliqua Cécile.

Ils fendaient la nuit à toute allure. La perspective d'un café était pour Dupin un puissant aiguillon.

— Il a voulu savoir quelles relations existaient entre le Domaine du Lac et le Château Joly, en dehors de l'ancienne rivalité. Il s'intéressait aux employés qui connaissaient ceux de l'autre domaine. Et il a fait venir Emily Pic au château. Elle est arrivée avant moi.

— A-t-il parlé de leur entretien ? demanda Dupin, tout en sachant que la question était stupide.

— Non. À la fin, Lelouche m'a demandé quelle était ma théorie sur ce qui se passait ici.

— Et ?

— J'ai répondu honnêtement que je n'en avais aucune idée.

— A-t-il fait mention de Claire ou de moi-même ?

— Pas un mot.

— Pas d'allusions ? Rien du tout ?

— Rien du tout.

— Et il n'a pas vu Claire ?

— Non. J'en suis certaine.

Ils quittaient désormais la D 751.

Le café était tout proche.

Mais… encore fermé. Alors que les deux femmes, à bout de force, avaient pris place sur deux chaises en terrasse, sur la petite place devant l'établissement, Dupin faisait les cent pas. Il gravit ensuite la rue montant vers l'église, où se trouvait un autre café : Le Folle Saison, fermé également. L'endroit faisait curieusement penser à un village de montagne. Depuis le port, la montée était raide, ponctuée d'interminables escaliers et d'étroites ruelles qui serpentaient le long de la pente. Entre les arbres et les maisons, on apercevait le port, la mer, l'horizon. Cela évoquait à Dupin la Corse, ou un village pyrénéen. Au sommet de ce dédale, l'église. À côté, la mairie.

Lorsque le commissaire redescendit, les volets métalliques du café Margouya se levèrent, dans un grincement tonitruant qui dut réveiller toute la commune. Il était exactement six heures trente-neuf. Cécile et Claire n'avaient pas bougé.

Juste derrière la porte vitrée se tenait une femme, dans la cinquantaine, aux cheveux noirs mi-longs. Elle sursauta légèrement en apercevant le commissaire, qui arbora une mine amicale. Elle le regarda alors d'un air sceptique, ce qui n'était pas étonnant étant donné l'apparence de Dupin : cernes creusés et cheveux en bataille comme jamais. Ce n'est qu'après avoir remarqué Claire et Cécile, qui la gratifièrent d'un sourire chaleureux, qu'elle se risqua à ouvrir la porte.

— Je suis désolé, madame, je ne voulais pas vous effrayer. Je voudrais simplement commander des cafés. Pour nous trois, dit Dupin en désignant les deux amies.

Après un nouveau regard vers les deux femmes, elle répondit :

— Très bien. Café pour tout le monde ?

— Pour moi, deux.

— Un pour moi, répondirent Claire et Cécile en même temps.

— Avez-vous déjà des croissants ? demanda Claire.

La femme fit oui de la tête.

— Des pains au chocolat ? lança Dupin avec espoir.

Elle acquiesça avant de gagner son comptoir.

L'intérieur du café était gris clair. Les mêmes chaises qu'à l'extérieur les attendaient. Sur un buffet derrière le comptoir, un percolateur d'au moins deux mètres de large, imposant et, surtout, qui bourdonnait et sifflait joyeusement. De très bon augure.

Dans une corbeille, un assortiment de viennoiseries.

— Je vais prendre un grand crème en plus, dit Dupin.

Rien de mieux pour les y tremper.

— Nous prendrons un croissant et un pain au chocolat chacun.

La femme hocha la tête.

Un passage à droite du zinc attira le regard de Dupin, il menait à une pièce remplie de journaux, de magazines – à chaque violon d'Ingres son périodique –, de papeterie, de livres et bien sûr de tabac. Le café faisait aussi office de tabac-presse, à l'ancienne, comme le commissaire les aimait. La combinaison parfaite : le matin, on lisait le journal avec un café ; le soir, avec un pastis, une bière ou un verre de vin. Sous une lumière crue, des présentoirs mettaient en avant les tickets de loterie.

Dupin pénétra dans la petite pièce et jeta un coup d'œil.

Il prit sans hésiter *Ouest-France* et *Le Télégramme*. À côté se trouvait un journal plus local, *Le Courrier du Pays de Retz*. Il en prit aussi un exemplaire. Comme les deux autres, on y voyait en une la photo idyllique du Domaine du Lac, surmontée d'une manchette : « Massacre au domaine ». Juste au-dessous, en plus petits caractères : « Après le meurtre du propriétaire, c'est son directeur commercial qui a été sauvagement assassiné. » L'édition du *Télégramme* titrait : « Un second meurtre : drame mortel dans les vignes ». *Ouest-France* avait choisi : « Une victime de plus : la police incapable d'arrêter les meurtres dans les vignes ». La photo de Dantec publiée faisait penser à un avis de recherche.

Dupin retourna au café, sa récolte sous le bras.

— Vous payez ensemble ?

Il acquiesça.

— Y compris les trois journaux.

— Dix-sept euros cinquante, dit la femme en tapant sur la caisse.

Dupin posa un billet de vingt euros sur le comptoir.

Elle le regarda. Quelque chose dans son regard changea soudainement.

— Vous êtes le commissaire en voyage de noces, n'est-ce pas ?

Elle saisit un exemplaire de *Ouest-France* qui se trouvait sur le comptoir et le déplia.

— Tenez, là.

Elle désigna un grand article assorti d'une photo. Dupin, Claire et Cécile à la terrasse du Marius.

— « Le célèbre commissaire Dupin… vraiment en lune de miel ? » Puis, plus loin : « Le commissaire de Concarneau, tout juste marié, séjourne avec son épouse la docteure Claire Chauffin, cardiologue à Quimper, à La Fontaine aux Bretons, propriété de la vigneronne Cécile Cast (en haut à gauche sur la photo, à la terrasse du restaurant Marius). Son ex-mari aurait été assassiné mardi près de son domaine viticole, le Domaine du Lac. Hier, son directeur commercial a subi le même sort. Officiellement, le commissaire Lelouche de Nantes est chargé de l'enquête. Pourtant, une question nous brûle les lèvres : le commissaire Dupin, dont on connaît les méthodes, ne serait-il pas en train d'empiéter sur les plates-bandes de son homologue ? Une hypothèse vigoureusement démentie par la préfecture de Loire-Atlantique. Et pourtant… »

Dupin suivit la serveuse qui apportait son plateau.

L'air bienheureux, le commissaire contemplait le petit déjeuner qui l'attendait : deux cafés serrés, une grande tasse de café crème, un croissant et un pain au chocolat.

Il but son premier café. La caféine fit son effet.

Ils étaient tous les trois épuisés. Par le terrible incendie, le manque de sommeil et les excès de vin.

Dupin déplia sur la table l'article avec leur photo.

La terrasse du Margouya, en granit gris, légèrement surélevée, formait une sorte d'île au milieu de jardinières bien entretenues. Dans un angle prospérait un palmier trapu, planté dans une caisse en bois. De grands parasols carrés d'un jaune vif, encore fermés, étaient disposés un peu partout. Les premières lueurs de l'aube annonçaient un franc soleil, sans le moindre nuage à l'horizon.

— Oh, mon Dieu ! s'exclama Cécile, partagée entre l'effroi et l'amusement.

— C'est inadmissible, se révolta Claire après avoir lu l'article. C'est notre vie privée.

Ils n'avaient parlé que d'une seule chose ce jour-là : les résultats de leurs investigations clandestines.

Dupin se retint de faire un commentaire et préféra boire son second café.

Rarement un café lui avait semblé aussi bon. Il prit un pain au chocolat – il les préférait, comme pour le pain, légèrement dorés – et le trempa avec révérence dans son grand crème.

— Cet article, c'est du foutage de gueule, répéta Claire, hors d'elle.

Le téléphone de Dupin sonna.

Nolwenn.

Il se leva et fit quelques pas.

— Oui ?

— Nous avons vérifié les ventes aux enchères de vin, et dans ces gammes de prix, les bouteilles ne passent pas par des petits commissaires-priseurs. Pour cette année, aucun Château Cheval Blanc de 1953 n'a été vendu aux enchères dans les grandes maisons. Je n'ai pas encore réussi à joindre de commerçants… mais j'en ai déjà identifié cinq ou six qui pourraient correspondre.

— Très bien. Au fait, il y a aussi une autre bouteille à vérifier. Un Château Margaux premier cru classé. 1959.

— Une vraie légende ! répondit Nolwenn, impressionnée. Sinon, Nevou a trouvé pas mal d'informations sur Anne-Sophie Joly. Il y a des interviews, des portraits, des articles de presse. Elle est considérée comme l'une des jeunes vigneronnes les plus prometteuses de France, et pas seulement de la Loire-Atlantique. Emily Pic est elle aussi très bien perçue. On lui prédit une grande carrière.

— C'est ce qu'on dit, oui.

— Nevou vous enverra tout ce qu'elle a trouvé. Certains articles mentionnent même qu'Anne-Sophie était en couple avec Brian. Une histoire à la Roméo et Juliette. Mais nous n'avons rien trouvé de négatif ni de controversé. Aucun scandale.

— Compris.

— Autre chose, continua Nolwenn d'un ton plus rapide. On m'a dit que Jérôme Joly se trouvait dans un état stable. Sa fille est déjà retournée au château. C'est une bonne nouvelle.

— Et l'employé du Château Joly qui est aussi à l'hôpital ?

— Rien de grave heureusement, il a été rapidement autorisé à sortir.

Pas de nouvelles victimes, c'était déjà ça.

Elle raccrocha.

Dupin retourna à la table.

Cécile lui lança un regard compatissant.

— Dans l'article, ils précisent qu'il ne s'agit que de spéculations, mais j'ai quand même un mauvais pressentiment, Georges. Vas-tu avoir des ennuis à cause de ça ?

Dupin n'avait pas lu l'article en entier, mais si cela se limitait à des suppositions, il ne devrait pas y avoir de problème.

— Apparemment, les Marchand n'ont rien dit pour l'instant, fit remarquer Claire, revenant à une question importante de la veille. Ils n'ont rien révélé ni à la presse ni à la police sur nos investigations. Cela les rend moins suspects.

— Ou alors c'est calculé, rétorqua Cécile.

— Autre chose, ajouta Dupin. Quand on achète une bouteille de vin pour dix ou quinze mille euros, que ce soit chez un négociant ou lors d'une vente aux enchères, sont-elles toujours aussi poussiéreuses que celles de Brian ?

— Bonne question. Je n'ai jamais acheté de bouteilles aussi anciennes. Je ne sais pas, mais je suppose qu'on les nettoie au moins un peu. Il faut cependant être très prudent pour ne pas abîmer les étiquettes d'époque ; elles sont très fragiles et représentent une partie de la valeur. Mais oui, on enlève au moins le plus gros. C'est bizarre… tu as raison, ces trois bouteilles étaient extrêmement poussiéreuses.

Le téléphone de Cécile sonna.

Elle jeta un coup d'œil à l'écran.

— C'est le notaire de Brian, celui qui m'a informée de l'héritage.

Elle semblait hésitante.

— À sept heures du matin ?

Elle s'éloigna vers la petite rue menant à l'église.

— Et ton fameux instinct, Georges ? demanda Claire. Ton sixième sens ?

— Rien.

Malgré un léger frisson ici ou là, rien de tangible.

— Peut-être qu'il finira par se manifester. En

tout cas, il nous faut intensifier nos efforts, déclara Claire, plus déterminée que jamais.

Plus les choses se compliquaient, plus elle devenait active. Elle reprit les journaux.

Dupin sortit son carnet rouge Clairefontaine. Il n'avait pas beaucoup pris de notes.

Il dressa une chronologie succincte :

- *Mar. : Meurtre de Brian Katell, au bord du lac, pendant un jogging – fusil de chasse*
- *Mer. : Meurtre de Dantec, cave – bouteille*
- *Mer. : Courriel anonyme de menace*
- *Jeu. : Personne aperçue dans le jardin de La Fontaine aux Bretons ?*
- *Jeu. : Incendie criminel au Château Joly, zone de production et résidence, J. Joly blessé – volontaire ?*

Sous cette forme, tout cela semblait banal.

Il ajouta ensuite les éventuels motifs et souligna certains points :

- *Conflit Katell-Dantec : vol, renvoi*
- *Liaison Pic-Dantec !*
- *Accusations de tricherie dans des concours de vin, Joly-Katell*
- *Roméo et Juliette, Brian Katell et A.-S. Joly. D'autres motivations pour A.-S. Joly ?*
- *Projet commun de bars à vin Katell-Chevrier,*

investissement – Chevrier a-t-il investi son propre argent ?
- *Contaminations au Château Joly – plus sérieux que prévu ? des bouteilles en vente ?*
- *Bordeaux de grande valeur ; trois Cheval Blanc à 20 000 €, un Margaux à 40 000 €. Poussière*
- *Visite d'A.-S. Joly au Domaine du Lac – portefeuille. A-t-elle fait disparaître quelque chose ?*
- *Héritage / Cécile nouvelle propriétaire du domaine. Situation financière de Cécile*
- *Rivalité Domaine-Château Joly ? Association des jeunes vigneronnes*
- *Courriel menaçant, personne dans le jardin de Cécile ?*

Dupin se laissa aller contre le dossier de sa chaise, tenant d'une main son grand crème et de l'autre le reste de son pain au chocolat.

Le mélange du café, de la pâte feuilletée trempée dans le lait chaud et de la douceur fondante du chocolat était divin.

Dupin adorait cela depuis son enfance. C'était un rituel incontournable au petit déjeuner.

— Vous n'allez pas y croire ! s'exclama Cécile en se précipitant vers eux sur le pavé irrégulier. Alain et Brian se sont disputés.

Elle atteignit la table.

— Alors, commença-t-elle, c'est compliqué... et

très étrange. Alain Chevrier a passé une bonne partie de la soirée d'hier chez le notaire et lui a tout raconté au sujet du projet de bars à vin.

Elle se tenait debout à côté de la table, parlant à voix basse.

— À l'origine, ce devait être une véritable entreprise commune, selon Alain. Chacun devait investir cinq cent mille euros de capital propre, et le reste devait être financé par des prêts. En tout, ils avaient estimé le coût total des cinq bars à vin à environ trois millions et demi d'euros.

Cécile pencha la tête sur le côté.

— C'est beaucoup d'argent, bien plus que je ne le pensais. Mais Brian était un esthète et un perfectionniste. Ce qui coûte cher… Vous avez vu les travaux sur le domaine. Ce qui était impressionnant, c'est que ses folies se réalisaient souvent. Pas toujours, mais souvent. Bref, Brian avait rédigé avec le notaire un projet de contrat qui définissait leurs parts dans la société commune. Moitié-moitié. Brian, comme toujours, était généreux. Il avait prévu de mettre à disposition de la société, presque gratuitement, le terrain pour le bar sur le domaine, ainsi qu'un autre terrain qu'il avait acheté à Sainte-Marie-sur-Mer il y a deux ans.

Elle s'assit.

— Le contrat a été examiné par un cabinet d'avocats spécialisé à Nantes. Il devait être signé début août. Alain a signé à la mi-août. Et puis, trois semaines plus tard, Brian a dit à Alain, puis au notaire, qu'il préférait finalement financer le projet seul. Reléguant Alain au rang d'architecte et de maître d'œuvre, en lui assurant qu'il serait très bien rémunéré et qu'il obtiendrait un pourcentage des bénéfices. Mais il avait été catégorique : il voulait être le seul propriétaire.

— Pourquoi ? Qu'est-ce qui s'est passé ? demanda Claire.

— Brian a dit qu'il n'y avait pas d'autre solution. Que tout devait rester entre ses mains. En tant qu'héritier et propriétaire du domaine, c'était son devoir. Les bars à vin devaient être des extensions du domaine, des points de vente. Des vitrines. Tout était indissociable de son domaine viticole.

— Il s'en est rendu compte un peu tard, commenta Claire.

— Parfois, il faut que les choses deviennent concrètes pour qu'on en saisisse toute l'ampleur, répondit Cécile.

Claire réfléchit un moment.

— C'est vrai. Cela arrive parfois dans la vie.

— Et ce demi-million qu'il devait investir, il l'avait ? demanda Dupin. C'est une somme rondelette.

— C'est aussi ce qui m'étonne un peu. J'aurais estimé ses économies à cent cinquante, peut-être deux cent mille euros tout au plus. Surtout qu'il venait de réaliser d'importants investissements pour les travaux dans la cave, et il avait certainement des prêts à rembourser. Je n'ai pas encore eu rendez-vous avec sa banque, mais c'est la prochaine étape.

Un silence s'installa. Puis, soudain, Dupin se leva et se mit à marcher de long en large sur la terrasse.

— Ce projet et ce conflit avec Alain Chevrier, tout ça, c'est désormais ton affaire, non ? demanda-t-il en fixant Cécile.

— Oui ! J'hérite de tout, y compris de ça. Alain veut absolument continuer le projet, et il tient à ses cinquante pour cent. Il m'a envoyé un SMS hier après-midi demandant à me voir. À ce moment-là, je ne savais pas encore où en étaient les choses. Le notaire m'a dit qu'Alain avait déjà mandaté un avocat.

— Tu ne nous as pas parlé de ça hier, fit remarquer Claire. Que l'architecte voulait te voir.

— Il s'est passé tellement de choses, Claire.

Dupin s'approcha de la table.

— Je veux retourner au domaine.

— Quoi ? s'étonna Claire. Pourquoi ?

— Je veux revoir la cave.

— Et pour quelle raison ? insista Claire.

— Je ne sais pas encore exactement.

C'était partiellement vrai.

— Nous venons avec toi, répondit fermement Claire.

— Hors de question.

— Réfléchis. Cécile connaît la cave, toi non.

Cela pouvait effectivement être un avantage. À plusieurs égards.

— Bien, concéda-t-il.

Il se mit immédiatement en route. La Citroën n'était qu'à une centaine de mètres.

Avec un peu de chance, la surveillance policière se serait relâchée.

Cécile et Claire se hâtèrent de le suivre.

Pour la deuxième fois en l'espace de quelques heures, Dupin s'engagea sur le chemin de terre près du domaine. En un clin d'œil, ils furent chez le défunt. On voyait deux policiers par les fenêtres, que Dupin ne connaissait pas. L'éclairage extérieur au-dessus de l'entrée principale était allumé, baignant la coquette cour d'une lumière chaleureuse.

Claire, Cécile et Dupin atteignirent la porte qui communiquait avec la maison principale. Dupin retira ses chaussures, Claire et Cécile l'imitèrent. Ils avancèrent ensuite à travers le long couloir en direction de l'entrée principale et montèrent l'escalier. Soudain, on entendit un craquement. Ils se figèrent.

Aucun doute : on avait ouvert une porte.

Ils se réfugièrent dans l'appartement de Brian, dont Dupin avait, par précaution – comme la nuit précédente –, laissé la porte ouverte pour parer à ce genre de situation.

L'instant d'après, ils entendirent la voix de Jules Marchand, puis celle de son fils, mais sans comprendre leurs paroles. Ils avaient l'air de se rendre vers la sortie.

Dupin se faufila prudemment vers la fenêtre donnant sur la cour pour observer la scène. Marchand et son fils quittèrent le bâtiment et saluèrent les policiers, échangèrent quelques mots, puis père et fils gagnèrent un vieux break Volvo. Quelques instants plus tard, la voiture roula doucement sur les graviers et sortit de la cour.

— OK, on y retourne, murmura Dupin.

Cécile et Claire attendaient près de la porte.

Cette fois, tout se passa sans encombre.

Ils atteignirent rapidement la cave, sans rencontrer d'autres policiers.

Ils arrivèrent dans la grande pièce voûtée avec la longue table. Tous trois avaient activé la lampe de leur téléphone.

— Où allons-nous ? demanda Cécile.

— Y a-t-il un autre endroit où le vin est stocké, en dehors de la pièce où on a retrouvé le corps de Dantec ? lui répondit Dupin.

— Après la production, les vins sont mis à maturer dans des fûts et des cuves en acier inoxydable, situés dans une cave, dit-elle en désignant le couloir que Dupin avait exploré la nuit précédente. Après l'embouteillage, les bouteilles sont entreposées dans le hangar de derrière jusqu'à leur expédition. Les quantités que le domaine conserve sont placées dans le cellier que vous connaissez, celui où Dantec a été tué. Il n'y a pas d'autre endroit, non. Il faut des conditions très spécifiques : une température constante autour de treize degrés et un degré d'hygrométrie d'environ soixante pour cent.

— Dans ce cas, allons à la cave.

Dupin les mena vers le long couloir de la cave à vin.

Sans hésiter, il gagna l'endroit où on avait monté de nouvelles étagères en brique. Claire et Cécile le suivaient en silence.

Dupin s'approcha des étagères et commença à examiner la maçonnerie avec le faisceau lumineux de son téléphone.

— Cécile, sais-tu quel était le problème de ce mur ? L'humidité ?

— Exactement. Il y en avait toujours un peu dans le mur derrière les étagères à vin, et depuis longtemps. Rien de catastrophique, mais évidemment, ça ne peut pas rester en l'état. Avec le temps, l'humidité imprègne les briques. On avait déjà dû enlever deux des anciennes étagères pour les remplacer par des étagères en bois, mais cela remonte à des décennies, dit-elle en désignant les structures en bois, et bien sûr, ce n'était pas une solution. Pour résoudre le problème, Brian avait fait démonter les étagères en brique et assécher la paroi en profondeur. Ensuite, il a fait installer un système de ventilation moderne – l'isolation seule ne suffisait pas. C'était un travail titanesque. Heureusement, seule la paroi du fond était concernée.

Cécile connaissait l'endroit comme sa poche

— Et cette paroi, elle est uniquement composée de terre ?

— Oui, confirma Cécile, de la terre principalement argileuse, avec de gros blocs de granit.

— Pourrait-il y avoir des cavités derrière ?

— Qu'est-ce que tu veux dire ?

Dupin ne répondit pas. Il sortit une bouteille de l'étagère en brique qui lui faisait face, plongea sa main dans l'espace puis se mit à taper comme il le pouvait sur le mur.

— Qu'est-ce que tu fais ? demanda Cécile, étonnée.

— Chut.

Le bruit contre la paroi en terre était sourd, mat, à peine perceptible.

Il replaça la bouteille.

Puis il répéta l'opération plus à droite. Même sonorité.

— Je crois que Georges veut savoir s'il y a un creux, commenta Claire, enthousiaste. Il cherche une pièce cachée…

— Quoi ?

— Une pièce secrète. Derrière ce mur, expliqua Claire.

Dupin tenta sa chance vers la gauche.

— Pourquoi y aurait-il une pièce secrète ici ?

Cécile ne comprenait toujours pas.

Dupin essaya encore une fois, cette fois à l'extrémité gauche.

Toujours rien.

Il se tourna alors vers les étagères en bois sur le mur latéral. Il répéta son manège mystérieux. Le son était légèrement plus fort, mais la résonance, bien qu'un peu plus distincte, encore largement étouffée.

Il tenta un peu plus bas : idem.

— Comment penses-tu que…

— Chut !

Dupin frappa contre la seconde des deux étagères en bois. Cette fois, le son fut complètement différent. Le bois vibra bruyamment, émettant un écho long et profond.

Il tapa à nouveau : le même bruit.

— C'est creux, confirma Claire, surexcitée.

Dupin sortit une bouteille d'une étagère plus basse. Il tapa à nouveau : creux. Et encore plus bas, également.

— Aidez-moi à vider cette étagère.

Ils devaient faire vite, d'autres policiers, voire Lelouche, étaient susceptibles d'arriver.

— Toutes les bouteilles ? demanda Cécile, déconcertée.

— Toutes.

Rapidement, ils alignèrent les bouteilles de muscadet sur le sol en pierre près des autres étagères, jusqu'à ce que le meuble soit vide.

Dupin inspecta la paroi arrière à la lumière de sa lampe, mais il ne remarqua rien d'anormal. Une surface lisse en bois, probablement du chêne massif.

— Qu'est-ce que tu fais ? demanda Cécile.

— Regardez attentivement avec vos lampes, et dites-moi si vous voyez quelque chose d'inhabituel, leur ordonna-t-il.

Dupin s'accroupit ensuite pour examiner le dessous des étagères. Les planches étaient solides, probablement de trois centimètres d'épaisseur. Elles tiendraient pendant des siècles. Rien de particulier ici non plus.

— Zut !

Dupin resta accroupi.

— Qu'est-ce que tu cherches exactement ? Explique-nous, dit Cécile, impatiente.

— Un instant.

Il se coucha sur le côté pour inspecter le bas des étagères, sous le regard surpris de Cécile.

Il éclaira la dernière étagère par en dessous.

— Là, il y a quelque chose ! s'exclama-t-il.

Dans la planche du bas, tout à gauche, il y avait une cavité, d'environ cinq centimètres de long et un centimètre de profondeur.

Il la toucha, se rapprochant encore plus du meuble.

— Qu'as-tu trouvé ? demanda Claire.

— Une cavité dans le bois, mais aucun mécanisme…

Il s'interrompit, et se releva brusquement.

Pas besoin de mécanisme ! Voilà la solution !

Il se rappela qu'il avait construit quelque chose de

similaire avec son père quand il était enfant, dans la maison de ses grands-parents dans le Jura. Une porte dérobée. Très simple, mais efficace.

C'était forcément ça !

— Reculez, dit-il.

Il se pencha, introduisit sa main dans l'orifice, et à tâtons tira sur une sorte de poignée…

Rien.

Il recommença. Plus fort.

On entendit un grincement bruyant. Le meuble bougea légèrement, mais nettement, sur le côté gauche, là où se trouvait le creux.

— Incroyable ! s'exclama Claire, la voix tremblante d'excitation.

Dupin tira encore. Le grincement était presque douloureux à entendre.

Puis l'étagère se mit à bouger complètement. Elle devait être montée sur un lourd pivot caché de l'autre côté, et probablement équipée de roulettes sous la base. Elle s'ouvrit comme une porte jusqu'à former un angle droit avec le mur.

Claire et Cécile reculèrent.

Un trou sombre et béant apparut sous leurs yeux ébahis.

Dupin éclaira l'endroit à l'aide de son téléphone. C'était une petite cave voûtée. Dedans, une étagère vide, sur la droite, également en brique, mais visiblement plus ancienne que celles de la première cave.

— Qu'est-ce que c'est que ça ? demanda Claire, peu rassurée.

Dupin fit quelques pas. Il n'y avait pas de lumière, même pas une simple ampoule.

— Une autre cave à vin, qui paraît très ancienne, murmura Cécile. Elle n'a probablement pas été utilisée depuis très longtemps. On en trouve souvent dans les caves labyrinthiques des vieux domaines.

— Et pourquoi cette porte dérobée ? s'interrogea Claire en regardant autour d'elle. Il doit bien y avoir une raison. Ils auraient pu simplement laisser ouvert, murer ou installer une porte normale…

C'était une excellente question. Dupin passa la main sur les briques de l'étagère, éclairant ses doigts avec la lumière du téléphone.

— De la poussière ! déclara-t-il. Et…

Dupin hésita et toucha une nouvelle fois les briques.

— Elle est légèrement collante.

Il braqua à nouveau la lumière sur l'étagère, laissant apparaître les traînées laissées par ses doigts.

— Exactement comme sur les bouteilles du Cheval Blanc dans l'appartement de Brian, dit Claire, la voix tremblante. La même poussière gluante…

— Je pense que ces bouteilles étaient précisément ici, confirma Dupin.

— Impossible, protesta Cécile. Brian ne les aurait jamais rangées ici, et je l'aurais su. Je…

Elle s'interrompit soudainement.

— Sauf si... Je veux dire... Mais ce n'est pas possible. Peut-être que...

Elle s'arrêta à nouveau.

— Tu nous as dit que le grand-père de Brian collectionnait des vins anciens et avait une cave remplie de bouteilles précieuses. Peut-être que c'est cette cave-là, suggéra Dupin. Je crois que c'est ça.

Cécile resta silencieuse un moment, puis répondit d'une voix éteinte :

— C'est vrai. Il avait une importante collection. Et Brian disait qu'il ne savait pas ce qu'elle était devenue. Son père non plus. Il pensait que son père l'avait vendue pour investir dans le domaine. Le père de Brian se souvenait du cellier lorsqu'il était enfant, ce devait être au début des années soixante. Le grand-père de Brian est mort subitement, d'une crise cardiaque, et sa femme peu de temps après.

Cécile marqua une pause.

— Personne n'a jamais reparlé de cette collection après ça.

Claire fixait l'étagère.

— Tu crois vraiment que c'est ici que se trouvait le trésor vinicole du grand-père de Brian ?

— Redécouvert lors des travaux dans le cellier, ajouta Dupin. Oui.

— Alors les quatre bouteilles de Cheval Blanc et le Château Margaux viennent d'ici, conclut Claire.

— D'autres encore, répondit Dupin.

Il dirigea à nouveau sa lampe vers l'étagère, à hauteur d'yeux.

Là, voilà ce qu'il cherchait. Il fixa l'endroit. C'était clair : il y avait une bande sans poussière. Dix centimètres plus à droite et à gauche, la même chose. Et si on regardait attentivement, on pouvait voir un motif régulier sur tout le plateau de l'étagère.

Soudain, Dupin sortit de la cave et revint un moment plus tard avec trois bouteilles prises à côté.

— Que fais-tu ? demanda Claire.

Sans faire mine de répondre, il plaça soigneusement les bouteilles sur l'étagère devant lui.

— C'est exactement le même dessin !

Puis il retira les bouteilles une par une et les examina. Aucune trace de cette poussière grasse.

Dupin jeta un coup d'œil aux étagères plus basses.

— C'est ce que je pensais, dit-il calmement. Ici, il y avait récemment beaucoup de bouteilles, et elles sont restées là pendant très longtemps.

— Alors… ce serait un mobile pour tout, balbutia Cécile. Imaginez ! Si c'est vraiment la cave mythique du grand-père de Brian, remplie de vins rares… cela représente des centaines de milliers d'euros.

Claire remarqua que Dupin était en train d'évaluer les dimensions de l'étagère et fit rapidement le calcul :

— Environ deux mètres de long, avec neuf étagères pouvant contenir environ dix bouteilles par mètre, soit vingt par étagère... ça fait cent quatre-vingts bouteilles.

— Incroyable ! s'écria Cécile. Cent quatre-vingts bouteilles à dix mille euros pièce, en prenant la valeur des Cheval Blanc comme moyenne. Ça fait un million huit cent mille euros. Certaines pourraient valoir bien plus, d'autres moins. Certaines ne seraient probablement plus buvables. On pourrait vérifier les traces de poussière pour voir si l'étagère était complètement remplie...

— Pour l'instant, ça suffit, coupa Dupin. Nous devons partir rapidement. Plus nous restons, plus nous risquons d'être découverts.

— La probabilité que le meurtre de Dantec soit un simple hasard, si près de cette cave secrète, est extrêmement faible, fit remarquer Claire.

— Partons d'ici, conclut Dupin.

Il sortit de la cave avec les trois bouteilles, suivi de Cécile et Claire. Ils refermèrent la porte.

— Sais-tu, Cécile, qui a réalisé les travaux de rénovation ici ? demanda Dupin. Connais-tu l'entreprise ?

Tout en quittant la première cave, Dupin remit soigneusement toutes les bouteilles à leur place.

— Bien sûr. Brian avait suivi ma recommandation. Une entreprise de Nantes, spécialisée dans les domaines viticoles, qui travaille dans tout le Val de Loire. Caves Rénovation. Le patron s'appelle Jean-Yves. Je le connais bien. Je...

— Peux-tu l'appeler dès que nous serons dehors ? Et lui demander si les ouvriers qui ont repris le mur étaient au courant de la pièce secrète ?

Ils atteignirent l'escalier en colimaçon, enlevèrent leurs chaussures et les prirent à la main.

Avec précaution, ils débouchèrent en haut de l'escalier, Dupin en tête. Un coup d'œil à gauche, un coup d'œil à droite. Personne en vue.

Ils arrivèrent à la zone la plus critique : l'entrée du bâtiment principal. Les policiers étaient toujours à quelques mètres d'eux. Un par un, ils se faufilèrent rapidement près de la lourde porte d'entrée pour rejoindre le couloir menant à l'appartement de Brian.

Une fois dans le salon, ils refermèrent la porte. Dupin poussa un soupir de soulagement. C'était une mission très risquée, mais réussie.

— Essaie d'appeler ce Jean-Yves, dit Dupin, impatient.

— Qu'est-ce que je lui demande exactement ?

Dupin réfléchit un instant. Il aurait préféré parler directement à cet homme.

— Tout d'abord si les ouvriers étaient au courant de l'existence de la pièce.

Cécile composa le numéro.

— Bonjour, Jean-Yves, c'est Cécile. Je... Oui... C'est terrible, je n'ai pas les mots... Je voudrais savoir une chose concernant les travaux dans la cave de Brian... Avez-vous remarqué quelque chose de particulier ?

Dupin savait que c'était un appel délicat, qui risquerait d'éveiller les soupçons.

Ils se trouvaient près de la porte de derrière, qui donnait sur les vignes.

— Je comprends. Rien d'inhabituel. Des travaux délicats mais sans difficultés… Oui, envoie-les moi. Si possible tout de suite… Merci, Jean-Yves. Au revoir.

Elle raccrocha.

— Il m'envoie les noms et les numéros des deux ouvriers qui ont refait les murs.

Le téléphone de Dupin vibra plusieurs fois d'affilée. Maintenant qu'ils avaient de nouveau du réseau, tous les messages arrivaient en même temps. Il jeta un coup d'œil : trois de Labat, trois de Le Ber. Puis il ouvrit la porte prudemment.

— Le chemin est libre.

Ils coururent rapidement à travers les vignes, et atteignirent un petit bosquet.

— Je n'en reviens pas, dit Cécile, médusée. Que toute cette affaire soit liée à de vieilles bouteilles, c'est incroyable.

— Ça expliquerait tout, analysa Claire. De manière très simple et évidente, sauf pour l'incendie criminel au Château Joly, qui reste un mystère. Peut-être qu'on se bat à mort pour ces vins ?

Ils traversaient un sous-bois, où les arbres recouverts de gui, de lierre, de lichens et de mousse s'entremêlaient.

— Qu'est-ce que tu veux dire ? demanda Cécile.

— Plusieurs personnes pourraient être au courant de l'existence de ces vins. Et toutes voudraient les garder pour elles. Peut-être que Brian a été surpris par quelqu'un alors qu'il déplaçait ces bouteilles – ce qu'il a probablement fait, puisqu'elles ne sont plus là. Peut-être par Dantec. Qui est à son tour devenu une victime, parce qu'un troisième protagoniste était au courant.

— Pourquoi Brian aurait-il voulu les changer de place ? Elles étaient parfaitement cachées, dit Cécile.

Ils sortaient du bosquet, proches dorénavant de la voiture.

— Parce que la cachette a été découverte accidentellement pendant les travaux de rénovation, c'est à ce moment-là que tout a commencé.

Le scénario de Claire était tout à fait plausible.

— Cependant, continua-t-elle, ce ne sont que des hypothèses sans preuve, et il y a encore de nombreuses inconnues. D'ailleurs, quelqu'un d'autre aurait pu sortir les bouteilles de la cave, il…

— Ma voiture !

Dupin blêmit, se figea.

Le pare-brise : en éclats. Les phares avant : brisés. Les pneus : crevés. Le capot : brutalement enfoncé, tout comme la portière côté conducteur.

— À terre ! cria-t-il soudain. Couchées !

En un clin d'œil, il saisit son arme.

Cécile et Claire réagirent immédiatement.

Dupin se retourna, arme au poing, balayant la zone du regard, dans un état de tension extrême.

Cécile et Claire étaient allongées sur le sol.

La visibilité était mauvaise. Derrière eux, la forêt ; devant eux, sur la gauche, des prés en friche avec de grandes fougères et de l'herbe haute ; sur la droite, un champ moissonné traversé par un vieux mur de pierre. Quelques rares chênes massifs et, de chaque côté du chemin, d'épaisses broussailles. Il y avait donc de nombreux endroits où se cacher. Il était tout à fait possible que la personne qui avait saccagé la voiture soit encore là, embusquée, peut-être même en train d'ajuster son tir. Ils savaient que le coupable possédait un fusil de chasse.

Dupin devait agir. Ils étaient à découvert.

Il bondit vers la voiture et ouvrit la portière arrière côté conducteur.

— Allez ! Couchez-vous derrière les sièges, ordonna-t-il. Et restez baissées !

Claire et Cécile obéirent sans hésitation.

À moins qu'il ne soit très proche, elles seraient relativement protégées contre les balles de fusil de chasse.

Soudain, un bruissement… Juste derrière lui.

Il se retourna vivement.

S'immobilisa, l'arme pointée dans la direction du bruit.

— Ici le commissaire Dupin, de la police nationale.

Sortez immédiatement ! Je suis armé et je n'hésiterai pas à tirer !

Un nouveau bruissement.

Dupin avança d'un pas résolu, tenant son arme à deux mains, les bras tendus, l'index droit sur la détente. Une simple pression suffisait, et Dupin avait des réflexes redoutables.

Il atteignit les broussailles.

— Dernière sommation ! Je vais tirer ! Sortez...

Un cri effroyable, long et étrange, l'arrêta.

Quelque chose jaillit des sous-bois.

Un animal.

Une tête noire avec des taches rouges autour d'un bec blanc. Un cou blanc, un corps brun rougeâtre, d'environ cinquante centimètres.

Un faisan qui prit la fuite sans demander son reste.

— Tout va bien ! Ce n'était qu'un faisan ! cria-t-il sans se retourner.

Dupin pénétra un peu plus loin dans la forêt, l'arme toujours pointée.

Le commissaire n'entendait que ses propres pas dans les broussailles. Des branches qui craquaient. Rien d'autre. Le silence total.

— Fais attention, Georges ! cria Claire, inquiète.

— Restez dans la voiture ! Je vérifie s'il y a quelqu'un.

Il en doutait de plus en plus, mais on ne savait jamais.

— Faut-il appeler la police ? demanda Cécile.

— Non.

Dupin était sorti de la forêt et se dirigeait maintenant vers le vieux mur de pierre. Puis il traversa une partie de la prairie et inspecta les grands chênes à proximité. Enfin, il vérifia les buissons de chaque côté du chemin.

— Tout est OK ! cria-t-il.

La personne qui avait endommagé la voiture s'était volatilisée.

— Vous pouvez sortir.

Dupin ouvrit la porte arrière. Elles descendirent.

— Comment le coupable savait-il que nous étions ici ? demanda Claire en s'étirant.

Dupin fut impressionné par son calme. Cécile, en revanche, était livide.

Dupin sentait la colère monter en lui.

Sa vieille Citroën. Il adorait cette voiture. Les dégâts étaient considérables.

— Aucune idée, dit-il d'un ton sombre. Soit il nous a suivis, soit il est tombé sur la voiture parce qu'il traînait dans les environs, peut-être à la recherche des bouteilles de vin.

— Tu penses qu'elles sont encore au domaine ? demanda Claire en regardant en direction de la propriété.

— C'est possible.

— Qui les a sorties de la cave secrète ?

— Soit Brian en personne, soit son meurtrier. Après le meurtre.

Mais Dupin n'en était pas certain.

— Ces vieux vins doivent être parfaitement conservés, ajouta Cécile, qui semblait reprendre son calme. Ils sont extrêmement fragiles. Quelques jours à des températures trop élevées, et ils sont fichus. Leur résistance est très faible.

Dupin fit le tour de la voiture. Elle paraissait avoir été frappée à coups de batte de baseball.

— Combien de temps nous faut-il pour aller à Bouaye à pied ? demanda-t-il à Cécile.

Ils devaient partir d'ici au plus vite. Il y avait beaucoup à faire.

— Si nous traversons les champs, les vignes et le bois, et que nous nous dépêchons, ça nous prendra environ vingt minutes.

— Parfait.

Le téléphone de Dupin sonna.

— Ah, enfin, chef ! Où êtes-vous ? demanda Le Ber sur un ton réprobateur.

— Tout va bien, Le Ber. Partez tout de suite, on se retrouve à Bouaye. Le Menn doit rester à La Fontaine aux Bretons et surveiller les lieux. Quelqu'un a détruit ma voiture. Elle est hors service.

— Votre voiture ? Que s'est-il passé ? Où êtes-vous, chef ?

— Sur un chemin de terre, à environ un kilomètre

du domaine. Je pense que nous savons maintenant de quoi il retourne.

— Vraiment ? De quoi s'agit-il ? Et que faites-vous sur un chemin ?

La confusion de Le Ber augmentait.

— Venez vite, Le Ber.

— On se rejoint où précisément à Bouaye ? Et ne devrais-je pas plutôt venir vous chercher là où vous êtes ?

— Vous mettriez plus de temps en voiture depuis Pornic que nous à pied jusqu'à Bouaye. Attendez une seconde.

Dupin se tourna vers Cécile.

— Quel est le meilleur endroit pour que Le Ber nous récupère ?

— À la gare. Nous arrivons du sud.

— Vous avez compris, Le Ber ? À la gare. On sera…

Dupin s'interrompit.

— Où pouvons-nous prendre un café, Cécile ?

— Un café ?

— À Bouaye. Nous devons nous asseoir quelque part et discuter.

Cécile réfléchit un instant.

— Sylvie ouvre à neuf heures en été… À Deux Pas du Lac est aussi un café qui est ouvert toute la journée.

— Très bien.

Dupin se souvenait que le café y était excellent.

— Vous avez entendu, Le Ber ? Oubliez la gare. On se retrouve à la crêperie À Deux Pas du Lac.

— Je suis déjà en route, chef. Je vais prévenir Nolwenn pour qu'elle fasse enlever votre voiture au plus vite.

— Parfait.

— Et de quoi s'agit-il alors, chef ?

— De la cave du grand-père de Brian Katell, remplie de vins précieux.

Pas besoin d'en dire plus.

— Je vous raconterai tout dans les moindres détails, Le Ber.

— Une cave ? Deux meurtres et un incendie criminel pour une cave ?

— Plus tard, Le Ber, plus tard.

Dupin raccrocha.

Le Ber semblait plus excité qu'effrayé – c'était tout à fait le genre d'affaire qui lui plaisait : un trésor vinicole légendaire...

— Allez, en route pour Bouaye ! conclut Dupin, pressé.

L'air était chargé des parfums d'été de la campagne, si chère à Dupin. Ils traversaient un immense champ de tournesols. Des milliers de têtes inclinées vers le sud, les pétales un peu flétris sous le poids des graines mûres de la fin de saison.

— Cécile, peux-tu me transmettre les numéros

des employés de cette entreprise de rénovation ? demanda Dupin, toujours concentré.

— Est-ce vraiment prudent que ce soit toi qui les appelles ? Ne devrais-je pas m'en charger ? répondit-elle en accélérant le pas, Dupin et Claire à quelques mètres derrière.

— Je dirai que c'est toi qui m'as mandaté. Ça me permettra de jouer l'ignorant si on me pose des questions.

Tout en continuant à marcher, Cécile les lui envoya.

— Parfait, enchaîna Dupin. Pourrais-tu également fixer un rendez-vous à Alain Chevrier ? Dis-lui que tu souhaites lui parler du projet des bars à vin, suite à l'appel du notaire.

— D'accord, je dois le faire de toute façon. Tu veux qu'on se voie quand ?

— Le plus tôt possible. Il est probablement en haut de la liste des suspects, conclut Claire d'un ton sec.

— Tu as raison, acquiesça Dupin en consultant sa montre. Dis-lui de venir à la crêperie à dix heures et demie.

— À la crêperie ?

— Oui, répondit Dupin avec une irritation toujours palpable. Quelqu'un a vandalisé ma Citroën. Ça fait plus de vingt ans que je la conduis. Je ne suis pas particulièrement attaché aux voitures, mais celle-ci, c'est différent.

— D'accord.

— Ensuite, nous devrions parler à Emily Pic, proposa Dupin. Vers onze heures et demie, au même endroit.

— Sylvie va être ravie, murmura Cécile en composant le premier numéro.

— Attends un instant, Cécile.

Dupin avait encore des questions.

— Où vit Chevrier ?

— À Saint-Philbert-de-Grand-Lieu, à une dizaine de minutes d'ici en voiture. Il habite près de l'abbaye carolingienne du IXe siècle. Il a transformé une ancienne ferme en maison d'habitation, et la grange sert de bureau. Il a aussi une petite cave à vin, rien de très cher, mais une excellente sélection.

— Il faut qu'on sache où il est en ce moment. La personne qui a vandalisé la voiture était là entre huit heures moins dix et neuf heures moins dix. Essaie de découvrir où se trouve Alain Chevrier.

Si Dupin avait été officiellement chargé de l'enquête, c'est une information qu'il aurait déjà eue.

— Enfin, appelle Anne-Sophie Joly, et fixe un rendez-vous avec elle. Après Emily Pic, disons à midi et demi.

Ils avaient quitté le champ de tournesols et devaient franchir un petit muret avant de pénétrer dans un bois. Un peu plus tard, ils se mirent pieds nus pour traverser un ruisseau.

— Qu'est-ce que je dis à Anne-Sophie ? Elle a

d'autres préoccupations en ce moment, avec son père et l'incendie du château.

— Dis-lui que…

Dupin fut interrompu par la sonnerie de son téléphone. C'était Labat.

— Oui, c'est moi, Labat. Qu'est-ce qu'il y a ?

— Bonne nouvelle ! J'ai réussi à toucher la queue d'un des oiseaux avec la WASP Devil. Je crois que c'était celui qui est noir. Ça devrait leur laisser un souvenir durable, vous verrez.

Dupin fronça les sourcils. Les pics !

— On a d'autres soucis en ce moment, Labat.

— Mais depuis que je campe dans votre jardin, il n'y a pas eu un seul trou en plus. Je…

— Excellent, Labat. Continuez comme ça, répondit Dupin, essayant de ne pas trop refroidir l'ardeur de son lieutenant. Mais ce n'est vraiment pas le moment pour des histoires de piverts. Je vous entends mal, la ligne est mauvaise.

— Moi, je vous entends parfaitement, ça doit…

Dupin raccrocha sèchement.

— Les pics ? demanda Claire.

— Oui. Mais ne t'inquiète pas, aucun nouveau dégât depuis hier, Labat veille au grain.

— Je ne m'inquiète pas du tout.

— Comment ça ? demanda-t-il, perplexe.

— Je t'ai dit que je m'occuperai d'eux.

Dupin préféra ne pas insister. Il y avait plus grave. Ils étaient eux-mêmes la cible d'une attaque. Même si le commissaire feignait de l'ignorer, ils seraient peut-être amenés à tout arrêter et à repartir pour Concarneau si les risques augmentaient.

Ils débouchèrent dans un vaste vignoble, où les raisins, gonflés de jus, pendaient en grappes serrées.

— Il vaudrait mieux que j'aille voir Anne-Sophie ce midi, proposa Cécile. Vous m'accompagnerez. Je doute qu'elle quitte le château aujourd'hui. Je ne suis même pas certaine qu'elle accepte de me voir… Ce que je comprendrais, d'ailleurs.

— Très bien, Cécile. Dis-lui que tu passeras en début d'après-midi. Trouve un prétexte quelconque.

— J'aimerais vraiment l'aider. Si je peux faire quoi que ce soit pour elle, je le ferai. C'est tellement horrible ce qui lui arrive : perdre son compagnon il y a à peine deux jours, puis son château en feu cette nuit, son père qui a failli y rester, et la production de vin arrêtée. Quel choc !

— Brian possédait-il d'autres propriétés ? Des terrains ? Et y a-t-il des cabanes ou des hangars dans les vignes où il aurait pu cacher les bouteilles ?

Même s'il était désormais convaincu que tout tournait autour des vins, Dupin avait besoin de preuves matérielles. Trouver les bouteilles permettrait non seulement d'établir un lien avec le coupable, mais surtout de le confondre. Il fallait donc les retrouver.

— Pas d'autres propriétés, non. Le domaine et un terrain à Sainte-Marie-sur-Mer, rien de plus, mais il n'y a aucun bâti dessus. Il n'y a pas non plus de cabanes dans les vignes. Et ce serait un endroit totalement inadapté pour stocker des bouteilles de valeur. Trop chaud, trop humide, trop de variations de température. Même si les bouchons en liège sont presque imperméables, il faut éviter tout risque. Et au fait, les raisins que tu vois là, ce sont ceux de Brian. Ces vignes appartiennent au domaine.

— Peut-être que le coupable a déjà déplacé les bouteilles, fit remarquer Claire.

C'était une possibilité. Ils devraient fouiller les domiciles de tous les suspects.

— Et le second hangar, ajouta-t-elle, celui avec les cuves de fermentation, la chaîne d'embouteillage et les bouteilles ?

— Qu'est-ce que tu veux dire ?

— Brian ou quelqu'un d'autre aurait-il pu cacher les vieilles bouteilles parmi les nouvelles ?

— Hum. Les bouteilles prêtes à être expédiées sont placées dans des cartons de six, qui sont ensuite empilés sur des palettes qu'on envoie à l'entrepôt d'expédition, où un prestataire les prend en charge.

Cécile fit une pause pour réfléchir.

— Est-ce qu'on pourrait les cacher là-bas ? Oui, bien sûr. Si les bouteilles ont été mises en cartons, on pourrait les dissimuler facilement parmi les autres. Et les conditions sont bonnes, le hangar est climatisé. Cependant, il n'y a pas tant de palettes que ça en ce moment. Le domaine n'embouteille pas, ces jours-ci.

— Donc, les cartons ne sont pas expédiés régulièrement en ce moment.

— Non.

Dupin aurait bien aimé examiner ces palettes de près, mais comment retourner là-bas sans se faire repérer ?

— Si on part du principe qu'il y a environ cent cinquante bouteilles, ça ferait vingt-cinq cartons, calcula Claire. Sortir autant de bouteilles de la cave secrète, c'est un travail considérable pour une seule personne. Il serait donc logique de les cacher dans les environs. Un endroit accessible avec un diable.

Ils quittèrent les vignes pour franchir un autre muret, débouchant sur un champ moissonné, avec ses chaumes dorés et ses bottes de paille – une image d'Épinal.

— Et comment peut-on vendre ces bouteilles ?

La question hantait Dupin.

— Soit lors d'une vente aux enchères, soit en passant par un négociant qui a l'habitude d'acheter ce genre de biens. C'est plus rare, mais parfois des ventes se font aussi entre particuliers via des annonces dans des revues spécialisées. Une bonne façon de rester anonyme. Cela dit, aux enchères, les acheteurs peuvent aussi rester anonymes s'ils le souhaitent.

— Je vois, fit Dupin dont l'impatience grandissait. Nous devrions passer ces coups de fil maintenant, Cécile.

— D'accord.

Dupin ralentit un peu, laissant les deux femmes le dépasser. Cécile avançait à un rythme rapide, sans montrer la moindre intention de ralentir.

Le commissaire avait bien reçu les coordonnées des deux ouvriers. Le premier s'appelait Bertrand Mano.

— Monsieur Mano ?

— Oui.

Une voix jeune, probablement un homme dans la vingtaine.

— Cécile Cast, la nouvelle propriétaire du Domaine du Lac, a récemment parlé à votre patron. Elle m'a demandé de vous contacter.

— Et ?

— Ça concerne les travaux dans le domaine, là où un système de ventilation a été installé à cause de l'humidité. Vous vous souvenez ?

— Oui.

Un taciturne. Dans ce cas précis, c'était un avantage. Peu lui importait son interlocuteur.

— Vous avez effectué ces travaux, n'est-ce pas ?

— Exact.

— Avez-vous remarqué quelque chose concernant les deux étagères en bois à gauche ?

— Elles sont assez solides.

La réponse manquait de détails.

— Rien d'autre ?

— L'étagère de gauche est sur roulettes. Je pense qu'elle peut être déplacée.

Dupin s'arrêta net.

— Pardon ?

— Quand nous avons regardé le niveau du sol avec un laser, on pouvait voir les roulettes si on se couchait par terre.

C'était incroyable. Dupin devait rester calme.

— Avez-vous essayé de déplacer l'étagère ?

— Non. J'ai demandé à monsieur Katell si nous devions le faire, mais il a dit qu'il s'en occuperait lui-même.

— Et ensuite ?

— Rien de plus. Le lendemain, il a dit que tout était en ordre et qu'on n'avait pas besoin de s'en occuper.

— C'est tout ?

— Oui, c'est tout.

— Vous a-t-il demandé de garder cela pour vous ?

— Non.

Katell avait probablement craint que ça ne fasse qu'éveiller la curiosité de l'ouvrier.

— L'avez-vous vu manipuler cette étagère ?

— Que voulez-vous dire ?

— Vous souvenez-vous exactement quand cela

s'est passé ? Quand vous avez découvert les roulettes et que vous le lui avez dit.

— Il y a environ trois semaines, je dirais.

— Vous pourriez être plus précis ?

— Il faudrait que je réfléchisse.

— Allez-y.

Une pause.

— Oui, il y a trois semaines.

— Quel jour de la semaine ?

Nouvelle pause.

— Un lundi.

— C'est ce jour-là que vous avez découvert les roulettes ?

— Oui. Et je l'ai dit à monsieur Katell. Il venait une ou deux fois par jour pour voir où nous en étions.

— Donc, c'est ce lundi, il y a trois semaines et trois jours, que vous lui en avez parlé ?

— Exactement.

— En avez-vous parlé à quelqu'un d'autre ?

— Non.

— À personne ?

— Non.

— À votre collègue ?

Dupin voulait en avoir le cœur net, cela pouvait s'avérer déterminant.

— Juste pour dire qu'on n'avait pas besoin de s'occuper de la paroi latérale.

— À votre patron ?

— Non.
— À monsieur Dantec ?
— Non.
— À Emily Pic ?
— Non. C'est qui, d'ailleurs ?
— Au régisseur ?
— Non. À personne, je vous le répète.
Dupin abandonna. L'homme s'en était strictement tenu à sa mission.
— Merci pour votre aide.
— Qui êtes-vous, au fait ?
— Au revoir.
Et Dupin raccrocha.

Dupin se passa la main dans les cheveux. C'était plus qu'un vague indice. Ce n'était pas encore une preuve formelle, mais cela s'en approchait – un super indice, en quelque sorte. Il était probable que Katell, intrigué par la découverte des roulettes, ait exploré le caveau secret et découvert ce trésor vinicole inestimable, hérité de son grand-père. Il avait ensuite récupéré au moins cinq bouteilles, quatre bouteilles de Cheval Blanc et une de Château Margaux.

Peut-être l'avait-on vu ? Il était également possible que Brian ait transféré rapidement toutes les bouteilles en lieu sûr. C'est ce qu'aurait fait Dupin à sa place.

Cécile et Claire avaient pris un peu d'avance.

Cécile était encore au téléphone, Claire marchait

juste à côté d'elle, profitant du haut-parleur. Dupin se remit en marche quand son téléphone sonna. Nolwenn.

— Oui ?

— Commissaire, c'est incroyable ce qui est arrivé à votre voiture. Je suis vraiment désolée.

Nolwenn savait à quel point Dupin tenait à sa vieille Citroën XM. Et Dupin savait à quel point Nolwenn détestait cette voiture. Elle aurait été presque soulagée de voir son supérieur s'en débarrasser. Elle avait tenté à plusieurs reprises de lui faire commander un nouveau véhicule de service.

— Mais pas le temps de nous apitoyer. J'ai une information extrêmement intéressante à propos de Cécile Cast, je suis désolée de vous l'annoncer.

— Allez-y.

Dupin s'était arrêté net. Il avait parlé beaucoup plus fort qu'il ne l'aurait voulu.

— Il s'agit d'un de ses prêts pour l'extension de l'hôtel. Un prêt important. Sept cent cinquante mille euros. La banque refuse à ce jour de débloquer les fonds, malgré le contrat souscrit, car les conditions auraient changé, rendant l'accord caduc.

— Qu'est-ce que ça signifie ?

— J'allais vous l'expliquer, commissaire. Cécile Cast a agrandi le projet d'hôtel au-delà des dimensions initialement prévues dans le contrat de prêt. Elle a bien informé la banque des modifications, mais sans attendre l'approbation.

— Et donc ?

— Ça a provoqué un litige juridique. Il y a eu un court article sur le sujet dans *Le Courrier du Pays de Retz* il y a deux mois, dans le cadre d'un reportage sur les grands projets immobiliers dans la région de Pornic. Quant à la situation actuelle, je ne sais pas exactement où ça en est. Le journaliste avec qui j'ai parlé ne le sait pas non plus. Mais à l'époque, Cécile Cast semblait désespérée.

— Comment peut-on savoir où en est l'affaire ?

— Le journaliste suppose que le litige est toujours en cours. Vous devrez probablement en discuter frontalement avec Cécile Cast. J'admets que ce n'est pas une tâche facile. Non seulement à cause de Claire, mais aussi parce qu'elle pourrait être impliquée dans l'affaire.

— Elle n'a pas pu s'en prendre à ma voiture.

— Mais elle pourrait être impliquée dans tout le reste, non ? Autour de cette collection de vins extrêmement précieuse. Peut-être que plusieurs personnes recherchent désormais ces bouteilles. Comme dans votre affaire du roi Arthur[1], vous vous en souvenez ?

Dupin préférait ne pas s'en souvenir. C'était une histoire horrible, avec deux meurtriers.

— Merci pour ces informations, Nolwenn.

— J'ai aussi appelé un garage à Nantes. Un

1. Voir, du même auteur, *Les Secrets de Brocéliande*.

employé viendra chercher votre voiture dans une demi-heure. Envoyez-moi simplement les coordonnées et je m'en occupe. Je l'ai contacté depuis mon téléphone personnel, il ne sait pas que vous travaillez pour la police. Je lui ai juste dit que vous faisiez une escapade au lac de Grand-Lieu pendant votre lune de miel et que vous aviez retrouvé votre voiture vandalisée en revenant de votre balade.

— Il n'a pas trouvé ça étrange ?

— Il a simplement dit que le vandalisme était rare dans cette région, mais que la grande ville n'était pas loin.

— Merci, Nolwenn.

— Le moment est donc venu de changer de voiture, je ne vous cache pas que j'en suis soulagée.

Dupin voulut protester, mais ce n'était pas le moment. Il serra involontairement les poings. Et si c'était bel et bien la fin de vie de sa chère voiture ? Il en prenait brutalement conscience.

— Nous en discuterons plus tard, Nolwenn.

— Et comment allez-vous annoncer à Claire que Cécile avait un mobile ?

Elle posait une excellente question.

— À plus tard, Nolwenn.

C'était une information capitale. Dupin reprit sa marche. Il appela Le Menn.

— Ah, commissaire, que puis-je faire pour vous ?

Peu importe la situation, Le Menn avait toujours une touche d'entrain dans la voix.

— Êtes-vous toujours à La Fontaine aux Bretons ?

— Oui, j'y suis encore.

— Je veux que vous fassiez un tour dans les caves, lieutenant.

— Pour chercher de vieilles bouteilles de vin de valeur ?

Le Ber lui avait donc déjà expliqué la situation, c'était très bien.

— Exactement. Probablement entre cent cinquante et cent quatre-vingts bouteilles. Elles doivent être entreposées dans des pièces sombres, à l'abri des odeurs, et à une température d'environ treize degrés.

Quoi de mieux qu'une exploitation pour répondre à tous ces critères ? Ce qui représentait plusieurs suspects : Cécile, les Joly… sans oublier la cave personnelle d'Alain Chevrier, que Cécile avait mentionnée. D'autres personnes encore disposaient d'accès faciles aux caves.

— Comment vais-je les reconnaître ? De quels vins s'agit-il ? Vous savez bien que je préfère la bière.

Dupin en était conscient.

— Des vins rouges, principalement des bordeaux, antérieurs à… disons 1970. Ou du châteauneuf-du-pape. Les bouteilles sont probablement couvertes de poussière. Non seulement elles sont anciennes, mais cela se voit. Faites ça aussi discrètement que possible, Le Menn.

— Il faut que tu écoutes ça, Georges. Nous venons d'apprendre quelque chose d'extrêmement intéressant.

Claire se tenait devant lui.

— Un groupe d'employés du Domaine du Lac est en ce moment dans un café, à Bouaye, pour discuter de la suite des événements. Ils s'inquiètent.

C'était compréhensible.

— Emily Pic, Marchand père et fils sont également présents.

C'est donc là qu'ils s'étaient rendus plus tôt.

— Alain Chevrier aussi. Ils l'ont invité pour connaître l'état d'avancement du projet.

— Comment savez-vous ça ?

— Emily Pic l'a dit à Cécile. Alain Chevrier, lui, n'en a même pas parlé quand Cécile l'a appelé en premier. Mais il y a encore plus intéressant.

Claire marqua une pause dramatique, ce qui n'était pas son habitude.

— Tu sais à quelle heure a commencé cette réunion ? À huit heures et demie. Tu vois ce que ça signifie ?

— Comme Bouaye est à cinq minutes de voiture de l'endroit où nous étions garés, ils auraient tous eu le temps de démolir la mienne…

— Exactement. Même Anne-Sophie Joly, qui avait déjà quitté l'hôpital à cette heure-là.

Le téléphone de Dupin sonna. C'était Nolwenn.

— J'avais oublié de vous dire : je vous ai loué

une voiture, commissaire. À titre privé également. Un employé de l'agence va la livrer depuis Nantes jusqu'à Bouaye, à la crêperie. Il est déjà en route. Une DS 7 toute neuve, très dynamique, tout à fait adaptée à votre style de conduite. Je l'ai louée pour un mois, provisoirement. Vous avez besoin d'être véhiculé, ne serait-ce que pour la fin de votre lune de miel.

C'était le seul sujet sur lequel Dupin ne faisait pas confiance à Nolwenn. Elle ne manquerait pas de profiter de la situation actuelle. Avant qu'il ne s'en rende compte, la voiture ne serait pas seulement louée, mais achetée.

— Et pour ma Citroën ? Quand saurai-je dans quel état elle est ?

— Ça prendra du temps. Le garage fera un devis.

— Bien. Envoyez-moi le nom et le numéro du garage.

Dupin voulait leur parler lui-même.

— À contrecœur, mais…

— Je dois appeler Le Ber, coupa Dupin, qui venait d'avoir une idée. À tout à l'heure.

Il raccrocha aussitôt. Claire le regarda, interrogative. Dupin ignora son regard.

— Les rendez-vous avec Alain Chevrier et Emily Pic sont confirmés ? demanda-t-il.

— Comme vous l'avez demandé : dix heures et demie et onze heures et demie, à la crêperie. Elle est à quelques centaines de mètres du café où ils sont réunis.

— Parfait.

Dupin composa le numéro de Le Ber. Le lieutenant répondit immédiatement.

— J'arrive bientôt, chef. Cinq minutes.

— Changement de plan, Le Ber. Continuez le long du lac, jusqu'à l'abbaye carolingienne.

— Saint-Philbert-de-Grand-Lieu ?

— Exactement. Tout près de là, l'ami architecte de Brian Katell, Alain Chevrier, a rénové une ancienne ferme et en a fait son bureau. Chevrier ne sera pas chez lui avant onze heures et demie. Je veux que vous alliez y jeter un œil, Le Ber. Il a aussi une petite cave à vin.

— Vous voulez que je cherche des bouteilles de vin ?

— Exactement.

— Ce n'est pas vraiment légal.

L'objection n'était pas très convaincue.

— Non.

— Et vous faites attention à vous, chef ?

— Ne vous inquiétez pas. Nous sommes en route pour la crêperie. Nous y rencontrerons d'abord Alain Chevrier, puis Emily Pic. Ensuite, nous passerons voir Anne-Sophie Joly.

Dupin avait pris soin de détailler son emploi du temps à Le Ber, pour qu'il ne puisse pas se plaindre d'un manque de transparence.

— Votre nouvelle voiture arrivera bientôt...

— Une voiture de location, Le Ber, une voiture de location...

Dupin avait bien saisi la stratégie de Nolwenn.

— Bien sûr, chef. Le chauffeur la déposera d'ici une ou deux heures. Vous serez à nouveau mobile.

— Tenez-moi au courant, Le Ber.

La conversation s'acheva là-dessus.

Georges et Claire se hâtèrent de rattraper Cécile, qui avait fini ses appels et se dirigeait vers un sous-bois.

— J'ai parlé à tout le monde. Tous les rendez-vous sont fixés, dit-elle.

— Comme je le pensais, Anne-Sophie préfère que nous allions chez elle. Elle est débordée à cause des conséquences de l'incendie. Ensuite, elle retournera à l'hôpital auprès de son père.

— Bien, acquiesça Dupin.

Ça ne l'enchantait guère, mais il était important qu'ils parlent avec elle.

— Il faudra juste que nous fassions vite pour les autres entretiens, ajouta Claire pour le rassurer.

Ils pénétrèrent le sous-bois dont le sol était couvert de lierre, de ronces et de branches de toutes tailles. Autour d'eux, de vieux chênes noueux, envahis par le gui et le lierre, et du lichen jaune ou orangé – avec lequel les arbres cohabitaient depuis des décennies, sinon des siècles.

— La conversation avec l'ouvrier a été particulièrement instructive, dit Dupin.

Il leur rapporta ce que lui avait raconté Bertrand Mano.

— Incroyable ! s'exclama Cécile, visiblement excitée. On sait donc que Brian connaissait bel et bien l'existence de la cave secrète. Et la manière dont il l'a découverte. Quelle histoire !

— Quelle distance nous reste-t-il à parcourir ? demanda Dupin.

— Après ce bois, nous devrions apercevoir les premières maisons.

On aurait dit qu'ils venaient de traverser pendant des semaines des étendues désertes, et qu'ils approchaient enfin de la civilisation.

— Très bien. Qu'a ajouté Anne-Sophie Joly ? demanda Dupin à Cécile.

— Elle est au bout du rouleau. Heureusement, son père ne va pas trop mal. Il a eu de la chance. L'incendie est maintenant complètement éteint. Et le château est bien assuré, selon elle. Mais tout de même… Je vais voir comment je peux l'aider. D'une certaine manière, nous avons des points communs.

Cécile, qui paraissait elle-même affectée, soupira profondément.

Ils progressaient lentement, plus lentement que dans les autres bois. Ils devaient sans cesse faire attention à ne pas buter sur les racines ou les branchages.

— Cécile, pourrais-tu organiser la livraison des palettes du domaine vers l'entreprise d'expédition ? demanda Dupin.

— Moi ? Maintenant ?

— C'est probablement le seul moyen de découvrir si on y a dissimulé les vieilles bouteilles…

Dupin avait envisagé toutes sortes de possibilités, mais les avait rejetées une à une.

— Je ne sais pas. D'une part, je n'en suis pas encore la propriétaire officielle, et il y a sûrement un employé qui en est chargé. Il serait surpris que je m'en occupe maintenant. De plus, Lelouche a mis tout le domaine sous scellés, tu sais comment ça fonctionne…

— Si ça faisait partie des responsabilités de Dantec, il est possible que cette tâche reste en suspens. Personne ne s'en étonnerait. Tu pourrais dire à Lelouche que tu as une opportunité de vendre le vin à un de tes distributeurs ?

Dupin improvisait, comme il savait si bien le faire.

— Si Lelouche ne sait pas encore que l'affaire tourne autour du vin, ça lui sera probablement indifférent, ajouta Claire.

— Vous ne pensez pas qu'il ferait contrôler les caisses de vin avant qu'elles quittent le domaine ? objecta Cécile.

— Qu'il le fasse. C'est encore mieux. Si les vieilles bouteilles sont découvertes ainsi, Lelouche aura résolu l'affaire, affirma Dupin, la mine grave.

Ce serait un dénouement idéal.

Dupin aurait dû révéler à son homologue l'existence d'une cave secrète, et sa collection de bouteilles rares. Mais c'était trop tôt. La théorie selon laquelle le vin était la clé de l'affaire demeurait une simple hypothèse, malgré quelques indices solides. C'était la première raison. La seconde : Dupin s'était trop impliqué pour prendre un tel risque. Si leurs nombreux passages sur les scènes de crime venaient à se savoir, alors tous trois s'exposeraient à de graves ennuis. Il attendrait donc d'avoir des pièces à conviction irréfutables. Et encore… Il lui fallait marcher sur des œufs.

Ils sortirent du bois. Le village se profilait devant eux.

— Dans trois minutes, nous serons à la crêperie, assura Cécile.

La chemise de l'architecte était aujourd'hui anthracite. Pour le reste, Alain Chevrier portait les mêmes vêtements que la veille : jean noir, chaussures en cuir noir, bien cirées. Cependant, ses cheveux semblaient davantage clairsemés, il paraissait plus pâle et très tendu.

— Le notaire m'a appelé, tu le sais déjà, commença Cécile d'une voix particulièrement douce.

Alain Chevrier venait à peine d'arriver, avec quelques minutes de retard. Ils s'assirent à une table pour quatre dans la petite cour intérieure coquettement aménagée. Claire à côté de l'architecte, Cécile et Dupin leur faisant face. La propriétaire leur avait laissé la cour pour toute la matinée, tout était parfaitement arrangé.

— J'espère que tu comprends que je me sois adressé directement au notaire, Cécile. Je veux dire avant de t'en parler à toi.

L'homme semblait au comble du désespoir.

— C'est vraiment pour ma survie économique.

— Je comprends, Alain.

Dupin buvait son deuxième café. Claire en avait commandé deux également. La journée était déjà longue. D'autant que la nuit précédente avait été très brève.

— Je ne sais pas exactement de quoi tu es au courant. Tout ça, c'était mon idée. Le bar, cette vitrine, c'est venu de moi. Il y a un potentiel énorme. On pourrait même s'implanter à Paris ! Le vigneron sympa, qui s'y connaît, qui reçoit à domicile. Voilà l'esprit. Avec des spécialités bretonnes, des huîtres, mais pas que. Le tout arrosé du muscadet de Brian, racontait l'homme avec fougue, comme exalté. Bien sûr, il avait aussi ses propres idées, tu le connais. Mais le cœur du projet, l'idée de départ, c'est de moi qu'elle vient. Brian avait plus de moyens, mais j'avais hérité d'une somme que je voulais entièrement investir. C'était tout de même un demi-million. C'était convenu ainsi. Ce devait être un projet commun, le notaire te l'a dit, non ? Si Brian avait tout financé, alors j'aurais gagné beaucoup moins. Les contrats étaient prêts, et il n'y avait jamais eu de débat à ce sujet.

— Je ne savais vraiment rien de tout ça, Alain. C'est nouveau pour moi, dit Cécile, dont l'attitude pouvait tout aussi bien être tactique que défensive. Que s'est-il passé exactement ? Quand et pourquoi Brian a-t-il changé d'avis ?

Des questions cruciales.

— Il y a un peu moins de trois semaines, un vendredi soir. Nous avions prévu de dîner ensemble à Nantes. C'est là qu'il m'a annoncé qu'il resterait l'unique propriétaire du domaine. Que tout devait demeurer entre ses mains. Je ne comprenais pas ce qu'il voulait dire, expliqua Chevrier, encore confus.

— Je suppose que c'était lié à la marque, intervint Cécile. Selon lui, les bars à vin faisaient partie intégrante de la marque du Domaine du Lac. Et il souhaitait être le seul à la contrôler. D'un point de vue entrepreneurial, c'était la seule solution. Tout autre choix aurait été inconséquent, affirma-t-elle.

— J'étais son meilleur ami, tu le sais, Cécile, pas un simple investisseur. Il y a encore trois semaines, Brian ne m'avait pas fait part de ces inquiétudes. Ça m'a pris de court.

— Ça signifie, intervint Dupin, que Brian Katell voulait désormais tout financer seul ?

— Exactement.

Dupin comprenait la frustration de Chevrier. Et son trouble. Mais tout cela s'agençait parfaitement. La chronologie des événements pouvait coïncider. Si l'hypothèse des précieuses bouteilles de vin se révélait exacte, alors Brian savait, avant même son dîner avec Chevrier, qu'il n'aurait plus besoin d'un investisseur. Intéressant aussi, le fait que Brian n'ait manifestement pas touché mot de cette découverte à Chevrier. Ou, à l'inverse, il la lui aurait dévoilée, ce qui aurait tout précipité…

— Ce ne sont pas des façons de faire, s'indigna Chevrier. Surtout pas à son meilleur ami. Il savait ce que ce projet représentait pour moi. J'y avais placé tant d'espoir ! Ça aurait changé mon avenir professionnel.

— Avez-vous dit ça à Brian Katell ? demanda Dupin.

— Oui, pas aussi explicitement que là, devant vous, mais oui, je le lui ai dit.

— Que voulez-vous dire par là ?

— Je lui ai dit que j'étais très mécontent de ce changement d'avis. Et que je souhaitais qu'il reconsidère sa résolution.

— Et ?

— Il m'a promis d'y réfléchir à nouveau.

— Et après ?

— On n'en a plus reparlé. Je l'ai relancé deux fois, mais il a esquivé, prétextant qu'il n'avait pas le temps. Il m'a ensuite proposé qu'on se revoie la semaine prochaine.

— Quand l'avez-vous vu pour la dernière fois ?

— Lors de la petite fête d'anniversaire lundi soir avec tout le monde. Dans l'après-midi, je l'ai brièvement croisé par hasard dans la cave de dégustation. Nous avons jeté un coup d'œil aux travaux.

— C'était la veille du meurtre, précisa Dupin. Et de quoi avez-vous parlé à ce moment-là ?

— De quelques détails concernant la rénovation. Et il m'a parlé des vendanges.

— Il n'a pas mentionné le projet ?

— Non, car nous étions déjà convenus de nous voir quelques jours plus tard à ce sujet.

— Il n'a fait aucune allusion à sa décision ?

— Non, aucune.

— A-t-il semblé différent de d'habitude ? Nerveux ? Inquiet ?

— Pas du tout. En fait, il avait l'air plutôt enjoué. Parce que les travaux seraient bientôt terminés. Brian était toujours un peu fébrile. Il n'était jamais vraiment calme ou détendu, c'était dans sa nature.

Pour la première fois depuis le début de cette affaire, Dupin avait l'impression de poursuivre une conversation conforme à une enquête traditionnelle.

— Les travaux pour la création du bar à vin ont-ils commencé en même temps que ceux de la cave ?

Chevrier regarda son interlocuteur avec une curiosité amusée.

— Vous posez de ces questions ! Brian voulait tout faire d'un coup. Et pour la construction du bar à vin, nous devions de toute façon apporter des modifications à l'escalier menant à la cave.

— Donc vous avez souvent fréquenté les caves du domaine récemment, conclut Dupin.

— Oh oui.

Dupin hésita un instant avant de continuer :

— Au domicile de Brian Katell, il y a quelques bouteilles de vin très précieuses. Étiez-vous au courant ? Vous en a-t-il parlé ?

— Non. Quelles bouteilles ?

Chevrier avait répondu sans la moindre hésitation. Aucune pointe d'embarras ni d'étonnement. Ce qui ne signifiait rien, Dupin le savait.

— Aucune importance, monsieur Chevrier. Mais il vous a parlé de sa dispute avec monsieur Dantec, n'est-ce pas ?

— Évidemment. C'était un imbécile, ce Dantec, lâcha Chevrier avant de s'interrompre soudain, choqué par sa propre remarque au sujet d'un mort. Un idiot, vraiment, confirma-t-il après une pause.

Son emportement était manifeste.

— Brian et lui ne s'entendaient pas du tout, leurs visions étaient diamétralement opposées. Je n'ai jamais compris pourquoi Brian lui avait fait confiance au départ, car il l'a tout de même embauché. Mais c'était rassurant de savoir qu'il comptait s'en séparer. Dantec allait ruiner le domaine. Brian aurait dû le renvoyer plus tôt. Dantec était contre notre projet de bar à vin aussi, il le trouvait trop local, trop limité. Il aurait voulu quelque chose de plus ambitieux. Il était surtout vexé de ne pas en avoir eu l'idée.

L'homme que Dupin voyait aujourd'hui se montrait bien différent de celui de la veille.

— Brian Katell était-il au courant de l'histoire entre Dantec et Emily Pic ?

— Je n'en sais rien. Probablement pas. Ce genre de choses ne l'intéressait pas.

— Et vous, vous étiez au courant ?

— Jusque-là, non. Et ça ne m'intéresse pas non plus.

— Avez-vous des liens avec la famille Joly ? Avec leur domaine ou leurs employés ?

Chevrier se renfonça dans sa chaise. Un long silence s'installa.

— Ça devient étrange. On dirait un véritable interrogatoire.

Il dévisagea Dupin avec attention.

— On dirait bien que vous enquêtez réellement sur cette affaire, comme le prétendent les journaux. Je n'ai rien à voir avec ces meurtres. C'est une tragédie, mais je dois maintenant veiller à mes propres intérêts. Je ne tiens pas à y passer à mon tour.

— Je comprends, répondit Dupin toujours impassible.

— Le notaire m'a dit, reprit Cécile d'un ton

conciliant, que Brian avait prévu de te verser une généreuse compensation. Cette offre est toujours valable, même maintenant...

— Je ne veux pas de compensation, rétorqua-t-il, visiblement très tendu. Je ne veux aucune compensation, Cécile. Une fois encore, je veux être partie prenante du projet, je veux cinquante pour cent, comme prévu avec Brian.

— Mais il a révisé cet accord, fit remarquer Cécile.

— Il ne pouvait pas faire ça de cette manière. Et il le savait. Il aurait fini par tenir parole. J'espère que toi aussi.

Il ne semblait pas agressif, mais extrêmement ferme. Cécile resta parfaitement calme.

— Tu imagines bien que je ne peux pas m'engager pour le moment. Je n'ai absolument aucune vision de la situation du domaine.

— Qu'est-ce que tu veux dire ? Que tu remets tout en question ? s'écria Chevrier, sur le point de se lever.

— Ce n'est pas ce que j'ai dit, Alain. Avant d'être officiellement propriétaire, il me faudra encore plusieurs semaines. Pendant ce temps, je vais me plonger dans les affaires du domaine. Ensuite, nous discuterons, et je prendrai une décision. Mais je ne pourrai pas tout refaire comme Brian, les banques ne me suivront pas. Je vais devoir arbitrer. Je...

Chevrier bondit de sa chaise.

— Je m'en doutais. C'est pour ça que je suis allé voir le notaire. Et j'ai déjà consulté un avocat. Je ne me laisserai pas faire.

Il était hors de lui.

— Alain, calme-toi. Je n'ai pas dit que je voulais abandonner le projet, ni que tu n'y serais pas impliqué.

Cécile demeurait imperturbable, ce qui ne manquait pas d'impressionner le commissaire.

— Je ne peux pas et je ne vais rien décider pour l'instant. C'est tout ce que j'ai dit. Ni plus ni moins. Toute autre attitude de ma part serait imprudente, tu en conviendras sûrement.

Chevrier s'apprêtait à partir.

— C'est fou, quand même. Mais tu as toujours été froide. Même après sa mort, tu veux continuer à régenter Brian.

Il se dirigea droit vers la porte qui menait à l'intérieur de la crêperie.

— Je t'en prie, Alain. Reste ici, discutons-en.

L'architecte se retourna une dernière fois.

— Je trouve ça extrêmement étrange que vous veniez tous les trois, ensemble. Des amis à toi, qui ne connaissaient même pas Brian. Dont un commissaire qui enquête illégalement.

Puis il disparut.

Claire prit la main de son amie.

— Comment ose-t-il ! Tu as maintenant la responsabilité de ce domaine, de ce qu'il va devenir, mais aussi de l'avenir de ses employés. Tu as dit ce qu'il fallait. Et le fait qu'il t'attaque personnellement… Quel culot !

Dupin, tout en sirotant son café, sortit son carnet de notes.

Le commissaire avait téléphoné à Le Ber pour le prévenir, au cas où Alain Chevrier déciderait de rentrer chez lui plutôt que de se rendre à la réunion au café. Le Ber était entré dans la maison de Chevrier en passant par le jardin et en empruntant une porte de derrière ; comme c'était souvent le cas dans la Bretagne rurale, elle n'était pas verrouillée. La petite cave de Chevrier était principalement garnie de vins du Domaine du Lac. Nulle trace de vieux millésimes rares. Le Ber avait également jeté un coup d'œil rapide dans toutes les pièces, sans y découvrir quoi que ce soit de suspect. Il n'avait pas pu pénétrer dans l'ancienne grange, qui faisait office de bureau. Chevrier n'y travaillait apparemment pas seul, Le Ber y avait rencontré deux employés – il avait dû se faire passer pour un touriste égaré.

Ensuite, le commissaire s'était entretenu avec Le Menn. Elle n'avait pas beaucoup avancé dans l'inspection du domaine de Cécile. La vigneronne qui avait animé leur dégustation l'avait guidée à travers le chai – Le Menn avait aussi joué les touristes curieuses – mais pas dans toutes les pièces. Sous divers prétextes, elle était parvenue à pousser un peu son exploration, accédant à quelques endroits d'ordinaire réservés au personnel. Rien d'inhabituel ne lui avait sauté aux yeux.

Cécile avait téléphoné au commissaire Lelouche, qui se rendait justement au Domaine du Lac. Il avait fallu lui expliquer en détail les raisons pour lesquelles les bouteilles devaient être transportées vers l'entrepôt d'expédition – il n'avait formulé aucune objection. Il souhaitait néanmoins inspecter les palettes en personne. Cécile avait préalablement contacté l'un de ses clients, un caviste de Pornic, et l'avait convaincu de commander cent vingt bouteilles du Domaine du Lac. Jusqu'à présent, il n'avait que les muscadets du Château Joly parmi ses références. Le fait que le commissaire ne se montre pas soupçonneux laissait penser qu'il n'établissait pas, lui, de lien entre le vin et les meurtres.

Il était onze heures et demie. Emily Pic arriva à l'heure pile. Aujourd'hui, elle portait une austère robe bleu marine, contrastant avec ses longs cheveux blonds détachés, ainsi que des baskets de la même teinte. Si, comme à son habitude, elle débordait d'énergie, les récents événements avaient marqué son visage.

— Merci d'être venue, la salua Cécile. Je ne veux pas vous retenir longtemps. Je souhaitais simplement éclaircir quelques points.

Emily Pic s'assit, non sans jeter un regard perplexe au couple.

— Vous connaissez déjà Claire, mon amie, et son mari, Georges. Je suis vraiment heureuse qu'ils soient là, ils me sont d'un soutien précieux. Quel choc ça a dû être pour vous…

— Oui, répondit brièvement Emily en adressant un regard interrogateur à Dupin. J'ai contacté le commissaire Lelouche juste après notre conversation téléphonique, continua-t-elle en s'adressant directement à Dupin. Merci encore pour votre conseil avisé.

Dupin acquiesça.

— Le commissaire Dupin est en voyage de noces, pas en service, précisa Cécile.

Emily Pic esquissa un sourire à peine perceptible.

— Je voulais surtout vous dire que je compte sur vous, madame Pic, déclara Cécile en se penchant vers elle. Nous nous connaissons depuis que vous avez rejoint le domaine. Dès le début, vous m'avez impressionnée, tout comme Brian. On ne tarit pas d'éloges à votre sujet. D'ailleurs, il nous faudra une vigneronne chevronnée. Vous seriez la personne idéale pour ce poste, et je tenais à vous en informer.

Les traits d'Emily Pic restèrent étonnamment impassibles. Puis elle esquissa un sourire timide.

— Je suis ravie de l'entendre. J'ai des idées très précises sur la direction que pourrait prendre la production des vins du Domaine du Lac. Ce serait formidable de pouvoir les concrétiser. Mais je dois être honnête, ajouta-t-elle en affichant un air indifférent.

Je ne peux vous donner aucun engagement au-delà des prochains mois.

— Que voulez-vous dire ?

Cécile semblait surprise par cette réponse, manifestement inattendue.

— Rien d'autre que ce que j'ai dit. Mais pour l'instant, je suis prête à prendre plus de responsabilités. Qui iraient de pair avec une augmentation de salaire.

— Bien entendu, confirma Cécile.

— Avez-vous suivi les travaux de rénovation dans les caves ? intervint soudain Dupin.

Il voulait observer la réaction d'Emily Pic sur ce sujet précis.

— Pas vraiment de près, non. Cela ne fait pas partie de mes responsabilités, c'est Brian qui s'occupait de tout ce qui concernait les bâtiments.

Elle ne semblait pas particulièrement au fait de ce sujet.

Dupin insista :

— Avez-vous remarqué quelque chose d'inhabituel dans les trois dernières semaines ?

Il la jaugeait attentivement.

— Quelque chose d'inhabituel ? Qui pourrait avoir un lien avec le meurtre de Damien, vous voulez dire ?

— Peut-être, oui.

— Non. Absolument rien. Tout était comme d'habitude.

— Vous connaissez bien les caves, j'imagine...

— Bien sûr. Mais je n'utilise que la grande salle pour les dégustations, le petit entrepôt pour nos vins, et la zone de production, évidemment. Je ne vais presque jamais dans les autres parties du domaine.

— Vous êtes allée dans l'entrepôt ces trois dernières semaines, durant les rénovations, n'est-ce pas ?

Dupin ouvrit son cahier rouge Clairefontaine, prêt à noter.

— De temps en temps, mais pas souvent.

— Avez-vous aperçu de vieilles bouteilles de bordeaux dans cet entrepôt ?

— Pourquoi ça ?

Dupin n'en était pas totalement certain, mais il crut percevoir un frémissement de surprise ou de confusion traverser brièvement son visage.

— Seuls nos vins y sont entreposés. Je n'y ai jamais vu de bordeaux, et encore moins des millésimes anciens.

— Monsieur Katell avait acquis quelques bouteilles très prisées. Vous le saviez, j'imagine.

Elle paraissait de plus en plus perplexe.

— Je ne suis au courant que du cadeau à Jules Marchand, le Cheval Blanc.

— Que savez-vous du conflit entre Damien Dantec et Brian Katell ?

Dupin restait volontairement vague.

— Leur différend portait sur la stratégie marketing

du domaine. Ils avaient des visions opposées à ce sujet.

— C'était tout ?

— Oui.

— Brian avait-il déjà annoncé à Dantec son licenciement ? s'enquit Cécile.

— Oui, il y a quelques semaines. Damien me l'a dit.

— En raison de leurs divergences sur la stratégie ? reprit Dupin.

— Exactement. Ils n'étaient tout simplement pas compatibles, ça arrive.

Le conflit entre son amant et son patron ne semblait pas l'avoir particulièrement affectée. Elle ne donnait pas l'impression d'avoir été prise entre deux feux.

— Damien avait déjà une autre proposition de poste, ajouta-t-elle.

C'était une information nouvelle.

— Où ça, qu'est-ce que vous voulez dire ?

— À Saumur. Au Château de Chaintres. Un domaine viticole très réputé. Il aurait vraiment pu s'y épanouir.

— Avait-il déjà signé un contrat ?

— Non, pas encore. Mais il avait une promesse d'embauche depuis mercredi dernier.

Intéressant. Dupin notait ces précisions.

— Quelle était la situation financière de monsieur Dantec ? Était-il en difficulté ?

Elle fixa Dupin d'un regard irrité.

— Qu'est-ce qui vous fait dire ça ? Non, absolument pas. Du moins, pas à ma connaissance. Cependant, dit-elle en hésitant, il aimait mener grand train. Mais il semblait toujours avoir l'argent qu'il fallait.

— Mener grand train, vous dites ?

— Oui, par exemple, il tenait à rouler en Porsche.

— Où habitait-il, au fait ?

Dupin réalisa à quel point l'homme leur était encore inconnu.

— À Pornic, dans la ville haute. Il y louait une maison. Très chic, avec un jardin et une petite piscine. Je...

Le téléphone de Cécile sonna.

— Je dois répondre, c'est Anne-Sophie.

Elle se leva et traversa la cour. Dupin poursuivit l'interrogatoire.

— À propos de madame Joly, la connaissez-vous personnellement ? Peut-être par l'intermédiaire de l'Association des jeunes vigneronnes ?

— Oui. Nous nous apprécions. Mais nous ne sommes pas amies, pas vraiment.

— Je comprends. Quand l'avez-vous vue pour la dernière fois ?

— La semaine dernière, à une réunion de l'association.

— Quelque chose de particulier s'est-il passé ? Quelque chose d'inaccoutumé ?

— Non, absolument rien. Nous sommes même allées dîner après.

— Et ce scandale ? insista Dupin en la fixant. Le scandale de la contamination ?

— Quel scandale ? De quoi parlez-vous ?

Elle semblait sincèrement ignorer ce dont il retournait.

— Cela n'a pas été évoqué dans votre cercle ? La contamination de l'an passé ?

— Je ne suis au courant de rien. Voilà longtemps qu'il n'y a pas eu d'incident de ce genre par chez nous.

Dupin changea brusquement de sujet.

— Les caves du Domaine du Lac sont-elles fermées à clé ou bien peut-on y accéder à tout moment ?

— Elles ne le sont pas. Il y a trois accès, dont un directement depuis l'extérieur, qui est souvent resté ouvert à cause des travaux.

— Je suppose que vous avez une cave à vin personnelle chez vous, n'est-ce pas ? Je veux dire, même une petite cave. Le vin, c'est toute votre vie, votre passion.

Elle ébaucha un sourire.

— Une petite, oui.

— Où habitez-vous ?

— Ici, à Bouaye. Pas loin de la Maison du Lac.

— Vous avez un appartement ?

— Une petite maison ancienne, avec sa cave. Mais ici, toutes les maisons en ont une.

Dupin nota.

— Et…

— Claire, Georges, Anne-Sophie n'est finalement libre que jusqu'à midi. Si nous voulons la voir, il faut y aller maintenant.

Cécile était revenue dans la cour. Dupin aurait encore eu de nombreuses questions… Claire se leva, suivie de Dupin.

— Madame Cast, dit Emily Pic à Cécile, j'ai entendu dire que vous vouliez faire envoyer les dernières palettes de vin.

— Qui vous a dit ça ?

— L'entrepôt. Ils m'ont dit que vous les aviez prévenus. Pourquoi ?

— Un caviste de Pornic en a commandé vingt caisses. La Cave de Jade.

— Et les autres caisses ?

— Elles seront bientôt vendues, j'en suis certaine. Je pensais qu'il serait plus simple d'envoyer toutes les caisses, il n'en reste plus tant que ça.

— Il en reste vingt-cinq. La plupart sont déjà réservées.

— Désolée, mais nous devons filer. Vous savez maintenant que vous avez un bel avenir au Domaine du Lac.

Ils prirent congé et quittèrent la crêperie. Un

jeune homme au teint hâlé vêtu d'une chemise rose s'approcha d'eux.

— Monsieur Dupin ? dit-il d'un ton exagérément enjoué.

Le commissaire haussa un sourcil étonné.

— Oui ?

— Je vous apporte votre voiture de location, monsieur.

L'employé, au sourire étincelant, désignait un 4 × 4 vert sapin.

— Une Citroën DS 7 E-Tense. Technologie hybride rechargeable de pointe, 360 chevaux.

La couleur était affreuse.

— Une voiture d'une élégance rarement vue, au design novateur. Elle est…

— Je vois, je vois, l'interrompit Dupin en lui prenant la clé.

Un panorama saisissant. Des vignobles, des prairies et des champs se succédaient, ici et là des bosquets. Au centre, le grand lac. Un monde ensoleillé aux couleurs vives. L'eau, teintée de vert, éblouissait dans d'intenses reflets – un calme parfait y régnait, du moins en apparence. Le bureau d'Anne-Sophie Joly se trouvait, comme celui de son père, dans l'une des deux tourelles en pierre claire du château. Le reste de l'édifice était d'un élégant beige, avec des encadrements de fenêtres en pierre rougeâtre. L'imposant toit pointu était en ardoise. Des fenêtres y avaient été percées, éclairant un troisième étage.

Tout était méticuleusement entretenu – formant un contraste saisissant avec la maison d'habitation, noircie de suie, et dont une partie du toit s'était effondrée. Il semblait n'en rien rester, tout comme du hangar dédié à la production. Une odeur âcre flottait dans l'air. Deux camions de pompiers étaient encore sur place, ainsi que plusieurs véhicules de police. L'accès était barré et les fonctionnaires avaient téléphoné à Anne-Sophie avant de les laisser passer.

Son bureau occupait tout l'étage supérieur de la tour – les fenêtres ouvraient sur trois points cardinaux –, celui de son père se trouvait à l'étage au-dessous. Une pièce baignée de lumière, loin d'être étroite ou étouffante comme c'est souvent le cas dans les vieilles bâtisses. La rénovation n'avait visiblement rien laissé au hasard. Le granit gris naturel était resté brut à l'intérieur, rejointoyé dans un gris clair. Le parquet, probablement du noyer, était en bois brut. Un buffet en demi-cercle, fabriqué dans le même bois, occupait une partie de la pièce. De l'autre côté, deux canapés gris foncé à la ligne raffinée permettaient de s'asseoir pour regarder, au choix, vers le bureau d'Anne-Sophie ou vers le lac.

L'ambiance était à la fois agitée et morose. Ils avaient croisé une bonne vingtaine de personnes – une employée les avait conduits à Anne-Sophie, qui les avait brièvement salués avant de s'éclipser.

— La vue est incroyable, dit Claire en se plaçant à côté de Dupin. Un monde à part. Un calme majestueux, une paix royale. La nature livrée à elle-même, au milieu des vignes, des vignerons et des ouvriers agricoles.

Dupin aimait la façon dont Claire voyait le monde et trouvait les mots pour le décrire. Au-dessus du lac flottait un voile de brouillard qui brillait sous le soleil.

— Regardez bien, dit Cécile en balayant du regard la surface du lac, vous apercevrez peut-être le cheval Mallet. Un cheval blanc comme neige, qui flotte parfois au-dessus de l'eau. Magnifique et magique, mais maléfique. Il apparaît à la tombée de la nuit et promet aux voyageurs fatigués une chevauchée enchanteresse à travers le lac. Qu'on monte sur son dos, et il galope, telle la tempête furieuse. Une chevauchée qui se termine systématiquement par la mort du cavalier, à moins qu'il ne détienne une médaille de saint Benoît, la fameuse médaille du sorcier, que la bête prend pour dû.

— Ça fait froid dans le dos, commenta Claire.

Cécile montra du doigt la rive nord :

— Et là-bas, à l'extrémité du lac, un rocher bloque l'entrée d'un gouffre où un géant est emprisonné. Sa colère peut déclencher des tornades. La légende prétend que seule une vierge peut le libérer et apaiser sa fureur.

— Me voilà de retour, désolée.

Anne-Sophie grimpait les dernières marches de l'escalier en colimaçon.

— Asseyez-vous donc. Alors, c'est vous le fameux commissaire de Concarneau ?

Elle dévisageait Dupin. Cécile et Claire s'assirent, Georges resta debout à côté du canapé.

— Voici mon amie Claire et son mari, dit Cécile d'une voix douce. Ils me sont d'un grand secours dans ces jours sombres. J'ai vraiment de la chance qu'ils soient là, en pleine lune de miel.

— Toutes mes félicitations. Votre découverte de la Loire ne doit pas ressembler à ce que vous aviez imaginé.

Anne-Sophie Joly portait une robe en jean délavé, courte, ses cheveux noir de jais lâchés. Un visage gracieux, d'une beauté presque antique, contrastant avec sa façon de se comporter et de parler. La mère du commissaire l'aurait trouvée un brin vulgaire.

— Dis-moi si je peux t'aider de quelque manière que ce soit, Anne-Sophie. Après les vendanges, si tu veux utiliser nos pressoirs, n'hésite pas. Nous pourrions même assurer le transport. Mon maître de chai est déjà averti.

— C'est gentil de ta part, Cécile.

Cécile avait improvisé avec brio, pensa Dupin. Anne-Sophie Joly, curieusement impassible, poursuivit :

— Mais vu les quantités, ce sera compliqué. J'y ai déjà réfléchi. Nous devrons trouver une solution ici.

Il faudra sans doute un an avant que tout fonctionne de nouveau. J'envisage de louer des conteneurs et d'y installer des pressoirs et des cuves de fermentation. Du provisoire, mais solide, ici, sur le domaine, près de nos vignes. Nous pourrons encore gérer la fin de la récolte et procéder à l'élevage du vin dans les caves, qui sont intactes. Les cuves, les tonneaux, tout est en bon état.

Dupin était admiratif. Elle semblait bien organisée, comme si elle avait déjà un plan pour relancer l'exploitation, malgré le choc. Rien dans son attitude ne trahissait la moindre tristesse après le meurtre de son compagnon.

— J'ai une vigneronne formidable. Marie, une amie d'Emily Pic. Elle et moi allons gérer tout ça ensemble. Et puis papa sera bientôt de retour. Il va déjà beaucoup mieux. J'espère qu'ils vont vite retrouver l'infâme raclure qui nous a fait ça. À papa et à moi.

— Et à Brian. Et à Damien Dantec, ajouta Cécile.

Dupin serait curieux de rencontrer la vigneronne, Marie. Elle était un lien de plus entre les domaines.

— Le commissaire Lelouche vous a-t-il informée de l'avancée des enquêtes ? intervint Claire. Y a-t-il déjà une hypothèse sur l'incendie ? Et sur les meurtres ?

— Il m'a dit qu'il suivait plusieurs pistes mais qu'il en explorait deux de façon plus approfondie.

J'ai insisté, mais il n'a pas voulu me donner de détails. Il s'est juste dit confiant.

Cela signifiait sans doute qu'il n'avait rien de solide. Dupin connaissait bien ce genre de phrase.

— Connaissiez-vous Damien Dantec, madame ? demanda-t-il.

— Je l'ai croisé plusieurs fois au domaine. On s'est toujours contentés de se saluer. Je n'ai jamais compris pourquoi Brian s'énervait autant contre lui, il le détestait presque. Pour moi, c'était surtout un lèche-bottes. Et il manquait d'imagination.

— Brian Katell vous a-t-il confié ce qui, en dehors de ça, l'agaçait chez Dantec ?

— Non.

— Et saviez-vous s'il lui avait déjà signifié son congé ?

— Je ne sais pas. Brian avait toujours du mal avec ce genre de choses. Il lui manquait la fermeté nécessaire.

Dupin ne supportait pas ce type de remarques et ce qu'elles sous-entendaient.

À sa surprise, il aperçut une larme perler dans l'œil droit d'Anne-Sophie Joly, qu'elle essuya rapidement.

Elle remarqua le regard du policier.

— Je n'aime pas manifester mes émotions en public.

— Je comprends, madame Joly. Que pouvez-vous me dire sur les vins onéreux qui se trouvent dans la maison de monsieur Katell ? Vous êtes certainement au courant.

— Le fameux Cheval Blanc ? Nous en avons bu ensemble il y a deux semaines. Un délice.

— Vous en avez bu ? s'étonna Cécile.

— Oui, pour mes trente-cinq ans ! Nos anniversaires sont à quelques jours d'écart. Brian a cuisiné et ouvert une bouteille. Il en avait cinq. Je n'ai jamais goûté un vin pareil, une merveille de la nature. C'est impressionnant de voir la manière dont un vin peut évoluer seul, avec ce qu'il a en lui. Il avait vieilli depuis 1953, c'est incroyable.

Peu importait ce que l'on pensait d'Anne-Sophie – elle était très différente de Cécile –, on ne pouvait nier sa passion et son enthousiasme pour le vin. Cela dépassait largement le cadre des affaires.

— Et vous-même, collectionnez-vous les vins précieux ?

Dupin pensait qu'on les collectionnait comme des œuvres d'art, que parfois, pour une occasion spéciale, on en dégustait une bouteille, mais que l'essentiel résidait dans le geste lui-même : rechercher, puis posséder des biens d'exception, tel était selon lui le véritable attrait d'une collection. Apprécier tout le pouvoir que recèlent ces objets rares qu'on garde près de soi.

Elle le regarda d'un air perplexe.

— Non. J'ai bien mes marottes, mais pas celle-là.

— Savez-vous où Brian Katell avait acheté ces cinq bouteilles ?

— Il les avait remportées aux enchères, c'est ce qu'il m'avait dit. Je ne veux pas savoir combien il a payé. Il… était un peu fou, à ce niveau. Enfin, à tous les niveaux. Il lui arrivait de se procurer des bouteilles extravagantes, par pure curiosité. Il voulait savoir jusqu'où un vin pouvait aller, ce qu'un vin avait dans le ventre.

— Je vois. Il en a acheté d'autres aux enchères ?

Dupin la fixa intensément.

— Non, je ne pense pas. Du moins pas lors de cette vente, ni récemment.

— On parle sûrement de cinquante mille euros.

— C'est bien ça, répondit-elle sans ciller.

— L'an dernier, la contamination de vos vins a dû causer des pertes économiques considérables, non ?

Dupin avait, comme à son habitude, changé de sujet de manière abrupte.

— Vous avez sûrement perdu une grande partie de votre production annuelle…

Anne-Sophie Joly le regarda, incrédule.

— Ça semble intéresser tous les commissaires, apparemment.

— Alors ?

— Oui, c'était un véritable désastre, évidemment, lança-t-elle avec morgue. Dans l'un des anciens pressoirs, d'infimes fissures s'étaient creusées dans le métal, et des bactéries s'y étaient nichées. Nous avons dû détruire les trois quarts du vin en cuves. Avant même, je précise, qu'une seule bouteille n'ait été remplie. Ça nous a bel et bien coûté une fortune...

— Cela a-t-il mis en danger l'existence même du Château Joly ?

Son visage s'assombrit encore.

— Quelle absurdité. Qui a dit ça ?

Ses traits se durcirent.

— Personne. Je pose juste la question.

Elle afficha un sourire crispé.

— Notre assise est suffisamment solide pour surmonter ça. Et maintenant, dit-elle en se levant brusquement, je dois vraiment y aller.

Cécile et Claire se levèrent à leur tour.

— N'oubliez pas votre portefeuille, dit encore Claire.

— Pardon ?

Anne-Sophie sembla confuse.

— Qu'est-ce que vous voulez dire ?

— Rien. Il m'arrive d'oublier le mien, répondit Claire avec assurance.

— Comment le savez-vous ? demanda Anne-Sophie en fixant Claire d'un regard direct et scrutateur.

— Quoi donc ?

Claire restait calme.

— Que je...

Elle n'en dit pas plus.

— Encore merci pour ton offre, Cécile. C'est vraiment généreux.

Elle se dirigea vers l'escalier.

— Si je comprends bien, vous faites vos petites investigations perso.

Anne-Sophie avait atteint la première marche et parlait sans se retourner.

— Lelouche a bien insisté dans une interview sur le fait que vous ne meniez pas d'enquête, commissaire, et que vous n'en aviez aucunement le droit.

Son ton était ouvertement agressif. Puis, soudain, elle se retourna, avec un large sourire.

— Peu importe. Si vous travaillez plus efficacement que Lelouche, tant mieux. Celui qui a fait ça doit payer. Surtout pour Brian.

Son visage se crispa, dévoilant toute la puissance de sa colère. Puis elle dévala l'escalier. Claire, Cécile et Dupin la suivirent.

— Je dois aller par ici, dit-elle en montrant un couloir qui menait de la tour au bâtiment principal. Vous pouvez simplement descendre l'escalier, ça vous mènera directement dehors.

— Très bien. Donne-nous des nouvelles.

— Merci, Cécile !

Anne-Sophie la prit dans ses bras.

— Et je vous souhaite le meilleur pour votre mariage !

Cela n'avait pas semblé sarcastique. Elle s'éloigna

rapidement, tandis que Cécile, Claire et Georges continuèrent de descendre. En bas, ils se retrouvèrent devant une porte donnant sur la cour. D'un côté, les restes de l'incendie ; de l'autre, une belle piscine, un grand bassin que ceignaient d'élégants palmiers. Dupin était impressionné par la manière dont Anne-Sophie Joly gérait la situation.

— Regarde ça, dit Claire en désignant une porte encastrée dans le mur, au pied de l'escalier en colimaçon. Elle doit sûrement mener à la cave.

Elle en actionna la poignée. Un escalier de pierre raide apparut, plongeant dans une obscurité profonde, exhalant une odeur de renfermé.

— Tu ne vas quand même pas y descendre ? On ne peut pas faire ça, dit Cécile en se plaçant près de Claire.

— Pourquoi pas ? Si elle a caché les bouteilles, elles sont sûrement à la cave.

— Mais ce n'est probablement pas la cave à vin, ce doit être une cave ordinaire.

Claire ignora l'objection, appuya sur l'interrupteur et descendit les premières marches. Dupin n'était pas sûr que ce soit une bonne idée. Pourtant, un rapide coup d'œil ne pouvait nuire. Après tout, ils étaient sur place.

Il y avait beaucoup de marches. Ils se retrouvèrent rapidement plusieurs mètres sous terre. Jamais le commissaire n'avait passé autant de temps à de telles profondeurs. L'air stagnait – une des nombreuses raisons pour lesquelles Dupin détestait les caves. En bas, ils découvrirent une pièce éclairée par lumière falote, au sol de pierres plates. Vide. Une couche de poussière recouvrait les dalles, signe qu'on n'y était pas descendu depuis belle lurette. Claire poussa une autre porte. Un couloir semblait s'étendre à perte de vue, filant droit sous le château – sur sa gauche, à intervalles réguliers, d'autres portes. Pas âme qui vive. Il faut dire que tout le personnel vaquait ailleurs. Claire ouvrit la première porte.

Elle alluma et jeta un coup d'œil à l'intérieur.

De vieux meubles. Des appareils ménagers hors d'usage. Un réfrigérateur immense, un monstre.

— Un ancien modèle de chez Bartscher. Les meilleurs frigos pour la restauration. Nous en avons aussi. C'est presque indestructible, dit Cécile.

— Continuons, dit Dupin, mal à l'aise.

— Attends, dit Claire en courant vers une grande malle en bois qu'elle ouvrit. Vide.

Elle se dirigea ensuite vers le réfrigérateur.

— Vide aussi.

Dupin quitta la pièce et se précipita à la porte suivante.

L'ampoule éclairait plus fort cette fois-ci. Du mobilier, principalement des chaises, pour la plupart abîmées, des chaises longues en bois, et des ventilateurs hors d'âge. Impossible d'y cacher des bouteilles.

Ils se dirigeaient déjà vers la pièce suivante.

— Oh ! s'exclama Cécile. Que de provisions !

L'endroit regorgeait d'étagères métalliques, la plupart chargées de conserves en verre, des centaines, de toutes tailles. Ça rappelait à Dupin le Jura de ses grands-parents. Les mirabelles en bocaux de sa grand-mère étaient inégalables.

— Sans intérêt, fit Claire en s'éloignant dans le couloir.

Dans la pièce suivante, pas de dalles en pierre au sol, seulement de la terre battue noire. De grandes caisses en bois alignées le long des murs débordaient de betteraves, de pommes de terre, de pommes, de poires ou de carottes dans des cagettes en plastique de couleur.

— Ils ont des jardins potagers comme moi. Quand tu as une cave comme celle-ci, tu n'as pas besoin de conservateurs. En fait, c'est aussi un endroit parfait pour le vin, expliqua Cécile.

Dupin regarda autour de lui. Rien n'était caché ici.

Ils quittèrent rapidement la cave et continuèrent leur progression. Soudain, ils pénétrèrent dans une grande pièce, nettement plus haute sous plafond. Les murs, tout blancs, étaient baignés d'une forte lumière. Sur la gauche, un large escalier en bois sombre et un grand monte-charge. L'air était beaucoup plus frais. Un large couloir où filtrait un peu de lumière naturelle semblait mener à l'arrière du château. Il devait y avoir une rampe ou un escalier menant vers l'extérieur.

Cécile suivit le regard de Dupin.

— C'est pour la livraison des marchandises. Tous les vieux châteaux en sont dotés. La cuisine est sûrement juste au-dessus.

— L'endroit parfait, conclut Claire. Elle aurait pu cacher les bouteilles de Brian ici…

— Attends !

Dupin interrompit brusquement Claire.

Il se passa vivement la main dans les cheveux.

— Ça pourrait être ça.

— Quoi ? Qu'est-ce que tu veux dire ?

— Je…

Il s'interrompit.

— Il faut qu'on retourne au Domaine du Lac. Tout de suite.

Il était déjà en train de courir.

— Venez ! Vite !

Cécile et Claire peinaient à le suivre.

— Mais il y aura encore des policiers ! cria Cécile.

— On se débrouillera !

Une fois de plus, il leur avait fallu un parking discrct. Ils avaient garé la voiture à l'ombre d'un petit bois, au bord du canal de l'Étier, exutoire du lac de Grand-Lieu. Il leur fallait marcher un kilomètre jusqu'au domaine – personne ne devait les voir. Dupin avait encore en tête l'image du commissaire de Nantes se faufilant entre les rangs de vignes. Cécile et Claire n'avaient cessé de le questionner, impatientes de savoir quelle mouche l'avait piqué et de connaître la raison si impérieuse les ayant conduits là. « Peut-être que je me trompe », avait-il simplement répondu. Le reste du trajet – moins de dix minutes – s'était déroulé en silence, dans une fébrilité certaine. Dupin s'habituait à son nouveau bolide, dont il devait bien admettre que la conduite était très agréable. À deux ou trois reprises, les trois cent soixante chevaux sous le capot s'étaient fait sentir, au risque de les envoyer dans le décor.

— Par ici ! indiqua Cécile.

Une fois de plus, ils traversèrent des champs, des prés, puis un bosquet, pour arriver à un vignoble.

— Nous sommes juste derrière chez Brian.

Ils eurent tôt fait d'apercevoir la maison. Ils croisaient les doigts pour que Marchand n'épie pas depuis sa fenêtre. Ils progressaient comme à tâtons, sans savoir combien de policiers montaient la garde, ni où.

— Attendez-moi. Je vais ouvrir.

Cécile s'approcha de la porte arrière du domicile, qu'elle déverrouilla. Claire et Dupin la rejoignirent, et Cécile referma derrière eux. Dupin s'approcha prudemment de l'une des fenêtres donnant sur la cour intérieure. On y voyait deux hommes en uniforme.

— Allons-y !

Il prit la direction du canapé, s'arrêta, se déchaussa de nouveau, imité par Claire et Cécile, puis ouvrit aussi discrètement que possible la porte située derrière le meuble. Personne à l'horizon. Aucun bruit. Le commissaire avança avec précaution dans le couloir. Claire et Cécile le suivaient. La porte d'entrée était entrouverte. Dupin s'immobilisa. On entendait les deux fonctionnaires. Ils parlaient football. Il fallait tenter le tout pour le tout. Ils se faufilèrent à pas de loup, pour s'engouffrer dans le couloir de droite. Puis ils descendirent l'escalier. Dupin dévalait les marches à toute vitesse. Une fois en bas, il fit une halte, aux aguets. Peut-être les Marchand faisaient-ils de temps en temps une ronde de contrôle. Pour l'heure, tout était calme.

Ils atteignirent la pièce où trônait la longue table. Dupin bifurqua à gauche, vers la partie de la cave qu'il avait inspectée la veille. Ils arrivèrent bientôt à la première porte, qui donnait sur la salle où on entreposait la nourriture. Puis celle de la pièce où se trouvaient les tonneaux vides. Il passa devant sans s'arrêter.

Mais arrivé à la troisième porte, celle de la réserve, qui ressemblait beaucoup à celle du Château Joly, Dupin s'arrêta, alluma l'ampoule à la faible lueur et se précipita à l'intérieur. Cécile et Claire entrèrent à leur tour. Le commissaire prit une grande inspiration et ouvrit la porte droite du réfrigérateur abandonné.

Un cri aigu, à peine réprimé, traversa la pièce.

Cécile. Elle s'approcha en quelques pas précipités,

stupéfaite. Dupin ouvrit la seconde porte. Le frigo était rempli de bouteilles, minutieusement empilées, deux rangées par niveau.

— C'est… c'est lui, murmura Cécile, presque en extase. Le trésor de Brian.

— Je ne crois pas, rétorqua Claire d'un ton sec. Ce sont des muscadets du domaine.

— Quoi ?

Dupin saisit l'une des bouteilles. En effet. Du vin blanc. Le Grand, millésime 2007. Un muscadet qui datait, certes, mais pas du vin rouge ancien.

— Et merde.

— Ç'aurait pourtant été parfait, dit Cécile, déçue. Mais pourquoi Brian aurait-il stocké ces bouteilles dans un vieux frigo délabré ? Pourquoi pas dans la cave avec les autres ?

Dupin était sur le point de se mettre en marche.

— Attendez, intima Claire.

Elle attrapa la bouteille située sous le muscadet.

Elle était recouverte d'une couche de poussière collante.

— Un pomerol 1949.

Tous trois fixaient la bouteille. Presque simultanément, Dupin et Cécile saisirent des bouteilles des rangées inférieures et les tirèrent précautionneusement.

— C'est pas vrai, balbutia Cécile. Un Château Yquem 1912. Je n'ai jamais rien vu de tel.

— Un romanée-conti de 1945, lut Dupin à haute voix.

— C'est de la folie.

Cécile était abasourdie. Elle tenait une autre bouteille.

— Château Margaux 1927. Complètement dingue. Il est possible qu'il n'existe plus que ce seul exemplaire pour certains de ces vins…

— Je dirais qu'on a trouvé le trésor. Toutes les bouteilles sont cachées sous celles du domaine. Si les policiers avaient regardé dans le frigo – et ils l'ont peut-être fait –, ils n'auraient vu que des muscadets.

— Ce doit être…

Un bruit sourd interrompit Cécile. Tous trois se retournèrent en sursaut. On venait de claquer la porte de l'extérieur. Une clé cliqueta dans la serrure. Dupin se précipita vers la porte, la main sur son arme. Il tambourina sur le bois épais.

— Commissaire Georges Dupin, police nationale. Ouvrez immédiatement. Laissez-nous sortir !

Il continuait à frapper. Claire et Cécile l'imitèrent.

Faits comme des rats !

Il n'y avait pas de réseau, pas de fenêtre, ni même un tuyau de chauffage contre lequel taper pour se faire entendre. Rien. Et l'arme de Dupin n'était d'aucune aide contre l'imposante serrure.

— Le meurtrier de Brian… il était juste là, à quelques mètres de nous, murmura Cécile, comme en transe. Le meurtrier de Brian et de Dantec… et l'incendiaire. Il nous a enfermés. Il devait être tout proche, quelque part ici, dans la cave. C'est tellement effrayant. Il nous a entendus, s'est caché et a attendu.

— Personne ne nous trouvera ici, dit Claire d'une voix atone. Je suis certaine qu'on ne nous entend pas, de l'autre côté… Et pourquoi viendrait-on là ?

Dupin examina les deux gonds de la porte.

— Même s'ils font une ronde, ils ne passeront probablement pas par ici. Et tant que le domaine ne reprend pas ses activités, aucun employé ne va descendre dans la cave, ajouta Claire, semblant réfléchir à voix haute. Seul Marchand serait susceptible de passer.

Puis elle formula sa conclusion, d'un ton factuel :

— Notre seule chance, c'est que quelqu'un entende nos coups depuis la grande cave et qu'on vienne jusqu'à nous.

Les gonds, coulés dans la fonte, étaient à toute épreuve. Quant à balancer la vieille cuisinière contre la porte, c'était une idée absurde. Même à trois.

— Tes collègues vont bien finir par s'inquiéter, Georges. Le Ber et Le Menn. Et bien sûr Nolwenn, dit Cécile d'une voix presque implorante.

— Sauf qu'ils ne savent pas où je suis… où nous sommes.

— Mais ils commenceront à te chercher s'ils n'ont plus de nouvelles, non ?

— Georges part souvent sans leur donner de nouvelles. Avant qu'ils s'inquiètent vraiment, il va se passer un bon moment, ajouta Claire.

Elle avait raison.

— Et pour mes collègues, je suis en voyage de noces, rappela-t-elle.

— Dorénavant, le tueur sait que nous connaissons son secret, dit Cécile, la voix tremblante.

— Le problème, c'est qu'il nous a enfermés avec son butin, souligna Claire. En théorie, il devrait nous éliminer. Il n'a pas d'autre choix pour récupérer les bouteilles et pour éviter que nous ne dévoilions tout.

— Tu veux dire… qu'il va nous tuer ?

La lumière s'éteignit brusquement, plongeant la pièce dans une obscurité totale. Cécile lâcha un cri aigu.

— N'aie pas peur, dit Claire d'une voix assurée. Il a probablement simplement coupé le disjoncteur. Il veut nous effrayer.

Dupin éclaira la pièce avec son téléphone.

— Georges, dis quelque chose, s'il te plaît, supplia Cécile.

— Nous devons nous calmer et réfléchir, répondit Dupin.

C'était une phrase creuse, il le savait, mais que dire de plus ? Ils étaient piégés, il n'y avait rien d'autre à faire. Jamais il n'aurait dû emmener les deux femmes dans la cave.

— Claire a raison, ajouta-t-il. Le tueur ne peut

pas nous laisser moisir ici puisque les bouteilles sont là. C'est notre seule chance. Il devra revenir.

— Au bout de combien de temps ? demanda Cécile, la voix vacillante. Il se pourrait que nous restions ici plusieurs jours sans être découverts, non ?

— C'est possible, hélas, dit Claire. Si le tueur pense que personne ne nous trouvera ici, il n'a qu'à attendre suffisamment longtemps, et le problème se résoudra de lui-même... Nous n'avons pas d'eau. Et le vin ne la remplacerait pas. Nous ne pourrions tenir que quelques jours. Combien de jours Lelouche va-t-il maintenir le domaine fermé, Georges, qu'en penses-tu ? Quand les activités pourront-elles reprendre ?

— Ça ne dépend que de lui, en fonction de l'avancée de l'enquête.

— Mais ça ne peut pas durer indéfiniment.

— De toute façon, je ne pense pas que le tueur attendra longtemps. Le plus sûr pour lui serait de faire sortir les bouteilles d'ici le plus rapidement possible. Il doit certainement penser qu'on a pu en parler à quelqu'un et qu'il y a maintenant urgence pour lui.

Un silence long, pesant.

Le faisceau lumineux de Dupin se déplaçait dans la pièce, au rythme de ses pas.

Les deux femmes s'étaient assises contre le mur près de la porte.

— Qui cela peut-il bien être, à votre avis ?

demanda Cécile, rompant un silence d'une quinzaine de minutes.

— Nous devons nous concentrer sur la manière de sortir d'ici, répondit Dupin, continuant à marcher de long en large. C'est tout ce qui compte pour l'instant.

— Georges a raison, Cécile.

Dupin savait pourtant qu'il n'y avait rien d'autre à faire qu'attendre, et accepter cette totale impuissance.

Soudain, ils entendirent des bruits métalliques. On s'affairait de l'autre côté de la porte, quelqu'un manipulait la serrure.

— Que fait-on ? chuchota Cécile.

Dupin saisit son arme.

— Planquez-vous dans le coin, murmura-t-il.

Il se posta près de la porte, contre le mur, de sorte qu'on ne puisse le voir tout de suite en entrant. Il éteignit la lumière de son téléphone.

Le silence était total. Dupin n'entendait ni Claire ni Cécile respirer. Puis la porte s'ouvrit brusquement, et un rai d'une lumière aveuglante déchira les ténèbres. Tout se déroula en une fraction de seconde.

— Je suis armé ! cria Dupin.

— J'ai un fusil, et je tirerai sans sommation. Je vous tuerai tous les trois.

Dupin reconnut la voix instantanément. Il ne s'y

attendait pas, ce qui, de toute sa carrière, ne lui était jamais arrivé.

— Jetez votre arme dans le couloir, tout de suite.

Les pensées de Dupin se télescopaient : il était trop risqué de tenter une attaque dans cette situation. À une telle distance, un fusil pouvait infliger des dégâts considérables. Il n'était pas seul, Claire et Cécile étaient en danger. Il n'avait pas le choix. Il obéit.

— Maintenant, sortez un par un. Tournez à gauche. Il y a une porte ouverte qui mène à une autre cave. Entrez-y. Vous d'abord, les femmes ensuite.

— Compris, dit-il tout en se mettant en mouvement.

Claire saisit sa main gauche et la serra avec force avant de la relâcher.

Dupin sortit de la pièce.

— Tout doux, ordonna la voix.

La lampe torche, brandie par le vieux Marchand, l'aveuglait.

— À gauche, le long du mur.

— D'accord, d'accord, fit Dupin pour le calmer.

Feignant de s'exécuter, il se jeta de toutes ses forces contre leur agresseur, qu'il percuta violemment.

Aussitôt retentit une détonation infernale.

Marchand avait tiré. Dupin ressentit une vive douleur lui lacérer la cuisse droite. Peu importe.

Le commissaire frappait sauvagement l'homme qu'il avait ceinturé. La torche décrivit un arc de cercle dans les airs, retomba plus loin et baigna la scène d'un contre-jour crépusculaire. Marchand poussa un cri strident de douleur mâtinée de rage. Dupin frappait encore. Une, deux, trois fois, de toute la force de ses poings. Le nez, la tempe, l'arcade... L'homme, à bout, râlait, il s'étouffait dans son sang. Dupin était assis sur lui.

— Georges, ça va ? s'écria Claire en accourant dans le couloir.

— Passe-moi mon arme, Claire, ordonna Dupin.

Il fixait sans ciller son adversaire, qui ne produisait plus qu'un faible râle. Le fusil de chasse gisait à côté de Marchand, sur le sol de pierre.

— Voici !

Claire tendit le pistolet à son époux qui braqua leur agresseur.

— Jules ? fit Cécile en s'approchant. C'est vous qui avez fait tout ça ?

Une voix ferme.

— Vous avez tué Brian ? Il était si bon avec vous. Et avec votre fils. Il vous considérait comme sa propre famille. Pourquoi ?

Elle se tenait debout à côté de la tête de Marchand. Dupin redouta qu'elle ne lui assène un coup de pied.

Claire avait saisi la lampe et éclairait l'homme.

— Il est à moitié inconscient, constata-t-elle. Tu n'obtiendras rien de lui maintenant.

— Mais il…

— Georges, tu es blessé ! s'écria-t-elle soudain. Tu perds énormément de sang.

Elle dirigea la lampe vers la cuisse droite de Dupin. Son jean était déchiré, on y voyait une large tache de sang.

— Ce n'est rien, murmura Dupin.

— Je dois arrêter l'hémorragie tout de suite.

— Pas maintenant, Claire.

Tout à coup, Marchand se mit à parler. Tout doucement.

— Comme une famille ? Si bon avec moi ?

Des paroles à peine audibles.

— Qu'entendez-vous par là ? demanda Cécile avec agressivité.

— J'ai…

Marchand s'interrompit, sa voix était étrange, métallique. Malgré les efforts évidents qu'il faisait pour parler, une immense fureur le dominait.

— J'ai tout donné au Domaine du Lac. Tout. Depuis mes dix-neuf ans. J'y ai consacré toute ma vie, avec abnégation, sacrifiant tout.

Il ne tentait pas de se relever. Peut-être n'en était-il pas capable. Il fixait le plafond d'un regard vide. Son nez était tordu, probablement cassé, il avait le visage ensanglanté.

— Comme mon père. Lui aussi a tout donné pour le domaine. Toute sa force, toute son existence. Et maintenant, c'est mon fils qui fait pareil.

Marchand fit une pause pour reprendre son souffle.

— Et qu'avons-nous reçu en échange ?

Les abîmes insoupçonnés que personne ne voit, ni les amis, ni la famille, ni le plus fin psychologue, où s'accumulent les rancœurs, les non-dits, les haines.

— Vous touchiez un bon salaire. Il vous accordait sa confiance, son amitié, même. Et beaucoup de responsabilités. Vous avez tout reçu ! répliqua Cécile, la voix tremblant de rage.

— Un salaire ? répondit Marchand d'une voix sourde et hachée, en complet décalage avec le contenu dramatique de ses propos. Ce à quoi j'avais droit, c'était autre chose. Ce à quoi ma famille avait droit, c'était autre chose. Le succès du domaine, c'était notre œuvre, le fruit du travail de ma famille.

Dupin connaissait bien ce mécanisme : Marchand était convaincu d'avoir simplement rétabli la justice.

— Il y a deux ans, quand Laurent a eu trente ans, j'ai dit à monsieur Katell que mon fils pourrait tout reprendre un jour. Il aurait pu en faire son héritier. Je le lui ai dit. Mais il n'a rien voulu savoir. Même pas ça.

Marchand restait allongé, immobile. Il n'avait pas essayé de tourner la tête vers Cécile pour la regarder.

— Alors j'ai seulement pris ce qui me revenait de droit.

— Le bien de Brian ? Sa vie ? Vous en aviez le droit ? s'étouffa Cécile, qui éclata en sanglots. De lui ôter la vie ? Et de voler son vin, d'une valeur de plusieurs millions ?

Tout jaillissait d'un coup.

— Nous aurions pu créer notre propre domaine, grogna-t-il. Le domaine Marchand. Un jour, Laurent aurait pu le diriger tout seul. Il…

— Ici la police nationale. Vous m'entendez ?

C'était l'un des hommes, sans doute dans la cave principale.

— Nous sommes ici ! cria Dupin.

— Nous sommes armés, lança un autre policier. Avancez lentement dans le couloir.

— Nous avons besoin de deux ambulances sur-le-champ, intervint Claire. Nous avons deux blessés ici. L'un d'eux est le meurtrier que vous recherchez, l'autre est le commissaire Dupin, du commissariat de Concarneau. Il a été blessé par balle.

Aussitôt, deux policiers apparurent, armés et munis de lampes torches. Ils s'approchèrent du groupe. Le spectacle était saisissant. Deux hommes ensanglantés, le sol maculé, deux femmes à leurs côtés.

— Prévenez immédiatement le commissaire Lelouche, ordonna Dupin d'un ton ferme.

— D'abord deux ambulances, insista Claire.

Les policiers semblaient hésiter.

— Nous avons entendu quelque chose qui ressemblait à un coup de feu, mais difficile de savoir d'où ça venait. Alors…

— C'était bien un coup de feu, et mon mari a

été touché à la cuisse droite. Il perd beaucoup de sang. Appelez tout de suite les ambulances, lança Claire en avançant vers eux.

— Je... balbutia l'un des policiers. Vous avez la situation sous contrôle, commissaire ? demanda-t-il à Dupin, qui gardait toujours Marchand en joue.

— Oui, j'ai la situation en main, répondit Dupin en se ressaisissant.

Un malaise l'envahissait, il commençait à se sentir étourdi, une sensation de froid étrange se propageait en lui.

— J'appelle Lelouche, toi tu préviens les secours, lança l'un des policiers à l'autre.

— Vous avez tué Brian avec ce fusil ? Comment avez-vous pu faire une chose pareille ? Comment est-ce possible ? demanda Cécile.

— Comment avez-vous su pour les bouteilles ? demanda Claire.

Dupin s'appuya contre le mur de la cave, qui dégageait une agréable fraîcheur.

Contre toute attente et malgré son état, Marchand répondit.

— J'ai vu monsieur Katell disparaître dans la pièce secrète. J'ai tout de suite compris de quoi il s'agissait. Les vins précieux de son grand-père. Il a nié. Mais je ne suis pas idiot. Mon père m'en avait parlé quand j'étais enfant. Je voulais ma part, je le lui ai dit. Il ne voulait rien entendre. Ensuite, il m'a donné une bouteille. Après cinquante ans de service.

— Cette bouteille valait dans les dix mille euros, dit Dupin.

— Il ne comprenait pas. C'est comme ça qu'ils sont, je me suis dit. C'est comme ça, ces gens-là. Mais je me suis aussi dit que cette fois, je ne me laisserais pas faire.

— Pourquoi avez-vous tué Damien Dantec ?

Dupin peinait à articuler, il se sentait sombrer.

— Dantec ? Il n'a pas eu de chance. J'avais pris l'habitude d'apporter les bouteilles petit à petit dans le vieux frigo. Juste quelques-unes à chaque fois. Quand il m'a croisé, il a immédiatement saisi quelle valeur avaient ces bouteilles. Je n'avais pas le choix. Il n'y avait pas d'autre solution. Monsieur Katell aurait dû le renvoyer bien plus tôt. Cet homme ne méritait pas de travailler pour le domaine.

— Et donc, vous l'avez tué avec une bouteille ?

Dupin se laissa glisser contre le mur jusqu'à être assis. Il n'avait plus la force de rester debout. Il pointait toujours son arme sur Marchand, bien qu'il soit peu probable que celui-ci fût encore capable de manigancer quoi que ce soit. De son visage tuméfié coulait un filet de sang. L'homme semblait terrassé.

— Georges, ça va ?

Claire s'agenouilla à ses côtés.

— Regarde-moi, ordonna-t-elle.

— Ça va. Je me sens juste un peu faible, murmura Dupin.

Claire scruta ses yeux.

— Suis mon doigt, lui intima-t-elle en bougeant son index de gauche à droite devant ses pupilles. Les secours arrivent bientôt, Georges.

Elle prit son pouls sur l'artère radiale, au poignet, puis sur la carotide.

— Je vais arrêter cette hémorragie.

Elle s'empressa de détacher la ceinture de son époux pour la nouer autour de la cuisse, au-dessus de la blessure.

— Et l'incendie au Château Joly ? C'est vous aussi qui l'avez provoqué ? relança Cécile.

Marchand poussa un gémissement, mais ne répondit pas.

— Je suis sûr qu'il l'a fait pour semer la confusion, expliqua Dupin, le souffle court. Pour orienter l'enquête sur une fausse piste. Celle de la rivalité entre les deux domaines.

Marchand reprit la parole.

— Elle voulait quitter Brian. Je l'ai entendue. Ils nc faisaicnt quc sc disputer ces derniers temps. En fin de compte, dit-il avec une profonde amertume, elle n'était qu'une Joly. Les Joly ont toujours voulu détruire le Domaine du Lac. Ils nous détestent.

— Et vous avez fait d'une pierre deux coups, gronda Cécile, furieuse. En provoquant l'incendie, vous avez créé une fausse piste pour tromper la police et en même temps vous avez tenté de détruire vos ennemis. En tout cas de les affaiblir durablement.

Tout à coup, le sol du couloir de la cave sembla se dérober sous Dupin, comme une glissade abrupte. Instinctivement, il tenta de s'agripper au sol, mais laissa tomber son arme. La terre semblait soudainement s'incliner violemment d'un côté, quelque chose n'allait plus du tout.

— Georges ! Georges !

Claire se pencha sur lui, mais Dupin ne percevait déjà plus qu'une brume indistincte. Puis plus rien.

— Georges ! Georges !

Dupin ouvrit les yeux.

Que s'était-il passé ? Où était-il ?

Le son tonitruant d'une sirène. Un moteur. Tout tanguait.

— Tu es de retour, dit Claire à côté de lui, la mine inquiète.

— Je…

Il avait du mal à parler.

— Où est Marchand ? demanda Dupin, qui essayait vainement de se redresser.

— Ne t'en fais pas, Georges. La police l'a arrêté et il est en route pour Nantes. Nous y allons aussi. Nous sommes presque arrivés, on est dans l'ambulance.

Claire parlait doucement, d'un ton assuré.

— Tu as été touché à la cuisse. Tu as perdu beaucoup de sang et tu t'es évanoui.

— Il n'a rien fait d'autre ? Cécile va bien ?

— Non, il n'a rien pu faire d'autre. Il était à moitié inconscient. J'ai pris ton arme après que tu as perdu connaissance. Cécile va très bien. Toi aussi, tu te sentiras mieux bientôt. Et dans deux jours, nous reprendrons notre voyage de noces.

Cela semblait totalement surréaliste, mais y avait-il plus douce promesse ?

— Et Lelouche ? demanda-t-il avec peine.

Petit à petit, tout lui revenait.

— Ne t'inquiète pas, je lui ai parlé.

— Qu'est-ce que tu lui as dit ?

— Avec Cécile, on l'a félicité pour la brillante résolution de l'affaire. Nous lui avons exprimé toute notre admiration pour sa perspicacité. Et puis, je l'ai remercié de nous avoir sauvés. Après tout, Marchand nous avait pris en otage. Lelouche et ses hommes nous ont délivrés. Cécile a expliqué qu'elle était venue au domaine pour s'occuper de l'expédition du vin, et que nous l'avions accompagnée. Elle a ensuite voulu récupérer quelques bouteilles dans la cave, et c'est là que Marchand nous a menacés. Plus tard, quand Marchand racontera sa version des faits, il y aura sans doute des divergences, mais peu importe. Lelouche a déjà annoncé une conférence de presse pour quinze heures. Je ne pense pas qu'il cherchera à te nuire, Georges.

Le narcissisme, le besoin de renommée sont de puissants moteurs.

Dupin esquissa un sourire. Quelle femme exceptionnelle.

— Merci, Claire.

— Repose-toi maintenant. Ferme les yeux, je suis là.

Claire lui prit la main.

Il ferma les yeux.

LE CINQUIÈME JOUR

Lelouche avait naturellement tenté de parler à Dupin la veille, en fin d'après-midi. Il s'était même rendu en personne à la clinique. Claire et la médecin du service lui avaient refusé l'accès à la chambre. Claire avait également confisqué le téléphone de son époux. Il aurait été bien incapable de tenir une conversation. On lui avait retiré trois plombs sous anesthésie locale, puis il avait dormi quelques heures. Les perfusions avaient fait leur effet et, dans la soirée, il se sentait déjà mieux.

Il était sept heures vingt. Lelouche était de retour à la clinique. Impossible de l'éconduire une fois de plus.

— Ah, commissaire, bonjour, le salua Claire à la porte. Toutes nos félicitations. Nous avons entendu parler de votre conférence de presse. Avec la police de Nantes, vous avez résolu cette délicate affaire en un temps record, tout le monde en parle. Même la presse nationale. Vous avez mis la main sur un trésor vinicole centenaire. Absolument impressionnant ! Un véritable succès. Ce serait regrettable que les gens connaissent toute la vérité, n'est-ce pas ?

C'était une menace à peine voilée. Si on apprenait que c'était Dupin qui avait élucidé ce mystère, il courrait de sérieux ennuis pour avoir mené des investigations en dehors de son secteur. Mais Lelouche, lui, passerait pour un imposteur.

— Bonjour, fit Dupin en hochant la tête et en s'efforçant de paraître amical.

Il était assis droit dans son lit. Il se sentait plutôt bien. Claire lui avait apporté du café. Sa cuisse droite était bandée. Il se trouvait dans une petite chambre individuelle, avec vue sur le jardin de la clinique.

Lelouche lui rendit son salut. L'homme grand et mince, aux cheveux légèrement ondulés, portait aujourd'hui une chemise bleu ciel, un pantalon bleu foncé et des mocassins noirs.

— Quelques petites choses encore, Dupin, commença Lelouche. Je sais exactement…

— Mon mari a subi une amnésie partielle à cause des événements d'hier : le tir, la perte de conscience, l'importante hémorragie, l'interrompit Claire. J'ai remarqué qu'il ne se souvient pas de tout avec précision. C'est fréquent. La mémoire revient en général, mais on ne sait jamais quand exactement.

Même Cécile Cast et moi ressentons des lacunes. C'était une situation extrêmement traumatisante, d'être enfermés dans ce sous-sol. Personne ne pouvait nous entendre, nous étions incapables de signaler notre présence, sans compter la peur de mourir. Souffrir de stress post-traumatique, voilà qui est tout à fait fréquent dans de telles circonstances.

— Vous... je veux dire...

Claire avait complètement déstabilisé le fonctionnaire.

C'était maintenant au tour de Dupin d'intervenir.

— Marchand a-t-il confirmé ses aveux ?

Lelouche ouvrit la bouche, hésita, puis resta silencieux un moment tout en observant Dupin. Il semblait indécis.

— Oui, finit-il par répondre. Il nous a tout raconté, librement.

Le policier avait un air légèrement résigné, mais pas amer. Il semblait avoir pris une décision.

— Toute sa vie, celle de son père, de sa femme décédée, et de son fils. Il ne regrette rien. Il est convaincu que ces vins précieux lui revenaient, à lui et à sa famille. Il l'avait apparemment dit à Brian Katell aussi, qu'une part lui revenait. Je pense qu'il est véritablement devenu fou. Un psychiatre l'examine ce matin. Il finira peut-être ses jours dans une clinique spécialisée et non dans une prison.

Cela arrivait parfois, même à des gens a priori sans histoire, compétents, aimables, serviables.

— Une sorte de délire, une psychose partielle, peut-être, tenta Claire.

— Et son fils ? Était-il impliqué ? Était-il au courant ? demanda Dupin.

— Pas du tout. C'est en tout cas ce qu'ils affirment tous les deux. Et je les crois.

Dupin était du même avis.

— Bien entendu, il faudra tout vérifier, faire une reconstitution. On vérifiera les alibis du fils, précisa Lelouche qui tournait en rond dans la pièce. C'est une histoire tragique. Je pense…

Il s'immobilisa devant Dupin.

— Je suis désolé, Lelouche. On s'est retrouvés impliqués malgré nous.

Ce n'était pas complètement faux.

— Nous voulions seulement savourer notre lune de miel.

Dupin lui tendit la main.

Le commissaire la regarda un moment, puis finit par la lui serrer.

— Je vous souhaite une belle fin de voyage de noces, plus reposante. À vous deux, dit-il en se tournant vers Claire.

Il tenta un vague sourire.

— Merci beaucoup ! Et bon courage pour la suite de l'enquête, répondit Claire en lui serrant la main à son tour.

LE SIXIÈME JOUR

C'était leur dernière soirée à Pornic. Demain, ils partiraient pour Saumur. Ils se retrouvaient pour un dernier pique-nique dans la pêcherie de Cécile. Dupin avait été autorisé à quitter la clinique la veille. Il se sentait bien. Sa blessure le faisait encore souffrir, mais il parvenait à marcher à peu près normalement. « Je n'ai aucune objection médicale à ce que vous poursuiviez votre voyage de noces. Mais ne forcez en rien, pas de course de haies, s'il vous plaît », avait précisé la médecin lors de la visite de sortie.

Ils avaient emporté ce que la carte du restaurant offrait de plus savoureux : petites brochettes de canard aux pruneaux, pâté de porc fermier aux mirabelles, saumon fumé à l'ail noir, et un curé nantais, fromage au lait cru affiné au muscadet, ainsi que du pain frais. Quant au vin, il n'était pas en reste. Cécile avait même pris une nappe et prévu deux bougies pour la tombée de la nuit.

Assis sur la terrasse en bois, ils contemplaient la mer. C'était parfait. Seul l'appel de madame Claudel, leur voisine, avait été un peu étrange. Elle avait prétendu avoir entendu des « bruits affreux » dans le jardin des Dupin, ce qui l'avait poussée à aller voir. Elle avait trouvé sur la terrasse des plumes vertes et noires. Dupin n'avait pas su quoi répondre et avait promis à madame Claudel qu'il la rappellerait bientôt. « L'épervier est un ennemi naturel du pivert… » avait commenté Claire lorsqu'il lui avait raconté l'appel. « Il existe aussi des éperviers dressés, le mari de Nolwenn est un expert en la matière… » Puis elle était passée à un autre sujet, non sans ajouter : « En général, ils se contentent de faire déguerpir les piverts, ne t'inquiète pas, ces oiseaux sont résistants. »

La marée était haute et l'océan battait contre les hauts piliers de la pêcherie. En face, l'île de Noirmoutier dessinait une mince bande sur l'horizon.

— C'est tout simplement tragique, murmura Cécile en secouant la tête.

— Au fond, je comprends très bien la décision de Brian, dit Claire en posant sa main sur le bras de Cécile. Le domaine était l'héritage de sa famille. Il avait non seulement la responsabilité de penser à son présent, mais aussi à son avenir. Il devait s'assurer qu'en cas de besoin, il soit transmis aux mains les plus compétentes qu'il connaissait. Et ces mains, c'étaient celles de la personne à qui il faisait confiance plus qu'à quiconque. Une personne dont il savait qu'elle poursuivrait la gestion du domaine en respectant son histoire.

Dupin vit des larmes monter aux yeux de Cécile, qui affichait un sourire brave.

— Il te connaissait mieux que personne, et même après la fin de votre mariage, il te faisait une confiance aveugle. Comment aurait-il pu être sûr que Laurent Marchand continuerait à gérer le domaine selon ses volontés ? Tu sais à quel point il est facile de détruire en un instant ce qui a été construit avec passion et sagacité pendant des décennies. Brian n'avait qu'une seule décision à prendre. Moi aussi, je t'aurais légué le domaine, conclut Claire.

Cécile se pencha vers Claire et l'enlaça.

— Portons un toast à ta santé, Cécile ! lança Claire en levant son verre.

Tous prirent une grande gorgée.

— Et maintenant, à vous deux. Si vous saviez à quel point je vous suis reconnaissante, ajouta Cécile.

Les verres tintèrent doucement.

— À votre mariage, et à la poursuite de votre voyage de noces, qui reprend officiellement ce soir !

Un ciel sans nuages. Le soleil, légèrement au-dessus de l'horizon, ne tarderait pas à disparaître dans l'Atlantique. Le jaune, le rose, l'orange et le rouge peaufinaient un spectacle à couper le souffle.

Le regard de Claire se perdit sur la mer. Même la vaste baie de Bourgneuf revêtait un air solennel, tant les flots, aux éclats bleu argent, semblaient surnaturels.

— Il n'y a rien de plus beau.

Dupin regarda Claire.

Elle avait raison.

Composition et mise en pages
Nord Compo à Villeneuve-d'Ascq

#lisez engagé !
www.lisez.com
Pour plus d'information :
Imprimé sur du papier issu de forêts gérées durablement.

CET OUVRAGE
A ÉTÉ ACHEVÉ D'IMPRIMER
SUR ROTO-PAGE
PAR L'IMPRIMERIE FLOCH
À MAYENNE EN MARS 2025

N° d'impression : 106634
Imprimé en France